Wilhelm Emmanuel Freiherr von Ketteler

Die Arbeiterfrage und das Christenthum

SALZWASSER VERLAG

Wilhelm Emmanuel Freiherr von Ketteler

Die Arbeiterfrage und das Christenthum

Unveränderter Nachdruck der Originalausgabe von 1864.

1. Auflage 2022 | ISBN: 978-3-75259-723-3

Verlag: Salzwasser Verlag GmbH, Zeilweg 44, 60439 Frankfurt, Deutschland
Vertretungsberechtigt: E. Roepke, Zeilweg 44, 60439 Frankfurt, Deutschland
Druck: Books on Demand GmbH, In de Tarpen 42, 22848 Norderstedt, Deutschland

Die Arbeiterfrage

und

das Christenthum.

Von

Wilhelm Emmanuel
Freiherrn von Ketteler,
Bischof von Mainz.

Zweite Auflage.

Mainz

1864.

Inhalt.

Von allen Seiten erheben sich Stimmen, die die Lage der Arbeiter besprechen und Vorschläge zur Verbesserung ihrer Verhältnisse machen. Es bestehen weitverbreitete Gesellschaften, die den Zweck haben, „zur Verbesserung des sittlichen und wirthschaftlichen Zustandes der arbeitenden Classen" zu wirken. Es erscheinen Zeitschriften und Abhandlungen unter dem Titel „Arbeiterfreund," „Arbeiterkatechismus," „Arbeiterlesebuch" u. s. w. u. s. w.

Wenn ich nun als katholischer Bischof es unternehme, unter allen diesen Stimmen und Vorschlägen auch meine Ansicht über den vorliegenden Gegenstand auszusprechen, wenn ich auch für mich den Titel „Arbeiterfreund" in Anspruch nehme, wenn ich alle christlichen Männer, denen das Wohl des Arbeiterstandes am Herzen liegt, bitte, auch meine Worte über dieses Anliegen anzuhören und zu erwägen, so ist es wohl angemessen, daß ich über die Berechtigung zu dieser Meinungsäußerung, wie über den Zweck derselben einige Worte vorausschicke. Viele glauben vielleicht, ich hätte als Bischof keine Berechtigung oder jedenfalls keine hinreichende Veranlassung, mich in derartige Dinge einzumischen; Andere werden meinen, ich dürfe als katholischer Bischof mich höchstens an die Katholiken wenden. Ich bin anderer Ansicht.

Ich glaube schon insoweit ein Recht zu haben, über die Arbeiterfrage öffentlich mein Urtheil abzugeben, als dieselbe sich mit den materiellen Bedürfnissen des christlichen Volkes beschäftigt. In dieser Hinsicht ist sie auch eine Frage der christlichen Liebe. Unser göttlicher Heiland hat die christliche Religion mit Allem für immer und unauflöslich verbunden, was sich auf die Milderung des geistigen und leiblichen Elendes der Menschen bezieht. Nach dieser Anweisung hat die Kirche überall und zu allen Zeiten gehandelt. Die Uebung der christlichen Liebe in den Werken der christlichen Barmherzigkeit ist stets ein hervorragender Theil des Lebens der christlichen Kirche gewesen. Aus ihr ist die großartige Fürsorge für alle Noth der Menschen hervorgegangen. Jede Frage, die sich mit Abhilfe des Nothstandes beschäftigt, ist daher wesentlich eine christliche, eine religiöse, an der die Kirche und alle ihre lebendigen Glieder sich auf das Innigste betheiligen sollen.

Ich bin ferner berechtigt, über diese Angelegenheit ein Urtheil abzugeben, um zu erörtern, welche Stellung das Christenthum mit seinen Lehren und seinen eigenthümlichen Mitteln zu dieser wichtigen Frage einnimmt. Jeder Christ, der nicht gedankenlos unter den wichtigsten Zeitereignissen dahinleben will, muß ja hierüber mit sich im Reinen sein. Man will den „sittlichen und wirthschaftlichen Zustand der arbeitenden Classe“ heben, und macht für diesen Zweck bestimmte Vorschläge. Was kann wichtiger sein, als zu wissen, wie diese Vorschläge sich zum Christenthum verhalten? ob wir ihnen beistimmen, sie unterstützen dürfen oder nicht? welche besonderen Mittel das Christenthum besitzt für die sittliche und wirthschaftliche Hebung des Arbeiterstandes? Das sind aber lauter Fragen, die innig mit der christlichen Religion zusammenhängen, und die ich als Christ und als Bischof gleichmäßig zu beurtheilen berufen bin.

Meine Ueberzeugung geht aber noch weiter. Ich glaube nicht nur, daß die Angelegenheiten des Arbeiterstandes eine tief innerliche Beziehung zu dem Christenthum haben, ich glaube sogar, daß alle Vorschläge, die bisher großentheils, ohne irgend eine Rücksicht auf das Christenthum zu nehmen, ja vielfach in einer gewissen Mißstimmung und Geringschätzung desselben, gemacht worden sind, nur dann und nur insoweit dem Arbeiterstande Hilfe bringen werden, als sie sich innig an das Christenthum anschließen. Christus ist nicht nur dadurch der Heiland der Welt, daß er unsere Seelen erlöst hat, er hat auch das Heil für alle anderen Verhältnisse der Menschen, bürgerliche, politische und sociale, gebracht. Er ist insbesondere auch der Erlöser des Arbeiterstandes. Heil und Verderben des Arbeiterstandes hängt von Christus ab. Er hat den Arbeiterstand aus dem Zustande der Sklaverei auf seine jetzige Höhe erhoben; *ohne ihn vermögen alle Humanitätsbestrebungen seiner sogenannten Freunde nicht zu verhüten, daß dieser Stand wieder in die Verhältnisse des alten Heidenthums zurücksinke.* In dem, was das Christenthum für den Arbeiterstand gethan hat, zeigt sich ganz vorzüglich seine göttliche Kraft und sein göttlicher Ursprung. Wenn wir einen Blick werfen auf den Arbeiterstand im Heidenthum und auf den Arbeiterstand im Christenthum, dann müssen wir dankbar bekennen, daß der Arbeiterstand Christus Alles verdankt. Wie daher der Baumeister mitreden darf, wenn es sich um den Dom handelt, den er gebaut hat, so darf das Christenthum ein Wort mitreden, wenn es sich um die Anliegen des Arbeiterstandes handelt, und ebenso darf gewiß auch ein Diener der Kirche seine Meinung hierüber abgeben.

Ich habe aber nicht nur ein Recht, ich habe auch eine Pflicht, diese Angelegenheiten des Arbeiterstandes mit lebhafter Theilnahme zu verfolgen, mir eine Ansicht darüber zu bilden, und sie nach Umständen öffentlich auszusprechen. Mein bischöfliches Amt schließt mich davon nicht aus, sondern ist vielmehr eine besondere Verpflichtung zu dieser Thätigkeit. Als ich zum Bischofe geweiht wurde, hat mir die Kirche, ehe sie mir die bischöfliche Weihe und Vollmacht ertheilte, unter andern die Frage vorgelegt: „Willst du den Armen und den Fremdlingen und allen Dürftigen im Namen des Herrn liebevoll und barmherzig sein?“ — Und ich habe geantwortet: „Ich will.“ Nach den Worten des göttlichen Heilandes: „Wie mich der Vater gesandt hat, so sende ich euch,“ ist der Bischof ein Stellvertreter Christi, und die Kirche fragt deßhalb, bevor sie diese Stellvertretung einem Priester überträgt, ob er auch den Willen habe, als Christi Stellvertreter, die Liebe Christi gegen alle hilfsbedürftigen Classen der Menschen nachzuahmen. Wie könnte ich daher, nach diesem feierlichen Versprechen, bei einer Frage theilnahmlos sein, die mit den wesentlichsten Bedürfnissen einer so zahlreichen Classe der Menschen sich beschäftigt? Die Arbeiterfrage geht mich als Bischof so nahe an, als das Wohl aller meiner geliebten Diöcesanen, die zum Arbeiterstande gehören, und, weit über diese enge Grenze hinaus, als das Wohl aller Arbeiter, mit denen ich durch Christus in Liebe verbunden bin.

Ich glaube deßhalb auch, diese Schrift Allen in Deutschland widmen zu dürfen, die im Geiste des Christenthums sich mit dieser wichtigen Frage beschäftigen. Wenn auch die Trennung im Glauben eine beklagenswerthe Scheidewand zwischen uns errichtet hat, die noch fortbesteht, so hat doch die christliche Liebe keine Grenzen, und überdies besitzen wir in dem einen Glauben an den Sohn Gottes noch ein festes Band, das uns zusammenhält, und die Möglichkeit bietet, bezüglich des Arbeiterstandes und der Mittel, ihm zu helfen, uns vielfach freudig die Hand zu reichen.

Wenn ich es aber unternehme, die Lage des Arbeiterstandes, und die Mittel, ihm zu helfen, vom christlichen Standpunkte aus zu besprechen, so bin ich doch weit von der Anmaßung entfernt, diesen Gegenstand erschöpfen zu wollen. Er ist überhaupt noch nicht spruchreif. Ich will vielmehr nur einen kleinen Beitrag dazu liefern, und insbesondere eine Seite der Sache, nämlich das Verhältniß derselben zum Christenthum, die bisher so wenig Berücksichtigung gefunden hat, mit allem Nachdruck hervorheben. Im Uebrigen bildet die Lage des Arbeiterstandes einen Theil der großen socialen Frage, die ein nothwendiges Ergebniß aller irrigen religiösen, politischen und wirthschaftlichen Grundsätze, die der antichristliche Liberalismus überall verbreitet, auf dem Gebiete des Volkslebens ist. Wir stehen erst am Anfange dieser Entwickelung, die immer größere und ernstere Verhältnisse annehmen wird, und deren gründliche und allseitige Beurtheilung erst dann eintreten kann, wenn ihre verderblichen Folgen auf allen Gebieten zu Tage getreten sind. Dann werden Andere diesen Gegenstand erschöpfend behandeln, und mit neuen Thatsachen in der Hand die Wahrheit beweisen, die ich hier ausspreche, und die alle großen Ereignisse in der Weltgeschichte bisher bestätiget haben und fortan bestätigen werden, daß nur Christus und das Christenthum der Welt und insbesondere auch dem Arbeiterstande helfen kann.

I. Wichtigkeit, Gegenstand und Umfang der Arbeiterfrage.

Die sogenannte Arbeiterfrage ist in ihrem Wesen Arbeiterernährungsfrage. Sie ist daher erstens so wichtig wie die Ernährung, d. h. die Beschaffung der nothwendigsten Lebensbedürfnisse, der Nahrung, der Kleidung, der Wohnung. Sie ist zweitens so wichtig, wie die Zahl der Arbeiter selbst im Verhältniß zu allen andern Ständen [1]). Ihrem Gegenstande nach beschäftigt sie sich also mit den allerwesentlichsten Bedürfnissen der Menschen; ihrem Umfange nach umfaßt sie den weitaus größten Theil des ganzen Menschengeschlechtes [2]).

Die Arbeiterfrage hat daher eine ganz andere Bedeutung, als alle sogenannten politischen Fragen. Wer die Kammerverhandlungen und die Tagespresse hört, sollte glauben, daß

1) Wir verstehen hier unter Arbeiter nicht nur den Arbeiter im eigentlichen Sinne, den Lohnarbeiter, Taglöhner, sondern auch Jene, die zwar ein eigenes Geschäft betreiben, aber mit so kleinem Kapital, daß sie sich in ähnlichen Verhältnissen, wie die Arbeiter für Lohn, befinden, z. B. den kleinen Handwerker, Gewerbsmann u. s. w., ebenso den kleinen Haus- und Grundbesitzer, der hauptsächlich vom Tagelohn lebt.

2) Siehe Anlage I.

die politischen Fragen das Allerwichtigste seien, was die Menschen angeht; daß sie die wichtigsten und wesentlichsten Anliegen der Menschheit betreffen. Das ist aber eine große Täuschung. Die eigentlichen politischen Fragen haben vielfach nur für einen kleinen Theil des Volkes ihre wahre Bedeutung, nämlich für den Arbeiterstand der Feder, für den Theil, der am meisten redet und schreibt und deßhalb auch die Rednerbühne und die Presse beherrscht; und darunter ist es wieder nur eine gewisse Partei, die diese Frage zu einem ausschließlichen Parteiinteresse und zu ihrem persönlichen Nutzen auszubeuten strebt. Diese Partei beherrscht beide Gebiete und macht sich auf beiden in derselben Weise und mit denselben Gedanken so geltend, als ob nichts mehr in der Welt zu leben verdiente und ehrenwerth sei, als ihr Denken und ihr Thun für das Heil der Menschen. Sie redet daher auch durch beide Organe immer Dasselbe. Unsere Zeitungen sind geschriebene Kammerverhandlungen, und unsere Kammerverhandlungen sind recitirte Zeitungsartikel. Alles aber, was in diesen Kammerverhandlungen und Zeitungsberichten mit endloser Weitläufigkeit verhandelt wird, berührt kaum das Leben des eigentlichen Arbeiterstandes, der da im Schweiße des Angesichtes sein Brod verdienen muß. Das, was diese Massen des Volkes, was diese Arbeiter und Arbeiterfamilien vom Morgen bis zum Abend denken, sagen und empfinden, was sie und ihr Leben wahrhaft angeht, was ihre Lage und ihre wesentlichsten Lebensbedürfnisse verbessert und verschlechtert, wird in Wahrheit in allen politischen Tagesfragen kaum berührt. Eine Ausnahme findet nur statt, wenn die Arbeiter von den politischen Parteien als

Mittel für ihre Zwecke in die politischen Bewegungen hineingezogen werden. Dann dienen sie aber nicht ihren eigenen Interessen, sondern fremden, die sie nur durch falsche Vorspiegelungen für die ihrigen halten. Sie sind dann Werkzeuge jener Parteien, und wenn der Parteizweck erreicht ist, so läßt man sie wieder ihren gewohnten Wegen nachgehen und ihre Lage bleibt dieselbe. So ist es seit hundert Jahren oftmals geschehen. Die Parteien gaben sich immer das Ansehen, als ob alle wahren Interessen des Volkes mit ihrer Thätigkeit zusammenhingen; immer haben sie unter diesem Vorwande zur entscheidenden Zeit das Volk zur That aufgerufen; das Volk mußte mit seinem Blute der Partei zum Siege verhelfen; und immer wieder, wenn der Sieg errungen war, blieb die Lage des Volkes dieselbe; alle sogenannten großen Errungenschaften waren ein offenbarer Beweis, daß sie mit dem eigentlichen Volksleben und seinen Bedürfnissen nichts zu thun haben. Das Volk wird von den politischen Parteien, namentlich von der herrschenden Partei des Liberalismus wahrlich hintergangen. Man sagt immer, alles dieses politische Gezänke geschehe aus reinster Liebe zum Volke, während die wahren Volksinteressen dadurch oft nur beschädigt werden. In diesem Sinne ist es denn auch leicht, ein Volksfreund zu sein. Es genügt ein gewisses eitles Treiben in den Kammern und eine gewisse Schreibseligkeit in gesinnungstüchtigen Blättern, um in wohlfeilster Weise sich diesen Namen zu verdienen. Der wahre Volksfreund hat gesagt: „An ihren Werken sollt ihr sie erkennen.“ Das ist jetzt anders. An den Worten und Phrasen werden jetzt die Volksfreunde erkannt. Man sucht dem Volke durch Benutzung der Herrschaft in den Kammern und in den Zeitungen die grundfalsche Ansicht beizubringen, daß in den politischen Fragen alle wahren Volksinteressen enthalten seien, und legt sich dann durch die endloseste Ausbeutung derselben den Schein bei, als ob in dieser Schreiber- und Rednerthätigkeit die höchste Volksfreundlichkeit bestehe. Viele gepriesene Namen der liberalen Partei verdanken diesem hohlen Schein ihren ganzen Ruhm auf deutscher Erde, während ihre Träger für das wahre Wohl des Volkes Nichts geleistet haben.

Ganz anders verhält es sich mit der Arbeiterfrage. Sie ist wahrhaft und ohne Schein von der höchsten und weitgreifendsten Bedeutung. Sie beschäftigt sich mit den wichtigsten Anliegen des Volkes, mit Gegenständen, die auch den Arbeiter täglich beschäftigen und fast alle seine Sorgen in Anspruch nehmen. Seine und seiner Familie Ernährung, d. i. Beschaffung der Nahrung, der Kleidung, der Wohnung für sich, für Weib und für Kinder, das sind die Dinge, an die der Arbeiter nothwendig vor Allem denkt, auf die seine Gedanken sich heften von Morgen bis Abend, die den Grund seiner Freuden und seiner Leiden ausmachen. Die Arbeiterfrage ist, wir wiederholen es, Arbeiterernährungsfrage, sie ist die Ernährungsfrage für den weitaus größten Theil aller Menschen. Wer zu ihrer Lösung einen guten Rath geben kann, den wollen wir von ganzem Herzen als einen Wohlthäter des Arbeiterstandes anerkennen.

II. Arbeitsunfähige Arbeiter.

Unter den Arbeitern werden sich immer sehr Viele befinden, die arbeitsunfähig sind. Da der Arbeiter auf den Lohn seiner täglichen Arbeit angewiesen ist, so ist der arbeitsunfähige Arbeiter, wenn er nicht Ersparnisse zurücklegen konnte, sofort in der Lage, für sich und die Seinigen das Nothwendigste, das er sich eben täglich durch Arbeit verdienen muß, zu entbehren. Sie Alle sind also nicht mehr im Stande, sich durch Selbsthilfe zu helfen, sondern sie sind auf die Hilfe ihrer Mitmenschen angewiesen. Es genügt, dies auszusprechen, um zugleich die innigste Verbindung dieses Nothstandes zahlreicher Arbeiter mit dem Christenthum und der christlichen Liebe nachgewiesen zu haben. Zwar haben einige Inhaber großer Geschäfte und einige Gesellschaften, auch ohne Rücksicht auf das Christenthum, in Uebung allgemeiner Humanitätsgrundsätze, für ihre arbeitsunfähigen Arbeiter einige Hilfe geschafft, was immerhin Anerkennung verdient. Das ist aber im Vergleich zum wahren Bedürfniß ein Tropfen im Meere. Fast alle Armen in der Welt gehören dem arbeitsunfähig gewordenen Arbeiterstande an, und die unermeßlichen Mittel der Armenpflege, die in allen Theilen der Welt angesammelt sind, ebenso wie die zahllosen

Krankenhäuser, Armenhäuser, Anstalten für alte und gebrechliche Leute sind angeregt und gegründet durch die christliche Liebe und durch den Geist des Christenthums. Von diesen christlichen Kapitalien und christlichen Anstalten zehrt auch jetzt noch unser Jahrhundert, wenn es auch den Ursprung derselben vielfach vergessen, die Verwaltung derselben der Kirche entzogen und sie dagegen oft Christen- und kirchenfeindlichen Händen übergeben hat. Es ist ja eine Lieblingsbeschäftigung der herrschenden Partei des Liberalismus, alle diese großartigen Geldmittel, die die Kirche in Europa für Armenpflege angesammelt hat, immer mehr von ihr zu trennen und jede Erinnerung an ihren Ursprung zu verwischen. Nur in einer Beziehung bleiben sie unlösbar mit der Kirche und dem Christenthum verbunden, nämlich der Kraft nach, die sie ins Dasein gerufen hat. Das vorchristliche Heidenthum kannte keine Anstalten für den arbeitsunfähigen Arbeiter; man ließ ihn elend zu Grunde gehen. Wo aber das moderne Heidenthum solche Anstalten geschaffen hat, da empfing es den Impuls dazu vom Christenthum. Sein eigener Geist vermag das nicht, oder nur unter besonderen Verhältnissen, in einzelnen Fällen, gewissermaßen um dem Christenthum Concurrenz zu machen. So wird es auch in Zukunft bleiben. Die wahre Fürsorge für den arbeitsunfähig gewordenen Arbeiter wird immer von der Kirche und von Jenen ausgehen, die in der Kirche und von Christus den Geist der wahren Nächstenliebe empfangen haben. Wehe dem arbeitsunfähigen Arbeiter, wenn es möglich wäre, den Einfluß des Christenthums und der Kirche zu vernichten! Er würde bald wieder in jener jammervollen Lage sein, worin er vor dem Christenthum in der gesammten heidnischen Welt sich befunden hat.

Das Christenthum sorgt aber für den arbeitsunfähig gewordenen Arbeiter nicht nur durch Gründung von Armenfonds und Armenanstalten aller Art, sondern insbesondere auch dadurch, daß es durch die Kraft seiner übernatürlichen Liebe Menschen bewegt, sich selbst, ihr Leben, alle ihre Kräfte dem Dienste der armen Arbeiter in jenen Anstalten zu widmen. Weit wichtiger wie die Aufnahme hilfloser Arbeiter in solchen Häusern ist für sie die Behandlung und Pflege, die sie dort finden. Da gibt es nun zwei mögliche Zwecke, welche diejenigen, die die Pflege in Kranken-, Armen- und Invalidenhäusern übernehmen, im Auge haben können. Die Einen betrachten die Anstellung und die Verwendung in solchen Anstalten als einen Lebens- und Broderwerb. Die niederen Dienste fallen in diesem Falle Dienstboten anheim, die sich in die betreffenden Häuser in derselben Absicht verdingen, wie bei anderen Dienstherrschaften und für den Lohn ihren Dienst verrichten. Da aber die Arbeit in diesen Häusern vielfach eine äußerst beschwerliche, eckelhafte und allen natürlichen Gefühlen oft widersprechende ist, so ist die nothwendige Folge, daß die besten Dienstboten den weit lohnenderen und angenehmeren Dienst in guten und wohlhabenden Familien vorziehen, so daß jene Anstalten oft auf die schlechtesten und untauglichsten Lohndiener und Lohndienerinnen angewiesen sind. Die nachtheiligen Folgen dieses Zustandes hat dann der arme Arbeiter zu tragen. Die Anderen widmen sich diesem Dienste nicht des Lohnes, sondern der christlichen Liebe wegen. Sie gehören großentheils einem Stande an, der sie von der mühevollen Arbeit des Dienstboten befreit hätte; sie wählen aber freiwillig diese Arbeit und gerade in solchen Verhältnissen, denen sich andere Dienstboten entziehen, aus den höchsten Beweggründen, die den Menschen bestimmen können, aus der uneigennützigsten christlichen Liebe, die in dem ärmsten hilfsbedürftigen Arbeiter einen Mitbruder und Bruder Jesu Christi erkennt und liebt. Es liegt auf der Hand und bedarf keiner weiteren Ausführung, welchen Einfluß eine solche Gesinnung auf die ganze Behandlung der Hilfsbedürftigen im Vergleich zu jener Pflege, die lediglich von Lohndienern ausgeht, üben muß. Diese Art der Fürsorge für den armen Arbeiter kennt aber durchaus nur das Christenthum, und zwar das wahre Christenthum, das in dem Glauben an den Sohn Gottes seine Nahrung und seine göttliche Kraft hat. Der Humanismus kann die christliche Nächstenliebe bezüglich der Almosen und der Gründung von Armenanstalten einigermaßen nachahmen, aber die Nächstenliebe, vermöge der sich der Mensch selbst mit seinem eigenen Leben dem armen Arbeiter als Dienstbote anbietet, gleichsam ein Knecht des armen, kranken Knechtes wird, steht unerreichbar hoch über ihm. Die Kirche hat zu jeder Zeit und auch in unseren Tagen zahllose Glieder in allen Theilen der Welt, die, aus den höheren Ständen hervorgegangen, sich freiwillig zu Knechten und Mägden des hilfsbedürftigen Arbeiterstandes gemacht haben, und ihr ganzes Leben, Tag und Nacht diesem schweren Berufe widmen. Sie kann in jedem Augenblicke Tausende aufrufen und nennen, die so dem Arbeiterstande dienen, während alle Humanitätsbestrebungen der Welt zusammengenommen noch nicht einem Menschen die Liebeskraft zu einer solchen Lebensweise eingeflößt, nicht einen barmherzigen Bruder, nicht eine barmherzige Schwester hervorgerufen haben. Sie können dem Arbeiter nur den Lohndiener und die Lohndienerin bieten. Ich komme später bei den eigenthümlichen Mitteln des Christenthums auf diesen Gegenstand noch einmal zurück.

Ich kann es nicht unterlassen, hier noch einen Gedanken auszusprechen. Die Güter der Kirche, die durch die Säcularisation der Kirche entzogen worden sind, haben einen sehr großen Werth. Sie sind jetzt großentheils mit dem Fiscus verbunden, fließen in die Staatscasse und bringen also den Steuerpflichtigen eine Erleichterung. Die Säcularisation war ein gewaltthätiger Raub, der nur durch Verläugnung aller Principien, auf denen das Eigenthum ruht, begangen werden konnte. Die Kirche hat für alle Zeiten den Anspruch auf dieses ihr früheres Eigenthum aufgegeben. Subsidiär haben aber an dem Eigenthum der Kirche die Armen ein Recht; das Kirchengut ist nach dem canonischen Rechte und nach dem Zwecke der Stifter zugleich auch Armengut. Es wäre daher eine gewisse Sühne für diesen Raub, wenn das säcularisirte Kirchengut als Armenfonds vom Staate verwendet würde. Man hätte dadurch zugleich große Hilfsmittel zu wichtigen Unternehmungen und zur Linderung der Noth. Wenn auch dieser Gedanke sehr unzeitgemäß scheinen mag, so darf er doch seiner inneren Wahrheit wegen hier eine Stelle finden.

Wir verlassen jetzt den arbeitsunfähigen Arbeiter, der unmittelbar auf das christliche Almosen angewiesen ist, um die Arbeiterfrage selbst ins Auge zu fassen.

III. Die Lage des Arbeiterstandes.

Um aber die Mittel, die zur Hebung des Arbeiterstandes in Vorschlag gebracht sind, prüfen zu können, müssen wir zuerst eine klare Einsicht in die Stellung haben, auf die der Arbeiterstand bezüglich des Erwerbes und der Ernährung gegenwärtig angewiesen ist, und in die Gründe, die diese Stellung des Arbeiterstandes hervorgerufen haben. Damit werden wir uns also in diesem und dem folgenden Abschnitt beschäftigen. Je klarer wir diese Lage und ihre Gründe erkennen, desto sicherer wird unser Urtheil über den Werth der vorgeschlagenen Hilfsmittel sein. Weil diese Einsicht so Vielen abgeht, herrscht auch so viel Unklarheit und Täuschung auf diesem Gebiete.

Wir betrachten also in diesem Abschnitt die Lage des Arbeiterstandes. Wenn wir diese aber nunmehr offen darlegen, so wollen wir damit nicht behaupten, daß das, was wir sagen werden, schon überall und bei allen Classen der Arbeiter vollkommen eingetreten ist. Die modernen volkswirthschaftlichen Principien sind noch nicht in allen Ländern gleichmäßig durchgeführt; sie haben noch weniger bereits alle Verhältnisse des Arbeiterstandes durchdrungen und alle ihre

Consequenzen zu Tage gefördert. Was wir aber über die Nahrungsverhältnisse des Arbeiters sagen werden, ist leider schon unter vielen Arbeiterclassen und in vielen Gegenden volle Wirklichkeit geworden; es bildet zugleich die allgemeine Grundlage, auf die der gesammte Arbeiterstand angewiesen ist, und deßhalb mit innerer Nothwendigkeit nach und nach überall dieselben Erscheinungen hervorbringen wird.

Die materielle Existenz des Arbeiterstandes, die Beschaffung aller nothwendigen Lebensbedürfnisse für den Arbeiter und für seine Familie ruht nämlich mit so wenigen Ausnahmen, daß sie diese Regel nicht alteriren, auf dem Arbeiterlohne, und der Arbeiterlohn bestimmt sich in unserer Zeit nach der Lebensnothdurft im strengsten Sinne, d. h. nach dem, was der Mensch an Nahrung, Kleidung und Obdach unumgänglich nothwendig bedarf, wenn nicht seine physische Existenz vernichtet werden soll. Die Wahrheit dieses Satzes ist durch die bekannten Controversen zwischen Lassalle und seinen Gegnern so evident gemacht, daß nur die Absicht, das Volk zu täuschen, sie bestreiten kann. In ihr liegt, wie mit vollem Rechte behauptet wird, die ganze Arbeiterfrage; auf der einen Seite die Arbeiternoth, auf der anderen Seite der Probirstein für den Werth aller Vorschläge, dem Arbeiterstand zu helfen [1]).

Die Evidenz dieser Sachlage macht sich uns am handgreiflichsten klar, wenn wir daran denken, daß die Arbeit bei uns durchaus eine Waare geworden ist, die daher auch allen Gesetzen der Waare unterliegt. Wie der Preis der Waare

1) S. Anlage II.

sich lediglich und allein nach dem Angebot und der Nachfrage bestimmt, so ist es auch bei dem Lohn der Arbeit. Das Gesetz für den Preis der Waare liegt zuletzt in den nothwendigen Productionskosten der Waare. Die Concurrenz bringt es aber mit sich, daß Jeder, der die Waare producirt, darnach strebt, sie möglichst wohlfeil zu produciren, um sie wohlfeiler anbieten zu können. Wenn er sie wohlfeiler anbietet, so wird er alle Jene nach und nach vom Markte verdrängen, die nur für höheren Preis in derselben Güte die Waare liefern können. Hie und da wird es daher eintreten, daß auch die Waare unter ihren Productionskosten verkauft wird, wodurch oft Geschäfte, die rückwärts gehen, ihre lebensunfähige Existenz eine Zeitlang sich erhalten. Das Ende ist dann freilich der Ruin. Alles das gilt nun auch von der Arbeit und dem Arbeiterlohn. Wie der Preis der Waare sich bestimmt nach den Productionskosten derselben, so bestimmt sich der Preis der Arbeit nach den allernothwendigsten Lebensbedürfnissen des Menschen an Nahrung, Kleidung und Wohnung. Wie ferner der Producent der Waare darauf ausgeht, die Productionskosten herabzudrücken, um die Concurrenz siegreich bestehen zu können, so entsteht nothwendig, bei einem gewissen Ueberfluß an Arbeitskräften, unter den Arbeitern, um nur das Leben zu erhalten, die Neigung, das an sich Nothwendige durch einen noch niedrigeren Grad des Nothwendigen zu überbieten. Die Arbeitgeber stehen auf dem Weltmarkte und fragen: Wer will die Arbeit thun für den geringsten Lohn? und die Arbeiter überbieten sich als Mindestfordernde nach dem Maße ihrer Noth. Daher kommt es denn, daß endlich, wie bei der Waare, ab und zu auch jener schreckliche Zustand eintritt, wo diese Menschenwaare unter ihrem Productionspreis ausgeboten wird, d. h. aber für Menschen und in menschliche Sprache übersetzt, wo der arme Arbeiter aus Noth im Angebote des Lohnes unter das Maß der alleräußersten Lebensbedürfnisse für sich und seine Familie herabgehen muß. Das führt dann zuletzt natürlich für ihn und die Seinigen zur Entbehrung des Nothwendigsten an Nahrung, Kleidung und Wohnung, das er sich für diesen Lohn eintauschen muß. Die Entbehrung dieses Nothwendigsten — auch nur für wenige Tage — ist aber ein Wort voll Jammer und Elend.

Das ist die Lage unseres Arbeiterstandes; er ist angewiesen auf den Arbeiterlohn; dieser Arbeiterlohn ist eine Waare; ihr Preis bestimmt sich täglich durch Angebot und Nachfrage; die Axe, um die er sich bewegt, ist die Lebensnothdurft; ist die Nachfrage größer als das Angebot, so steigt er etwas über diese Axe; ist das Angebot größer als die Nachfrage, so fällt er unter sie herab; die allgemeine Tendenz ist aber, wie bei der Waare, die Wohlfeilheit der Production; die Wohlfeilheit der Production ist hier Beschränkung der Lebensbedürfnisse; und so kann bei dieser ganz mechanisch-mathematischen Bewegung der Fall nicht ausbleiben, daß zuweilen selbst die äußerste Nothdurft nicht mehr durch den Preis der Arbeit gedeckt werden kann, und daß ein Hinsiechen ganzer Arbeiterclassen und Arbeiterfamilien, ein langsames Verhungern derselben eintritt.

Welch ein Zustand! Mögen auch die Folgen desselben noch nicht überall im vollen Maße eingetreten sein, sie werden nicht ausbleiben und dann beweisen, wie verblendet die Liebe zum Volke Jener war, die sie durch ihre falschen Theorien hervorgerufen haben. Es ist keine Täuschung darüber mehr möglich, daß die ganze materielle Existenz fast des ganzen Arbeiterstandes, also des weitaus größten Theiles der Menschen in den modernen Staaten, die Existenz ihrer Familien, die tägliche Frage um das nothwendige Brod für Mann, Frau und Kinder, allen Schwankungen des Marktes und des Waarenpreises ausgesetzt ist. Ich kenne nichts Beklagenswertheres als diese Thatsache. Welche Empfindungen muß das in diesen armen Menschen hervorrufen, die mit Allem, was sie nöthig haben und was sie lieben, täglich an die Zufälligkeiten des Marktpreises angewiesen sind! Das ist der Sklavenmarkt unsers liberalen Europa's, zugeschnitten nach dem Muster unsers humanen, aufgeklärten, antichristlichen Liberalismus und Freimaurerthums.

IV. Die zwei Gründe dieses Zustandes.

So war es nicht immer. Diese Zustände des Arbeiterstandes sind vielmehr erst in den modernen Staaten allgemein geworden. Damit urtheilen wir noch nicht, wir sprechen nur die Thatsache aus, daß diese Schwankungen in der Lebensstellung des gesammten Arbeiterstandes, demgemäß er mit seiner ganzen Existenz auf den Tagelohn angewiesen, der Tagelohn aber eine Waare geworden ist, deren Preis sich täglich durch Angebot und Nachfrage bestimmt, fast immer nur den Werth des allernothwendigsten Lebensunterhaltes darstellt und oft unter ihn herabsinkt, der Vergangenheit fremd waren, und erst mit der Neugestaltung der staatlichen Verhältnisse seit der Revolution eingetreten sind.

Es ist daher überaus wichtig, auch die Gründe dieser Zustände, die modernen volkswirthschaftlichen Prinzipien, aus denen sie hervorgegangen sind, genau kennen zu lernen. Wir können sie mit voller Sicherheit und unläugbarer Richtigkeit bezeichnen. Wir brauchen dazu nur das Gesagte vor Augen zu behalten und uns die Frage vorzulegen, was die Arbeit zur Waare gemacht hat und was ihren Werth auf die unterste Stufe der Lebensnothdurft herabdrängt.

Der Preis der Waare wird durch Angebot und Nachfrage bestimmt; Angebot und Nachfrage richtet sich nach der Concurrenz. Die Concurrenz wird aber auf den höchsten Grad durch Entfernung aller natürlichen und künstlichen Hindernisse gebracht, insbesondere also durch Entfernung aller Schranken, die den Handel behindern. Allgemeine Handelsfreiheit ist daher zugleich Eröffnung der höchsten Concurrenz, und höchste Concurrenz drückt den Preis der Waare bis zur äußersten Grenze der nothwendigsten Productionskosten herab. Wenn aus allen Theilen der Welt die Waare auf einen Markt zusammenfließen kann, so wird die wohlfeilste Waare derselben Güte den Sieg davontragen und alle anderen Producenten entweder verdrängen oder nöthigen, denselben Preissatz anzunehmen. Je allgemeiner die Handelsfreiheit, desto allgemeiner die Gültigkeit dieses Satzes, der bei der Leichtigkeit der Verkehrsmittel und der Mittheilung der Preissätze von dem einen Theil der Welt nach dem anderen noch unerbittlicher wird. Nur die Kosten des Waarentransportes machen eine kleine Modification und bilden eine gewisse natürliche Grenze gegen dieses Gesetz des Freihandelsystems. Die unermeßlichen Erleichterungen im Waarentransport heben aber auch diese Schranke fast wieder auf.

Wenden wir das Alles auf die zur Waare gewordene Arbeit an, so haben wir mit voller Evidenz den wahren Grund der angegebenen Arbeiterzustände. Der Arbeiterlohn wird durch Angebot und Nachfrage bestimmt. Das Angebot und die Nachfrage richten sich, wie bei der Waare, so auch bei der Arbeit nach der Concurrenz. Der höchste Grad der Concurrenz bei dem Angebote muß den Arbeiterlohn bis zur äußersten Grenze herabdrücken. Diese wird aber hervorgerufen, wenn alle Schutzmittel der Arbeit entfernt sind. Was die Entfernung aller Handelsgrenzen für die Waare, das ist die Entfernung aller Gewerbegrenzen für den Arbeiterstand. Unbedingte und allgemeine Gewerbefreiheit muß mit mathematischer Nothwendigkeit, mit derselben Consequenz, mit der zwei mal zwei vier macht, die allgemeinste Concurrenz unter den Arbeitern hervorrufen; die höchste Stufe der allgemeinen Concurrenz muß aber mit derselben Nothwendigkeit den Arbeiterlohn auf die unterste Stufe herabdrücken.

Damit haben wir den einen Grund der Lage des Arbeiterstandes in den modernen Staaten ausgesprochen, es ist die allgemeine Gewerbefreiheit. Es ist unmöglich, diese Thatsache zu läugnen. Arbeit ist Waare geworden, beide kauft man für den geringsten Preis bei der allgemeinsten Concurrenz von dem Mindestfordernden. Wer kann das mit gesunden Sinnen läugnen? Es ist wichtig, dies oft nnd wiederholt auszusprechen, denn das eben verschweigen die Parteien, die sich an das Volk herandrängen, sowohl die große liberale Partei, die vorzugsweise aus dem Freimaurerthnm, aus den Repräsentanten des großen Kapitals, aus dem rationalistischen Professorenthum und dem gewöhnlichen Literatenthum, das an dem Tische dieser hohen Herren ißt und für sie täglich reden und schreiben muß, zusammengesetzt ist, nach Außen aber für das Wirken im Volke gegenwärtig, bis ein neues Schlagwort Mode wird, die gemeinschaftliche Firma „Nationalverein“ und „Fortschrittspartei“ angenommen hat, als auch die eigentlich radicale Partei, die sich sonst durch eine gewisse ehrliche Consequenz vor der großen liberalen Partei auszeichnet. Beide vereinigen sich darin, daß unbedingte Gewerbefreiheit ein Postulat sei, über das nicht mehr disputirt werden könne. Wir entscheiden hier noch nicht, ob dies wahr ist, sondern behaupten, daß, selbst wenn die Gewerbefreiheit nothwendig ist, man es dennoch nicht dem Volke verschweigen sollte, daß die unbedingte Gewerbefreiheit unmittelbar und nothwendig jenen Zustand der gesammten Arbeiterbevölkerung zur Folge hat. Jene Parteien gleichen einem angeblichen Freund, der seinen Freund ins Wasser geworfen hat, und nun am Ufer stehend, alle möglichen Theorien darüber entwickelt, wie dieser ertrinkende Mann gerettet werden könnte, für diese ersprießliche Thätigkeit aber, ohne auch nur daran zu denken, daß er ihn selbst in diese Lage gebracht habe, das Prädicat der humansten Gesinnung und rührender Freundschaft in Anspruch nimmt.

Damit will ich übrigens nicht den Zunftzwang in seiner späteren Entwickelung alleweg in Schutz nehmen und ebensowenig alle Bestrebungen verwerfen, die eine größere Gewerbefreiheit fordern. Um diesen Schein zu meiden, müssen wir diesen Gegenstand näher betrachten.

Die Autorität und die Freiheit haben das an sich, daß beiden ewige göttliche Gedanken zu Grunde liegen, von deren Entwickelung das Heil der Menschen abhängt, die aber, da sie von Menschen hier gehandhabt werden, nie in ihrer vollen Reinheit zu Tage treten [1]), sondern immer behaftet

1) Wir nehmen hiervon nur die Lehraussprüche der Kirche aus, wenn sie den Inhalt der Offenbarung erklärt, weil diese, nach unserer Glaubenslehre, durch einen besonderen göttlichen Beistand unfehlbar sind.

mit menschlicher Armseligkeit und mißbraucht von menschlicher Selbstsucht. So geht es der Autorität; es liegt in ihr ein göttlicher Gedanke, sie ist unmittelbar Ausfluß der göttlichen Autorität selbst und soll sie in allen Verhältnissen, wo sie auftritt, in den höchsten und niedrigsten Formen repräsentiren. Unaussprechlich lächerlich ist es, für diese Autorität eine Art Surrogat im Volkswillen finden zu wollen. Aber die Autorität, die in ihrem Wesen so göttlich ist, wird von Menschen gehandhabt und diese Handhabung ist wahrlich nicht immer göttlich, sie wird mißbraucht im Dienste des Egoismus und kann die Angelegenheiten der Menschen auf Erden bis zum Höhepunkt des Verderbens bringen. Dann tritt unfehlbar der Zeitpunkt ein, wo die mißhandelte Freiheit herausbricht mit einer Art innerer Naturnothwendigkeit. Die Freiheit hat auch einen unzerstörbaren göttlichen Gedanken zur Grundlage, aber auch sie, von Menschen gehandhabt, wird unaussprechlich mißbraucht. Die Form, in der der Mißbrauch der Freiheit auftritt, ist der Ungehorsam, die Empörung gegen das rechtmäßige Gesetz und die rechtmäßige Autorität. Im Christenthum ist sie die Sünde. Auch sie kann bis zu einem äußersten Grad des Verderbens führen, wo sie dann gleichfalls mit einer gewissen Nothwendigkeit ihr Gegentheil hervorruft. So schwanken diese beiden Gegensätze auf Erden, wie ein immerwogendes Meer gegeneinander, so lange die Weltgeschichte dauert, und jene Menschen erfüllen unter diesen Verhältnissen die ihnen von Gott gegebene Bestimmung, die sich bestreben, Autorität und Freiheit zuerst in ihrem eigenen Leben, und dann in ihrer Stellung, die ihnen Gott nach Außen gegeben hat, zu versöhnen und zu vereinigen. Diese Grundverhältnisse reflectiren in allen anderen menschlichen Verhältnissen, und sie werfen auch ihr Licht und ihren Schatten auf die Fragen, die wir hier behandeln. Zunftzwang ist eine Beschränkung der Freiheit, der Gewerbefreiheit, repräsentirt also in gewisser Hinsicht die Autorität, die eben den Mißbrauch der Freiheit verhindern und beseitigen soll. Der Zunftzwang war seiner Idee nach ein Schutz für die Arbeiter, eine Art Vertrag [1]) zwischen dem Arbeiterstande und der übrigen Gesellschaft. Nach demselben gewährte der Arbeiterstand die nöthige Arbeit, die Gesellschaft aber gewährte den Arbeitern durch Beschränkung der Concurrenz einen höheren Lohn, um ihre Lebensexistenz zu sichern und sie nicht täglichen Schwankungen auszusetzen. Wer einem Anderen eine Arbeit liefert und sein Leben daran setzen muß, der hat an eine gewisse gesicherte Forterxistenz und an den Schutz, daß seine Existenz nicht täglich durch die Concurrenz in Frage komme, ein moralisches Recht. Alle Stände haben einen solchen Schutz durch natürliche und künstliche Schranken. Warum sollte der Arbeiter ihn allein entbehren müssen? Warum sollte der Arbeiter allein täglich sein Leben lang mit dem Gedanken hinter seiner Arbeit stehen müssen: ob ich morgen noch meinen Lohn, von dem ich mit Frau und Kindern lebe, haben werde, weiß ich nicht; vielleicht kommt morgen eine Schaar hungeriger Arbeiter aus einer fernen Gegend und bietet mich ab mit meiner Arbeit, und ich

1) Vertrag soll hier nur ein zweiseitiges Rechtsverhältniß ausdrücken, das aber nicht durch einen Privatact der Contrahenten, sondern durch die Natur der Sache von Gott gegründet ist.

muß mit Frau und Kindern hungern. Der reiche Kapitalist hat in seinem Kapital einen tausendfachen Schutz für seinen Geschäftsbetrieb, die Handelsfreiheit ist in diesen Regionen von einer Seite her doch nur Schein; der Arbeiter aber soll keinen Schutz haben, deßhalb wird das zünftige Gewerbe beschimpft. Damit ist gewiß nicht gesagt, daß der Zunftzwang in seiner Entwickelung fehlerfrei gewesen sei. Die Autorität ist mißbraucht worden, ohne daß deßhalb die Autorität selbst verworfen werden könnte. So ist auch der Zunftzwang, weil er seine gehörige Entwickelung nicht erhalten, im hohen Grade mißbraucht worden. Er hat oft der Trägheit und dem Egoismus gedient, die Waare ungebührlich vertheuert und die Consumenten durch schlechte Waare in ihrem Rechte beeinträchtigt; er bedurfte deßhalb einer Umgestaltung. Aber sein Princip war berechtigt und mußte erhalten werden. Dem Zunftzwang gegenüber steht die Gewerbefreiheit in einem ähnlichen Verhältniß, wie der Autorität gegenüber die Freiheit. Auch sie hat ihr Maß der Berechtigung, aber auch ihr berechtigtes Maß der Beschränkung. Der Zunftzwang in seinem Mißbrauche und verknöcherten Egoismus hat den Ruf nach Gewerbefreiheit hervorgerufen. Die Gewerbefreiheit hat die Waaren unermeßlich vermehrt, vielfach verbessert, den ungebührlichen Preis der Waare herabgedrückt und so den weitesten Kreisen der weniger bemittelten Menschenclassen die Befriedigung mancher Lebensbedürfnisse eröffnet, von denen sie früher ausgeschlossen waren. Aber sie hat auch ihre nothwendige Grenze und ihr gesetztes Maß, und wenn diese überschritten werden, so führt sie geradeso zu unseligen Consequenzen, wie der mißbrauchte Zunftzwang.

Wir haben aber bisher erst den einen Grund, der die gegenwärtige Lage des Arbeiterstandes hervorgerufen, die Arbeit zur Waare gemacht, und den Preis derselben auf die Nothdurft des Lebensunterhaltes herabgedrückt hat, hervorgehoben; wir müssen jetzt noch einen zweiten Grund betrachten, der namentlich auf den Preis der Waare einen entscheidenden Einfluß übt, nämlich die Uebermacht des Kapitals.

Diese Uebermacht des Kapitals hat in Bezug auf den Arbeiterstand eine doppelte nachtheilige Wirkung. Erstens vermindert sie die Zahl der selbstständigen Arbeiter und vermehrt die Masse der eigentlichen Taglöhner und Lohnarbeiter. Das ist evident, und eine mit mathematischer Nothwendigkeit eintretende Folgerung aus den herrschenden volkswirthschaftlichen Principien. So sind bekanntlich in Paris die meisten selbstständigen Kutscher zu Grunde gegangen und zu Dienstleuten geworden, seitdem eine Gesellschaft von Kapitalisten fast das gesammte Transportwesen in Paris in Betrieb genommen hat. So geschieht es, wenn über gewaltige Kapitalien gebietende Bauunternehmer oder Baugesellschaften sich dieses Gewerbszweiges bemächtigen. Sie kaufen Grund und Boden, liefern die Steine, Kalk und Holz, besorgen den Transport, führen die Gebäude auf und richten sie ein; alles, was früher selbstständige Meister und Gewerbsleute waren, tritt in das Verhältniß von Lohnarbeitern. Dasselbe Verhältniß tritt bei allen anderen Geschäften ein. Je größer das Kapital, desto mächtiger wirkt es in dieser Richtung. Wenn wir bedenken, wie massenhaft jetzt schon das Kapital in einzelnen Händen und in einzelnen Gesellschaften angewachsen ist, so müssen wir bekennen, daß die Wirkung, welche in dieser Hinsicht das Kapital in Zukunft üben wird, noch gar nicht abgesehen werden kann. Die Zahl der eigentlichen Lohnarbeiter und Taglöhner muß in's Unermeßliche zunehmen, da sich die Geschäfte nothwendig mehr und mehr concentriren werden. Die zweite Wirkung des Kapitals besteht darin, daß es in der Verbindung mit der Maschine[1]) den Preis der Waare mehr und mehr herabdrückt. Der Preis der Waare, die das Kapital mit der Maschine producirt, bestimmt sich nicht mehr nach dem Lebensunterhalt der Arbeiter, sondern nach dem Kaufpreis der Maschine und den Betriebskosten derselben, und mit diesem Waarenpreis muß nun der Arbeiter concurriren. Er steht jetzt nicht bloß anderen Arbeitern in der allgemeinen Concurrenz gegenüber, die, wie er, essen und trinken und schlafen müssen, sondern er steht einer Maschine gegenüber, die ohne Hunger und Schlaf, rastlos, nicht mit bloßer Menschenkraft, sondern mit vieler Pferdekraft Tag und Nacht fortarbeitet. Während die arme Näherin endlich müde niedersinkt, arbeitet die Nähmaschine mit einer Geschwindigkeit, die zahllose Hände nicht erreichen können, und doch muß sie mit dem Nähpreis sich begnügen, bei dem die Maschine noch

1) Hiermit sage ich selbstverständlich nichts gegen die Maschine selbst. Die Benutzung der Naturkräfte im Dienste des Menschen ist ein Sieg des Geistes über die Materie und kann, recht benutzt, zu einer immer größeren Befreiung des Menschen von der Noth und Knechtschaft der materiellen Arbeit dienen.

arbeiten kann. So überall und in allen Gewerbszweigen. Auch hier sind wir erst im Beginne moderner Entwickelung. Was wird aber daraus werden, wenn sich diese Maschinengrundsätze moderner Volkswirthschaft und Volksfreundlichkeit mit der ganzen unbarmherzigen Rücksichtslosigkeit, die in ihnen liegt, über alle entsprechenden Verhältnisse, über alle Nahrungszweige des Arbeiterstandes ausgedehnt haben werden?

Das ist die Lage des Arbeiterstandes, deren Entwickelung wir in ihren Anfängen vor uns haben, und das sind die beiden volkswirthschaftlichen Prinzipien, aus denen sich diese Lage mit Nothwendigkeit ergibt. Es wäre die Aufgabe der Staatsgewalt gewesen, den Mißbrauch, der in den Zunftzwang eingedrungen war, von dem zu unterscheiden, was in ihm wohl berechtigt war, und es mit dem zu verbinden, was auch die Forderung der Gewerbefreiheit Berechtigtes hat. Wahre Staatsweisheit scheint aber auf Erden selten geworden zu sein. Die Staatslenker sind vielfach nur Lenker in dem Sinne, wie der Hemmschuh den Wagen lenkt, der den Berg herabrutscht; sie sind selbst gelenkt und gezogen von dem Zeit- und Parteigeist in seiner abschüssigen Bewegung, und ihr ganzes Geschäft besteht darin, daß sie als Hemmschuh diese dem Abgrund zueilende Richtung in der Schnelligkeit einigermaßen aufhalten. So haben sie es nicht verstanden, den Arbeiterstand nach diesen zwei Seiten hin zu organisiren, und wir gehen deßhalb unbeschränkter Gewerbefreiheit mit allen ihren Folgen unaufhaltsam entgegen. Die mißbrauchte Gewerbefreiheit wird aber noch verderblicher wirken, als der mißbrauchte Zunftzwang.

Man kann sich kaum etwas Beklagenswertheres denken,

als den zahlreichen Arbeiterstand, täglich auf dem Weltmarkt bezüglich seines Lohnes, der ihm das Brod gibt, als Waare ausgeboten, mit der quälenden Ungewißheit: Morgen bin ich vielleicht mit meinem Weibe und mit meinen armen Kindern brodlos, nackt und ohne Obdach. Ein solcher Zustand muß das Menschengeschlecht zu einem Meere machen, das ohne Unterlaß von den wüthendsten Winden gepeitscht, seine Fluthen, Alles zerstörend, thurmhoch in die Höhe wirft.

Nachdem wir aber nunmehr die Lage des Arbeiterstandes hinsichtlich seiner Ernährung dargelegt und die Gründe angegeben haben, aus denen sie hervorgegangen ist, können wir dazu übergehen, die Mittel zu prüfen, die zur Verbesserung dieser Zustände von den verschiedenen Seiten in Vorschlag gebracht worden sind, und was wir von ihrem Werthe zu denken haben.

V. Vorschläge der liberalen Partei.

Wir können sie in drei Gruppen alle zusammenfassen. Die eine Gruppe bildet angeblich die Vorbedingung der anderen.

Die erste Gruppe umfaßt folgende Vorschläge, die als Heilsmittel angepriesen werden:

Unbedingte Gewerbefreiheit;

Unbedingte Handelsfreiheit;

Unbedingte Freizügigkeit; d. h. das Recht für Jedermann, welcher Gemeinde, welchem Lande oder welcher Nation er auch angehören mag, sich an jedem Orte, wo er will, seinen Aufenthalt und Wohnsitz zu nehmen, und jeden beliebigen Nahrungszweig zu betreiben; also Freizügigkeit nicht bloß für die Inländer, sondern für alle Nationen, nicht bloß für ein Land, sondern für alle Länder;

das Recht, in jeder Gemeinde Heimathsrecht zu erwerben, wo sich Jemand einige Jahre ohne Unterbrechung und ohne der öffentlichen Armenpflege zu verfallen, aufgehalten hat;

unbeschränktes Recht zur Verheirathung, lediglich geknüpft an die allgemeinen civilrechtlichen Voraussetzungen des Eherechtes, mit Hinwegfall jeder anderen einschränkenden Bedingung, insbesondere der Zustimmung der Heimaths- oder Niederlassungsgemeinde, der Vorprüfung oder Bewilligung einer Staats- oder Provinzialbehörde, des Nachweises der Fähigkeit, eine Familie zu ernähren, des Erwerbes des Staats- oder Gemeindebürgerrechtes u. s. w.[1]).

Diese Maßregeln sollen gleichsam erst den Boden bereiten. Daran knüpft sich dann die zweite Gruppe der Vorschläge:

Individuelle Selbsthilfe der Arbeiter;
Bildung des Arbeiterstandes.

Das ganze System enthält dann seinen Abschluß durch die dritte Gruppe der Vorschläge. Sie umfaßt:

Die Arbeitergenossenschaften in der von dieser Partei vorgeschlagenen Weise, hervorgerufen durch die sociale Selbsthilfe.

In diesen drei Gruppen bewegen sich alle Vorschläge der liberalen Partei. Daß bei ihnen vielfach guter Wille, dem Arbeiterstand zu helfen, und mancherlei Einsicht in die bestehenden Verhältnisse vorhanden ist, kann gewiß nicht geläugnet werden. Auch haben diese Vorschläge manches Wahre und Berechtigte an sich. Sie leiden aber, wie mir scheint,

---

1) Beschlüsse des sechsten Congresses der deutschen Volkswirthe zu Dresden vom 14. bis 16. September 1863. (S. Arbeiterfreund Heft 3. Jahrgang 1863. S. 353.)

an Uebertreibungen, innern Widersprüchen und großer Unklarheit; sie haben eine durchaus verkehrte Grundlage; das Wahre an ihnen ist vielfach nicht neu, und das Neue nicht wahr; und sie sind endlich alle zusammen nicht im Entferntesten im Stande, den wirklichen Nothstand der arbeitenden Classe erheblich zu verbessern. Ich will diese Behauptungen näher zu begründen suchen.

Die erste Gruppe der oben angegebenen Vorschläge ist eine wahre Pulverisirung des Menschengeschlechtes. Es liegt ihr eine ganz mechanisch rationalistische Auffassung, wie sie dieser ganzen Partei eigen ist, zu Grunde. Sie ist eine genaue Anwendung der Lehre des Materialismus auf das arme Menschengeschlecht. Wie nach dieser Lehre angeblich sich alles Sein in Stoffatome als Grund von Allem auflöst und wieder zusammenfügt, so soll es mit dem Arbeiterstande gemacht werden. Das ist das tiefste, alles erklärende Princip der modernen Volkswirthschaft. Sie hätte ihre absolute Berechtigung, wenn die Menschen in der That zu einander lediglich im Verhältniß von Zahlen ständen. Die größte Zahl besteht aus Einheiten, und jede Einheit hat durchaus denselben Werth; man kann sie ganz beliebig an jede Stelle setzen, am Anfang oder in der Mitte oder am Ende der Nummer, und sie hat immer ihre rechte Stellung. Wenn es so mit den Menschen wäre, so könnte man gewiß nichts Besseres thun, als das gesammte Menschengeschlecht in den fünf Welttheilen in lauter Einheiten auflösen und sie beliebig unter einander werfen, und es gäbe dann immer eine gute Zusammenstellung und ein vortreffliches Verhältniß. Es fehlt diesem Systeme von „Unbedingtheiten“ und „Freiheiten“ nur noch eine

Consequenz. So gewiß nämlich, wie die Verheirathung von keiner Bedingung mehr abhängig gemacht werden darf, so gewiß darf auch die Trennung der Ehe dann keine Schranken mehr haben. Nach dieser Doctrin muß auch die christliche Unauflösbarkeit der Ehe als unberechtigt erscheinen, und eine volkswirthschaftliche Majorität in der Kammer wird bei der Neugestaltung der Dinge auch diese Anmaßung der christlichen Kirche zurückweisen müssen. Diese ganze Pulverisirungsmethode, diese chemische Auflösung des ganzen Menschengeschlechtes in Individuen, in gleichmäßige Staubtheile, in die Atome unserer materialistischen Naturanschauung, damit dann der Wind diese Staubtheile über die ganze Erde bald so, bald so vertheilen kann, ist aber ebenso unwahr, wie ihre Grundlage und Voraussetzung. Die Menschen sind eben nicht lediglich Zahlen von ganz gleichem Werthe. Herr Schulze-Delitzsch weist selbst darauf hin, daß eine absolute sociale Gleichheit ein Unsinn ist und mit der Natur im Widerspruch steht. Die Mannigfaltigkeit der Menschen an physischen und intellectuellen Fähigkeiten ist unermeßlich und wird ganz unberechenbar noch gesteigert durch die verschiedene Ausbildung derselben in den gar nicht mehr zu verfolgenden Einwirkungen der mannigfaltigsten äußeren Verhältnisse. Es ist wahr, daß der Mensch sich selbst ernähren muß, so weit er kann, und daß er dazu auch von Gott die nöthigen Kräfte bekommen hat; es ist aber nicht wahr, daß jeder Mensch wirklich in der Lage ist, sich selbst zu ernähren, und noch weniger, daß er sich in Hinsicht auf Ernährungsfähigkeit mit allen anderen Menschen in ganz gleichen Verhältnissen befindet. Bei dieser unermeßlichen Verschiedenheit der Menschen an körperlichen und geistigen Fähigkeiten, an Ausbildung u. s. w., die selbst wieder in jedem einzelnen Menschen mit dem Alter so vielfach wechselt, hat nun die Vorsehung die allerverschiedensten organischen Entwickelungen sich gestalten lassen, in denen der Mensch Schutz und Hilfe findet. Es ist daher gewiß ein nicht beabsichtigtes, aber dennoch in der That ein wahres Verbrechen an der Menschheit, alle diese Schutzmittel aufzuheben, um den Menschen mit der unendlichen Verschiedenheit seiner Individualität und aller seiner übrigen Verhältnisse auf die tägliche Concurrenz mit dem ganzen Menschengeschlechte anzuweisen. Wenn das ganze Menschengeschlecht nach diesen Grundsätzen unbedingter Gewerbefreiheit, unbedingter Freizügigkeit, unbedingter Ansässigmachung, unbedingter Schließung und Trennung des ganzen Familienlebens organisirt wäre, und wenn dann diese rationalistisch-liberale Rechenmaschine in der That nach dieser ausschließlichen Vernunft der Mathematik sich bethätigen könnte, so wäre die absolut nothwendige Folge, daß täglich alle jene Zahlen, die nicht den vollen Werth haben, in dieser allgemeinen Concurrenz ausgeschieden werden und zu Grunde gehen müssen. Diese erste Maßregel ist daher wahrlich noch kein Hilfsmittel zur Verbesserung der Lage des Arbeiterstandes. Sie treibt vielmehr die oben geschilderten Zustände erst recht auf die Spitze und ruft die allgemeinste Concurrenz ins Leben, die gedacht werden kann. Sie würde unfehlbar den Arbeiterlohn auf die niedrigste Stufe der Lebensbedürfnisse herabbringen, und selbst diese niedrigste Stufe des Lohnes nur Jenen gewähren, die im Vollgenuß ihrer physischen und intellectuellen Kräfte sich befänden. Das wäre die mathematische Consequenz dieser lediglich mechanisch-mathematischen Procedur.

Doch diese Gruppe von Hilfsmitteln soll ja nur gleichsam die Unterlage bilden. Es knüpft sich daran die zweite Ordnung derselben, die vielgepriesene Selbsthilfe und die in Aussicht gestellte Bildung des Arbeiterstandes. Ich fürchte, daß auch diese Mittel der Brodvermehrung im Sinne der liberalen Partei sich bei näherer Prüfung als ungenügend erweisen.

Die liberale Partei kann es nicht lassen, mit einem gewissen scheelen Blick auf das Almosen der Klerikalen und der Kirche hinzudeuten. Sie kann zwar nicht läugnen, daß der Arbeiter arbeitsunfähig werden kann, und dann der Hilfe Anderer, des Almosens bedarf. Sie redet auch von Invalidenhäusern, Krankenhäusern u. s. w. Kaum aber, daß solche Dinge berührt sind, kehrt sie wieder zur Verdächtigung des Almosens zurück und sucht dem Arbeiter das Gefühl beizubringen, als ob die vom Christenthum ihm bisher gebotene Hilfe eine Art Kränkung seiner Menschenwürde gewesen wäre. Mit Mißgunst sieht sie namentlich auf die großartige Thätigkeit der Nächstenliebe in Belgien hin, und sie entblödet sich nicht, darauf hinzudeuten, wie man diese großen Geldsummen viel besser hätte verwenden können. Insbesondere sucht sie den Schein zu verbreiten, als ob die bisherige Art der christlichen Liebe vielleicht gut gemeint, aber ohne rechte Einsicht und im Grunde nur eine Unterstützung der Trägheit gewesen sei, während die im Geiste der Humanität und des Liberalismus geübte Liebe die Aufgabe habe, dieser Beförderung der Trägheit entgegenzutreten und die Würde der Arbeit wieder herzustellen. Daher dieses bis zum

Eckel wiederkehrende Gerede von der Macht der Selbsthilfe, von der Würde, die sie dem Arbeiterstande zu gewähren im Stande sei; die dann noch durch die Bildung des Arbeiterstandes, wie sie unter der bildenden Pflege der Väter der liberalen Partei jetzt stattfinden soll, einen ganz unerhörten und fabelhaften Aufschwung gewinnen werde.

Das Alles ist nun einseitig, vielfach unwahr, und kann bei einer Fortentwickelung dieses einseitig Unwahren zu einer unaussprechlichen Beschädigung des Arbeiterstandes führen. Der großen liberalen Partei fehlt überhaupt eine gewisse tiefere Einsicht in alle Dinge, wo der Mensch als solcher thätig ist. Das bringt so der oberflächliche Rationalismus mit sich, der besser die Bewegungen der Maschine, als die Thätigkeiten und Bedürfnisse der Menschen versteht. Insbesondere fehlt ihr deßhalb auch jede tiefere Einsicht in das Wirken des Christenthums und der Kirche, der sie voll Vorurtheilen entgegen steht. Sie kennt namentlich nicht das übernatürliche Christenthum, seine Lehren und Hilfsmittel, und ahnet nicht, daß das, was sie selbst Gutes erstreben will, allein und einzig durch das Christenthum erlangt werden kann. Sie wird deßhalb auch selbst bei gutem Willen über den Arbeiterstand am Ende nur unermeßliches Verderben herbeiführen. Gehen wir zur Begründung dieser Behauptungen und damit zum Einzelnen über.

Es ist also erstens nicht wahr, daß das christliche Almosen die Trägheit unterstützt hat; das Wesen des christlichen Almosens und der Geist, der das Almosengeben hervorgerufen, will dem Mitbruder helfen, der sich selbst nicht helfen kann. Mißbräuche sind da möglich, aber sie liegen nicht im Geiste der christlichen Institution. Wer den Mißbrauch des Almosens ganz verhüten will, der wird unfehlbar oft in die äußerste Härte gegen Jene fallen, die des Almosens würdig sind. Diese Geringschätzung, die man jetzt dem Almosen anzuhängen sucht, ist vielfach ein verdeckter Geiz, der unter solchen Redensarten seinen Mangel an Nächstenliebe zu verbergen sucht. Nicht der christlichen Nächstenliebe und der kirchlichen Armenpflege fällt der Vorwurf zur Last, daß sie durch das Almosen Trägheit und Lüderlichkeit befördert habe, sondern dies ist ganz eigentlich eine wesentliche Folge der vom Christenthum und der Kirche getrennten amtlich-bürgerlichen Armenpflege, die lediglich in der Verabreichung bestimmter Almosen zu bestimmten Zeiten durch den Polizeidiener besteht.

Ebenso ist es zweitens eine thörichte Selbstüberhebung, wenn die liberale Partei sich den Schein gibt, als ob sie die Bedeutung der Selbsthilfe und der Würde, die sie dem Arbeiter verleiht, erfunden und als neue Wahrheit der Welt verkündet habe. Diese Anmaßung macht sich in ihren Erzeugnissen bis zum Ueberdruß geltend. Die Nothwendigkeit der Selbsthilfe hat vielmehr, so lange es Menschen gegeben hat, noch Niemand geläugnet. Gott hat ihre Nothwendigkeit der Vernunft jedes Menschen mit voller Evidenz eingeprägt, und zur unauslöschlichen Erinnerung das Naturgesetz beigefügt, daß er essen und trinken muß, um zu leben. Sie ist, in die gewöhnliche Sprache übersetzt, nicht mehr und nicht weniger, als die Pflicht zur Arbeit. Gott hat überdies diese angeblich neue Theorie auch schon vor sechstausend Jahren ausdrücklich verkündet, als er den Menschen sagte: „Im Schweiße deines Angesichtes sollst du dein Brod essen.“ Es war aber dem Christenthum vorbehalten, diese Pflicht der Arbeit, die Gott als Gesetz der Vernunft eingeprägt und von Anfang in der Uroffenbarung verkündet hatte, eine neue Bedeutung zu geben, und ihr die rechte Weihe zu verleihen. Der wahre Sinn und die höchste Bedeutung der Arbeit gehört ausschließlich dem Christenthum an, und nicht dem menschenfreundlichen Liberalismus. Wer die Arbeit verstehen und durch die Arbeit den Arbeiter wahrhaft erheben will, der muß durch Christus in das wahre Verständniß der Arbeit eingehen. Die Arbeit, von der wir hier reden, hat drei Momente an sich. Sie ist erstens ein nothwendiges Mittel des Broderwerbes; sie ist zweitens eine Mühe, eine Last, die dem Menschen schwer fällt, die er von sich werfen möchte; sie hat drittens eine tiefsittliche Kraft, die den Menschen veredelt. Wenn die liberale Partei von der Würde redet, die die Selbsthilfe, also die Arbeit, oder vielmehr die Arbeitsamkeit, der Fleiß, dem Arbeiter gewährt, so ist das zwar wahr, sie hat aber für die rechte Beurtheilung dieser scheinbar sich widersprechenden Momente kein Verständniß. Die Arbeit mit ihrer schweren, drückenden Last auf der einen Seite und ihrer hohen sittlichen Kraft auf der anderen Seite hängt mit den tiefsten Geheimnissen der Religion zusammen, über die uns nur der Glaube wahre Aufschlüsse gibt. Die liberalen Herren widmen sich ja nicht aus Liebe zu dieser Würde der körperlichen Arbeit, und fast alle Arbeiter streben nach einer Lage, wo sie sich der Mühe der körperlichen Arbeit nicht mehr zu unterziehen brauchen. Auf dem Boden des Rationalismus haben die schönen Reden von der Würde der Arbeit keinen Sinn. Im Heidenthum war die Arbeit Sache der Sklaven, und ohne allen Zweifel würde der gesammte Arbeiterstand auch diese Stellung in der Zukunft wieder einnehmen, wenn es möglich wäre, die Welt nach den Ideen des Liberalismus umzugestalten. Es wird mit allen schönen Redensarten von Selbsthilfe und Menschenwürde nicht gelingen, den Arbeiterstand auf dem Boden einer rein natürlichen Anschauung davon zu überzeugen, daß das Loos derer beneidenswerth sei, die da die Last der täglichen Arbeit auf sich haben. Wenn es nur ein irdisches Leben gibt, wenn es zur Befriedigung des innersten Dranges nach Glückseligkeit keine anderen Genüsse gibt als irdische, so ist und bleibt das Schicksal Derer, die fast ihr ganzes irdisches Leben in der Entbehrung aller irdischen Genüsse, angewiesen auf die äußerste Nothdurft des Lebens, in täglicher mühevoller Arbeit zubringen müssen, — und in dieser Lage befindet sich der weitaus größte Theil des Menschengeschlechtes, — ein unnatürlicher und unerträglicher Widerspruch, der in der Natur liegt. Diesen unerträglichen Widerspruch zwischen dem, was dann diese Masse des Menschengeschlechtes, nach einem inneren Triebe der Natur, von seinem irdischen Dasein an Glückseligkeit fordert, und dem, was es im irdischen Leben empfängt, wird die liberale Partei nicht mit Redensarten von Selbsthilfe, von Arbeiterwürde, oder durch Beförderung einiger Belustigungen, die dem Arbeiterstande geboten werden, ausgleichen können. Der ungläubige Liberalismus kann es bei seinen Lehren nicht verhindern, daß der Arbeiterstand seine Lage im Vergleich zu den Classen, denen alle Genüsse des Lebens zu Gebote stehen, für eine Naturwidrigkeit ansieht und sich der Meinung hingibt, diese Unordnung müsse durchaus ihren Grund in den mangelhaften politischen und socialen Einrichtungen, also in der Bosheit anderer Menschen, von denen diese herstammen, haben; es müsse daher einen Fortschritt geben, wo die Triebe aller Menschenherzen, die Befriedigung fordern, mit irdischen Genüssen ausgefüllt werden könnten, es müsse Volksfreunde geben, die durch politische und sociale Einrichtungen diesen Zustand allgemeiner irdischer Sättigung hervorzuzaubern im Stande wären. Das ist ja schon jetzt die unbewußte Grundstimmung so vieler Menschen, und die Ursache ihres blinden Glaubens an jeden Betrüger. Bei den Voraussetzungen des Unglaubens ist und bleibt der Arbeiterstand ein unseliger, unglücklicher Stand, der von fast allen Genüssen ausgeschlossen ist, die ihm für die einzig wahren angepriesen werden, während er seine großen Freunde aus der liberalen Partei täglich in diesen Genüssen schwelgen sieht. Man muß übermäßig verblendet sein, um die nothwendigen Consequenzen dieser ganzen Anschauung nicht vorherzusehen. Im Heidenthum bestand sie darin, daß entweder die Sklaven ihre Herren mordeten, oder daß die Herren ihre Sklaven mit Peitschen zu Paaren trieben. Das ist das praktische Resultat und die letzte nothwendige Consequenz aller Bemühungen für den Arbeiterstand, die sich lediglich auf dem Boden des Materialismus bewegen, auf dem ja die große liberale Partei gänzlich ihren Standpunkt gewählt hat. Die Arbeit hat, wie wir sahen, zwei anscheinend sich widersprechende Seiten, sie hat etwas Mühevolles, Lästiges, das der Mensch von sich wirft, sobald er es vermag; — jeder Arbeiter arbeitet mit der Empfindung dieser Mühe und Pein; sie hat aber auch etwas überaus Veredelndes, Belohnendes, Sittigendes. Die Erklärung dieser scheinbaren Widersprüche finden wir nur in der Offenbarung und im Glauben. Dieser lehrt uns, daß die Arbeit, wie sie jetzt auf uns lastet, mit dem Verhältniß der Menschen zu Gott, mit der Sünde zusammenhängt; daß die Arbeit deßhalb theils eine Strafe, theils aber auch ein Mittel der Versöhnung mit Gott ist. Ferner lehrt uns der Glaube, daß Gottes Sohn, um jene Sünde zu tilgen, Mensch, der Sohn eines Arbeiters und selbst Arbeiter geworden ist. Das Christenthum erklärt uns so erstens den Grund der Arbeit, zweitens die geheimnißvollen Gegensätze in der Arbeit, und drittens die sittigende Kraft, die Weihe und den wahren Werth der Arbeit. Das Christenthum lehrt uns endlich höhere Güter kennen, als die irdischen, deren Genuß nicht auf die Dauer dieses Lebens beschränkt ist, an denen der gute Arbeiter Theil haben wird in dem Maße, wie er hier seine Pflicht treu erfüllt und die Entbehrung mancher irdischen Genüsse aus Liebe zu Gott treu getragen hat. Es sind nur zwei Classen von Arbeitern möglich, christliche Arbeiter und nichtchristliche Arbeiter. Nur der christliche Arbeiter hat für seine Stellung in der menschlichen Gesellschaft einen hinreichenden Grund, der ihn beruhigen kann; nur er hat bei seiner Arbeit Beweggründe, die ihn sittigen können; nur ihn tragen bei der Arbeit Ideen, die ihn mitten in der Entbehrung aller Genüsse durch innere Zufriedenheit und hohes inneres Glück befriedigen können. Das Alles fehlt nothwendig dem unchristlichen Arbeiter. Er muß das blinde Schicksal verfluchen, das ihn bei denselben Bedürfnissen nach irdischen Genüssen an diese Stelle der menschlichen Gesellschaft gestellt hat, die ihm alle Genüsse verwehrt. Sein ganzes Leben ist ein unbefriedigter Hunger. Er kann keine anderen Beweggründe bei der Arbeit haben, als Befriedigung seiner Lebensnothdurft, und den Versuch, ob die Arbeit ihm so glückt, daß er endlich einige Jahre ohne Arbeit zubringen kann. Aber von Ideen, die ihn bei der Arbeit mit Freude und Glück erfüllen, kann gar keine Rede sein. Der Hinblick auf den arbeitenden Gottessohn ist ihm ja durch die Wirksamkeit seiner Freunde lange geraubt. Welch eine Thorheit, wenn die große liberale Partei sich einbildet, diese unermeßliche Last der täglichen mühevollen Arbeit im Schweiße des Angesichtes, die auf so vielen Menschen lastet, mit Redensarten von Selbsthilfe und Menschenwürde leicht und erträglich machen zu können!

Unwahr ist endlich **drittens** auch die Bildung, die diese Partei dem Arbeiterstande als Mittel verspricht, ihm in seiner Lage zu helfen. Die Arbeiterbildungsvereine spielen jetzt eine große Rolle. Man ist bemüht, ihnen die größte Ausdehnung zu geben. Das Formular für die statistischen Nachrichten über diese Thätigkeit der liberalen Partei, welches von den betreffenden Berichterstattern entworfen und im Programm der fünften Sitzungsperiode des internationalen statistischen Congresses in Berlin abgedruckt worden ist, zeigt uns die ganze großartige Organisation und Ausdehnung, die dieser Thätigkeit für den Arbeiterstand gegeben werden soll. Die Arbeiterbildungsvereine werden dort aufgeführt unter dem bescheidenen Titel: „Genossenschaften zur Erwerbung und Vermehrung des geistigen Kapitals ihrer Mitglieder." Dann kommen eine große Anzahl von Punkten, über die berichtet werden soll. Unter der Rubrik: „Zweck des Vereins" wird die Frage gestellt, ob er denselben verfolge a) durch Ertheilung von Unterricht, b) durch regelmäßige Abhaltung von Versammlungen, von Vorträgen, c) durch Anschaffung und Erhaltung einer Bibliothek, d) durch Anschaffung und Sammlung naturwissenschaftlicher Gegenstände, e) durch Veranstaltung naturwissenschaftlicher und technologischer Excursionen, f) durch Aussetzung und Gewährung von Reisestipendien, g) durch Herausgabe von Zeitschriften. Daran knüpfen sich unter derselben Rubrik sofort die weiteren Fragen:

a) Veranstaltet er Familienversammlungen? wie oft? dürfen daran auch die Kinder der Mitglieder Theil nehmen?

b) Veranstaltet er zuweilen Concerte? wie oft? Wirkt der Sängerchor des Vereins dabei zuweilen mit? In welcher Weise? Wie oft im Jahre?

c) Veranstaltet die Turnerschaft des Vereines zuweilen Turnfeste? Turnfahrten? Wie oft im Jahre?

d) Besitzt der Verein ein Theater und veranstaltet er zuweilen oder regelmäßig Theatervorstellungen, lediglich durch seine Mitglieder?

e) Veranstaltet der Verein Weihnachtsbescheerungen für seine Mitglieder? u. s. w.

Wir haben diese Einzelnheiten mitgetheilt, um ein Bild von dem Umfange zu geben, den man diesen Arbeiterbildungsvereinen zu geben beabsichtigt.

Sie sollen das ganze Leben des Arbeiters nach allen Seiten hin, materiell und geistig, selbst seine Vergnügungen, seine Erholungen, selbst sein Familienleben umschließen und unter die Hand bringen, die alle diese Vereine lenkt und leitet.

Fragen wir uns nun, inwieweit ein so organisirter Arbeiterbildungsverein als Mittel dienen kann, um das Ziel zu erreichen, worum es sich hier vor Allem zuerst handelt, um ihm nämlich bei der allgemeinen Concurrenz einen höheren Preis für seine Arbeit zu verschaffen, als die absolute Lebensnothdurft beträgt, so habe ich die Ueberzeugung, daß es mit diesen Arbeitervereinen gerade so steht, wie mit dem neuentdeckten Mittel der Selbsthilfe, daß sie nämlich nicht im Entferntesten erfüllen werden, was sie verheißen. Eigentliche Handwerkerschulen, wo Handwerker diejenigen technischen Kenntnisse erlernen, die ihnen zum Betriebe ihres Gewerbes nothwendig sind, und wo sie zugleich die Kenntnisse der Elementarschule ergänzen und vervollständigen können, sind ein wesentliches Bedürfniß. Inwieweit die Arbeiterbildungsvereine hierfür sorgen, thuen sie etwas Gutes. Diese Thätigkeit ist ihnen aber in keinerlei Weise eigenthümlich. Der ganze Apparat von Bildungsmitteln, der uns aber außerdem in den obigen Punkten vorgeführt ist, wird erstens an der materiellen Lage des Arbeiterstandes im Großen und Ganzen nicht das Mindeste verändern. In dieser Hinsicht wird hier ein wahrer Humbug mit dem Arbeiterstande getrieben. Die große Masse des Arbeiterstandes lebt in der täglichen mühevollen Last der Arbeit; selbst Kinder müssen in der Zeit, wo die Elementarschule besucht wird, schon vielfach arbeiten. Die größte Menge der Arbeiter ist durch die Arbeit physisch erschöpft und ermüdet. Nur Wenige werden im Verhältniß noch in der Lage sein, diesen ganzen glänzenden Apparat von Bildungsmitteln nur einigermaßen zu benutzen; nur Wenige von diesen aber, die den Versammlungen mit Vorträgen beiwohnen können, werden das, was die gelehrten Herren ihnen dort entwickeln, nur einigermaßen zu verstehen im Stande sein. Wie überall, so gibt es auch im Arbeiterstande einzelne besonders geistig befähigte Individuen, die vielleicht daraus einigen Nutzen für den Betrieb ihres Geschäftes gewinnen Sie werden aber eine verschwindende Minorität bilden. In demselben Maße aber, wie durch die Natur der Verhältnisse diese Bildungsmittel für die eigentliche Bildung des Arbeiterstandes nur wenig nützen, wird dagegen zweitens Alles, was nebenbei die Vergnügungssucht befördert und den Hochmuth kitzelt, die ausgedehnteste Betheiligung finden. Das geistige Kapital, das nach obiger Ueberschrift durch Vermittelung dieser Vereine gewonnen werden soll, wird sich vor Allem ansammeln und vermehren in jenen Zusammenkünften, die der Genußsucht dienen. Das ist ein sicheres Resultat jener Bildungsvereine, das sich schon jetzt vor unseren Augen entwickelt. Das ist aber wahrhaft kein Mittel, dem Arbeiter einen höheren Lohn zu verschaffen, während doch das Mittel hierfür vor Allem gesucht und von den Volksfreunden gefordert wird. Wenn man Arbeiter, deren Verdienst kaum ausreicht, um das tägliche Brod zu kaufen, zu allen diesen Familienversammlungen, Vergnügungen, Concerten, Theatern, Tänzen, Turnerfahrten einladet, muß man zuerst, wenn man redlich für sie sorgen will, neue Erwerbsquellen eröffnen; sonst ruinirt man sie und ihre Familien, statt ihnen zu helfen. Die Bildungsmittel der Arbeiterbildungsvereine werden dann nicht das geistige Kapital der Arbeiter vermehren, sondern auch das materielle Kapital des armen Arbeiterstandes zu Grunde richten.

Diese Bedenken werden aber durch eine andere Betrachtung noch ganz wesentlich vermehrt. Bei der Bildung, die die große liberale Partei dem Arbeiterstande verspricht, ist Religion und Christenthum gänzlich außer Acht gelassen. Sie ignorirt Religion und Christenthum und läßt nur ab und zu ihren Widerwillen und ihre Geringschätzung durchblicken. Die große Masse des Arbeiterstandes hängt noch mit der Kirche und mit dem Christenthum zusammen. Die Leiter der Arbeiterbildungsvereine gehen aber großentheils aus jenen Schichten unserer städtischen Bevölkerung hervor, die dem Christenthum und der übernatürlichen Offenbarung lange entsagt haben. Alles liegt in diesen Kreisen durcheinander, ein Wirrwarr und wildes Chaos der widersprechendsten Ansichten über die Gründe der Dinge, vom plattesten und gemeinsten Materialismus bis zu einem gewissen sentimentalen Deismus ist in einen geistigen Brei zusammengekocht. Diese Classen wollen jetzt die Bildner des arbeitenden Volkes werden unter dem Vorwande, ihnen in dieser Bildung ein Mittel zu bieten, ihren Hunger zu stillen. Sie werden es gewiß nur um so unglücklicher machen. Aber die Gefahr der Verführung ist sehr groß. Wir haben ja oben die Hebel kennen gelernt, welche für die Zwecke dieser angeblichen Bildung in Bewegung gesetzt werden sollen. Das Athemholen, die Arbeit, die Sorge für die Nahrung bleibt dem Arbeiterstande nur noch für sich übrig; alles Andere werden die Leiter des Arbeiterbildungsvereines in die Hand nehmen. Ihre Vorträge, ihre Schulen, ihre Bibliotheken, insbesondere ihre naturwissenschaftlichen Belehrungen und Excursionen, ihre Theater, ihre Gesänge, ihre Familien- und Volksbelustigungen, Alles wird Propaganda machen, um die Bildung, an der sie selbst todkrank sind, auch im Arbeiterstande zu verbreiten. Selbst der Sonntag, wo die Kirche allein noch im Namen Christi zum Herzen des Arbeiterstandes sprechen kann, wird dem Christenthum entrissen werden, um auch ihn für die Zwecke des Arbeiterbildungsvereines auszubeuten. Dafür spricht jenes merkwürdige Interesse, das schon jetzt eine Partei an jeder Sabbatschändung nimmt. So sehen wir wahrhaft diese Baumeister damit beschäftigt, eine Kirche des Materialismus der Kirche Christi als neue Bildungsanstalt entgegenzustellen. Dadurch gewinnen die Vereine, die angeblich den Zweck haben, den Arbeiterlohn zu verbessern, eine ganz neue und überraschende Seite, und es scheint die Absicht hier durchzublicken, weniger für das materielle Wohl des Arbeiterstandes zu sorgen, als diesen Stand für die Zwecke der Partei und ihrer feindlichen Stellung gegen das Christenthum auszubeuten.

Fassen wir nun das über die Arbeiterbildungsvereine Gesagte noch einmal kurz zusammen, so ergeben sich uns bezüglich ihres Werthes für die Hebung der Noth des Arbeiterstandes folgende Resultate. Sie werden, insoweit sie für Handwerkerschulen sorgen, einigen Nutzen bringen, sie werden auch einigen besonders befähigten Köpfen im Arbeiterstande für eine höhere Ausbildung in ihrem Geschäfte hie und da einen Antrieb gewähren. Für die große Masse des Arbeiterstandes dagegen werden sie keinen Nutzen, aber vielfachen Schaden bringen. Sie werden die Vergnügungssucht und den Dünkel vermehren, dem Arbeiterstande seine christlichen Grundsätze vielfach aus dem Herzen reißen, und statt dessen den trostlosen Unglauben hineinpflanzen, sie werden dadurch die Gottlosigkeit und Sittenlosigkeit befördern und zugleich alle jene Leidenschaften in dem Herzen des Menschen wach rufen, die ihm seine Armuth unerträglich machen und ihm jeden Trost bei den Mühen der Arbeit entziehen. Wenn es schon jedem Menschen schwer fällt, sich mit der strengen Lebensnothdurft an Nahrung, Kleidung und Wohnung zu begnügen, so wird die liberale Partei den Arbeiterstand in einer Weise bilden, daß ihm dieser Zustand völlig unleidlich wird. Der Reiche hat bei seiner Gottlosigkeit doch noch den Scheingenuß der irdischen Güter, mit dem er zeitweise die trostlose Leere seines Herzens auszufüllen versuchen kann. Den Arbeiter aber mit seinen leeren Händen und seinem mühevollen Leben auch noch von Gott und Christus trennen, heißt ihn der Verzweiflung oder dem Stumpfsinn übergeben. Das wird unfehlbar das Resultat der Arbeiterbildungsvereine sein.

Wir kommen jetzt zur dritten Gruppe von Mitteln, wodurch diese Partei die Lage des Arbeiterstandes verbessern will. Sie soll dem ganzen Systeme die Krone aufsetzen und uns die ganze Menschenfreundlichkeit und Wirksamkeit desselben offenbaren. Die erste Gruppe zeigt uns die lange Reihe von Freiheiten, wodurch das Menschengeschlecht von allen Fesseln seiner Thätigkeit erlöst und gleichsam in Bewegung und Fluß gebracht werden soll. Die zweite Gruppe zeigt uns dann die großen Kräfte, wodurch das so befreite Individuum zu seiner mächtigsten Entwickelung gebracht werden soll, die Selbsthilfe und die neue Bildung. Die dritte Gruppe, die das Ganze abschließen soll, besteht endlich in der sogenannten socialen Selbsthilfe und in den Genossenschaften, die aus derselben hervorgehen sollen und deren Kreis der Hauptvertreter dieser ganzen Richtung, Schulze-Delitzsch, bestimmt hat.

Indem ich nun zur Beurtheilung dieser Vorschläge und ihres Nutzens zur Hebung des Nothstandes der Arbeiter übergehe, fasse ich meine Gedanken in folgenden drei Sätzen zusammen: erstens, was diese Ideen Wahres an sich haben, ist nicht neu; zweitens, das Wahre bieten sie uns in der schlechtesten Form, und drittens, sie leisten nicht im Entferntesten, was sie versprechen, nämlich eine wahrhaft durchgreifende Verbesserung der materiellen Lage des gesammten Arbeiterstandes. Eine nähere Betrachtung wird die Richtigkeit dieser Behauptungen beweisen.

Erstens, was diese Ideen Wahres an sich haben, ist nicht neu.

Wahr ist, daß die Verbindung mehrerer Menschen zu einem Ziele ihre individuelle Kraft erhöht und ergänzt; unbestreitbar wahr ist, daß dies auch bezüglich des Arbeiterstandes Anwendung findet, und daß deßhalb Vereinigung, Association und Genossenschaft eines der kräftigsten Mittel ist, um der Noth des Arbeiterstandes einen Damm entgegenzusetzen und seine materielle Noth zu lindern. Hier geht es uns aber wie bei dem Worte Selbsthilfe. Wie noch nie Jemand an der Pflicht der Arbeit gezweifelt hat, so ist es auch noch nie bezweifelt worden, daß Association und Genossenschaft ein Mittel sei, die Kraft des Einzelnen zu vermehren. Die Idee der Association ist gleichfalls so alt, wie die

Welt, und man muß in der That neue Namen erfinden, wie „sociale Selbsthilfe," um den armen Menschen diese alten Dinge als ganz neue Erzeugnisse der wunderbarsten, neuentstandenen Volksfreundschaft darzustellen. Diese Idee haben die Menschen verstanden von da an, wo sich die ersten Hirten zu Stämmen vereinigten, um gemeinschaftliche Zwecke mit gemeinschaftlicher Kraft zu verfolgen, oder wo die ersten Landbau treibenden Gemeinden sich bildeten und die Elemente des Gemeinwesens legten. Noch weiter hinauf, die erste Familie war schon die erste auf sociale Selbsthilfe gegründete Genossenschaft. Insbesondere sollte man aber doch uns Deutschen nicht einreden wollen, daß das Genossenschaftswesen dem Gehirne eines modernen Volksfreundes entsprungen sei. Alles, was je der deutsche Geist hervorgebracht hat auf den verschiedensten Gebieten des menschlichen Daseins, bildete sich in genossenschaftlichen Formen. Ein Theil dieses Gesammtlebens, worin sich das deutsche Volkswesen ausprägte, waren auch die Zünfte. Sie waren die Form, worin sich die sociale Selbsthilfe, um modern zu reden, nach der eigenen Art des deutschen Volksgeistes bei jenem Theil des Arbeiterstandes, der dem Gewerbebetriebe oblag, entwickelt hatte. Familie, bürgerliche Gemeinde, Staat, christliche Gemeinde, Innungen und Zünfte und zahllose andere Formen ruhen sämmtlich auf der einen Idee, daß nach einem Naturgesetz die Menschen sich verbinden müssen, wenn sie nach allen Seiten ihres Lebens ihre Bestimmung erreichen und ihre nothwendigen Bedürfnisse befriedigen wollen.

Wir müssen aber hier hervorheben, daß sogar die liberale Partei nur durch einen gewissen Widerspruch als Pflegerin des genossenschaftlichen Wesens auftreten kann. Die Selbsthilfe in dem Sinne dieser Partei steht eigentlich mit der Genossenschaft in gewissem Widerspruch. Die sociale Selbsthilfe ist keine reine Hilfe des stolzen, eigenen „Selbst" mehr, sondern im Gegentheil das demüthige Bekenntniß, daß das Selbst sich allein nicht helfen kann. Zwar hat auch das Wort „sociale Selbsthilfe" einen guten Sinn, insoweit es die Hilfe der Genossen andeutet, aber diesen schließen eigentlich die Principien der liberalen Partei aus. Denken wir nur an die erste Gruppe ihrer Vorschläge. Dadurch sollte ja eben der Mensch möglichst auf sich selbst gesetzt werden, um sich nun mit den eigenen Kräften zu helfen. Ein Anderer darf ihm nicht helfen; das ist gegen die Würde desselben. Sein bildender Stolz, der seine wahre Würde bedingt, besteht ja eben darin, daß er ganz sich selbst hilft. Nur so wird auch die höchste Idee der Concurrenz erreicht. Alle Menschen, auf das Individuum, auf das eigene Selbst angewiesen in der ganzen Welt, concurriren mit allen ihren physischen und geistigen Kräften. Das ist die reine Selbsthilfe, die volle stolze Menschenwürde in diesem Systeme. Wenn nun dieser so befreite Mensch sich an Andere wendet, um ihre Hilfe zu fordern, so gesteht er ja ein, daß er sich selbst nicht genügt und deßhalb andere Hilfe, anderen Beistand nothwendig hat. Sociale Selbsthilfe ist Hilfe mit und durch den Genossen (socius), und insofern das Gegentheil von der Stellung des „Selbst" und des Individuums, die alle jene Freiheiten angeblich hervorrufen sollen.

Aber nicht nur, daß schon diese genossenschaftliche Tendenz mit dem ganzen System im Widerspruch steht und aus einem Gebiete entlehnt ist, das man eigentlich gerade über den Haufen werfen wollte, so zwingt die Natur und ihr Recht diese Partei fort und fort auch noch zu anderen Widersprüchen. Sie führt in ihrer Weise doch wieder eine Art Handelsgrenze und Gewerbezwang ein, indem die Bedeutung der Vereine nur darin ihren Grund haben kann, daß sie irgendwelchen Schutz gewähren sollen gegen Zustände, die aus der allgemeinen individuellen Selbsthilfe entstehen. Sie modificiren wieder in der That die allgemeine Concurrenz. Ein Rohstoffverein z. B. soll die Mitglieder theils gegen die Wirkung der allgemeinen Concurrenz, theils gegen den Kapitalisten schützen und ihm helfen, eine bessere Stellung zu gewinnen, als alle andere Arbeiter, die nur auf ihre Kraft angewiesen sind. Alle diese neuen Genossenschaften sind daher in gewissem Sinne wieder Zoll- und Gewerbegrenzen, durch die man die Folgen der allgemeinen Concurrenz abwenden will. Die liberale Partei müßte, wenn sie ganz folgerecht handeln wollte, die Genossenschaften verbieten, statt sich das Verdienst beizulegen, sie zu fördern. Sie widersprechen offenbar der reinsten modernen Volkswirthschaft und haben etwas Finsterlich-Mittelalterliches, ja Ultramontanes. Aber freilich die Natur ist stärker, als aller theoretischer Unverstand.

Im Grunde und in Wahrheit ist das ganze Menschengeschlecht eine große Association, wo sich Alle gegenseitig helfen und Jeder täglich bekennen muß, daß er mit dem stolzen Gedanken der Selbsthilfe von dem ersten bis zum letzten Augenblick seines Lebens nicht ausreicht. Selbst das Almosen, das der Reiche dem Armen darreicht, gehört in richtigem Verständniß ebenso gut zur socialen Selbsthilfe, als jede andere That der die Verschiedenheit der Menschen ausgleichenden gegenseitigen Hilfe und Liebe.

Das Wahre an diesem Systeme, die Idee der Genossenschaft, ist also nicht neu und vielmehr im Widerspruch zu dem, was die Natur dieses ganzen Systems eigentlich mit sich bringt.

Ich sage aber ferner zweitens: Es bietet uns das Wahre in der schlechtesten Form.

Das Princip der Vereinigung, diese die Menschen, wie auch die Stoffe in der Natur verbindende und einigende wunderbare Kraft, die überall in der Natur, in dem Pflanzenreiche, in dem Thierreiche, im Menschen und im Menschengeschlechte, im ganzen Weltall thätig ist und ihren letzten Grund in der ewigen Intelligenz, in der ewigen Macht und in der ewigen Liebe Gottes hat, tritt hier auf Erden in zwei Formen auf, in der bloß mechanischen, von Außen her die Dinge erfassenden und einigenden Form, und in der organischen, die Dinge innerlich einigenden und bindenden Form. Das moderne genossenschaftliche Princip möchte nun die Menschheit gerne in die erste Form fassen, während Gott die Menschen organisch einigt, und auch alle Genossenschaften, die früher geschaffen wurden, in dieser organischen Weise gestaltet waren.

Die Familie ist eine solche organisch gegliederte Genossenschaft; sie soll aufgelöst werden durch das Princip der unbedingtesten und unbeschränktesten Fähigkeit, zu heirathen und wieder auseinander zu laufen. Die Gemeinde ist eine solche organische Genossenschaft, in der eine Menge sittlicher und geistiger bindender Kräfte thätig sind; sie soll aufgelöst werden durch das Princip der unbedingten Freizügigkeit und Ansässigmachung. Die Staaten und Völker sind auch solche moralische Corporationen, in denen zahllose moralische Kräfte, Heimath, Vaterland, Geschichte, Glück und Unglück die Menschen organisch verbinden. Es versteht sich von selbst, daß diese Grenzen nur vorläufig noch stehen bleiben können, sie passen durchaus nicht in das ganze System. Wer die erste Gruppe von Maßregeln betrachtet, wird gestehen müssen, daß die Partei, die sie vertritt, nothwendig auch zur Auflösung des nationalen Verbandes und zum allgemeinen kosmopolitischen Weltbürgerthum fortschreiten muß, wo in jeder Gemeinde Deutschlands der Fremde dasselbe Recht hat, wie der eingeborene Deutsche. Die Innungen, die Zünfte waren solche Genossenschaften im eminenten Sinne, in denen das materielle Interesse, das die sogenannte sociale Selbsthilfe bieten soll, zugleich verbunden war mit zahllosen sittlichen und geistigen Kräften, die die Genossenschaften zu einem lebendigen Organismus machte; sie sind bereits fast überall aufgelöst. Die ganze Richtung dieser Partei geht dahin, Alles, was die Menschen organisch verbindet, was sie lebendig, was sie geistig, was sie sittlich, was sie human und menschlich eint, aufzulösen, und sie dann wieder in den mechanischen Vereinen und Genossenschaften zu componiren und zu verbinden, die diese neuen Erlöser des Menschengeschlechtes uns bieten. Die Thätigkeit derselben läßt sich in dem Bilde veranschaulichen, das sich uns in dem Vorschlage darstellen würde, alle Pflanzen, alle Bäume, alle Thiere, alles organische Leben in der Natur durch einen chemischen Proceß in seine letzten Stoffe aufzulösen, und dann diese Stoffe wieder durch mechanische Kräfte in Thätigkeit zu setzen. Das ist eigentlich in Wahrheit das Unternehmen, das die große liberale Partei mit dem Menschengeschlechte zu experimentiren vorhat, und wobei sie uns zumuthet, dieses tolle Experiment als das non plus ultra aller Weisheit und Menschenbeglückung anzustaunen und zu bewundern.

Drittens: Die von der liberalen Partei ins Leben gerufenen Genossenschaften sind endlich aber auch nicht im Stande, nur entfernt das zu leisten, was sie verheißen.

Die Aufgabe ist, dem Arbeiterstand, der durch die Experimente der liberalen Partei in die Lage gekommen ist, daß er mit seiner ganzen Lebensexistenz auf den Taglohn angewiesen ist, der ihm nur die äußerste Lebensnothdurft bietet, den er sich täglich auf dem Waarenmarkt der Arbeit, bei schwankendem Angebot und Nachfrage, gleichsam erbetteln muß, in dieser seiner bedrängten Lage zu helfen. Daß dazu die von der liberalen Partei als Hilfsmittel in Vorschlag gebrachten Genossenschaften im Ganzen und Großen nicht ausreichen, ist in neuerer Zeit hinreichend und evident bewiesen. In dieser Hinsicht sind die Ausführungen von Lassalle unwiderlegt und unwiderleglich. Die Vorschußvereine können nur jenem Theile des Arbeiterstandes helfen, der selbst ein Gewerbe treibt; für die große Masse der eigentlichen Lohnarbeiter haben sie gar keinen Werth. Für den Kleingewerbsmann werden sie manches Gute leisten, aber nimmermehr vermögen, diesen Stand im Ganzen auf eine höhere Stufe des Wohlstandes zu erheben und ihn zu befähigen, die Concurrenz mit dem Kapital und dem Großgewerbe zu bestehen.

Dasselbe gilt von den Rohstoffvereinen. Auch sie haben für den Lohnarbeiter, der in fremdem Stoff arbeitet, keine Bedeutung. Aber auch das Kleingewerbe wird auf die Dauer nur einen geringen Nutzen daraus ziehen. Je mehr sich die Rohstoffvereine vermehren, desto mehr werden sie auf den Gesammtpreis der Waare Einfluß üben, und damit fällt schon der Gesammtnutzen hinweg. Nur für den Consumenten bleibt dann ein Vortheil und für den Arbeiter, insoweit er auch Consument ist. Außerdem werden aber auch die Rohstoffvereine, der Schwerfälligkeit wegen, die jede Geschäftsführung eines Vereines nothwendig an sich trägt, mit dem Kapital in einer Hand bezüglich des wohlfeilen Ankaufes des Stoffes kaum concurriren können. Wäre dies aber auch der Fall, so stände doch noch der Kleingewerbtreibende, mit den gleichen Preisen für den zu bearbeitenden Stoff, mit seinen Händen den Maschinen des Großgewerbes gegenüber, und wer da von der Möglichkeit einer Concurrenz reden will, betrügt die Menschen. Einen allgemeinen Nutzen bringen die sogenannten Consumvereine, woran sich auch der Lohnarbeiter, der Tagelöhner und Fabrikarbeiter betheiligen kann. Sie besorgen die Lebensmittel in größeren Quantitäten, ersparen dadurch im Ankaufspreis, beschaffen bessere Waare, als sie Kreuzerweise in Kramläden gekauft wird, und können somit ihren Mitgliedern auch wohlfeilere und bessere Lebensmittel überlassen, was gewiß wohlthätig ist. Aber auch abgesehen davon, daß durch diese Maßregel der Nothstand des Arbeiters wohl etwas erleichtert, aber nicht gehoben werden kann, so wird der Nutzen derselben theilweise nur vorübergehend sein. Es wird wie bei den Rohstoffvereinen gehen. In dem Maße, wie die Consumvereine sich ausdehnen, werden die armen Arbeiter in Zeiten, wo das Angebot der Arbeit die Nachfrage übertrifft, den Preis ihrer Arbeit um so viel niedriger stellen, als sie ihre Lebensnothdurft durch Theilnahme am Consumverein sich wohlfeiler verschaffen können, und so wird die gesammte Lage dieser armen Menschenclassen dieselbe bleiben. Manches Kleingewerbe wird eingehen und die Zahl der Arbeiter und das Angebot der Arbeit vermehrt werden. Damit haben wir aber schon so ziemlich alle Genossenschaften bezeichnet, die diese Partei als Hilfsmittel in Vorschlag gebracht hat. Was sie außerdem bietet, ist schon wieder ein Rückgreifen auf jenes Gebiet, das soviel verspottet ist, das dem eigentlichen Almosen angehört und wo dem arbeitsunfähigen Arbeiter geholfen werden soll.

Nach allen diesen Betrachtungen glaube ich nicht Unrecht zu thun, wenn ich auf dieses ganze Gebahren der großen liberalen Partei und ihrer Thätigkeit für den Arbeiterstand die bekannten Worte des römischen Dichters anwende: „Parturiunt montes etc.“ Ich will nicht den guten Willen dieser Männer bezweifeln, ich will nicht läugnen, daß, wie die Dinge liegen, und nachdem man den Arbeiterstand in die gegenwärtige Lage hineingebracht hat, selbst diese Genossenschaften manches Gute leisten. Ich behaupte aber, daß die Principien, von denen diese ganze Thätigkeit ausgeht, den Arbeiterstand unendlich mehr beschädigen, als sie ihm nützen. Dieser Versuch, das Menschengeschlecht nach dem platt rationalistischen Standpunkt der vier Species zu behandeln, wo zuletzt alle Religion, alle Politik, alle Weisheit und alle Menschenfreundlichkeit und Humanität im Addiren, Subtrahiren, Multipliciren und Dividiren der in Atome aufgelösten Menschheit bestände, ist eine Versündigung gegen die menschliche Natur und die göttliche Weltordnung, welche nur scheitern und das Verderben vermehren kann. Ich behaupte deßhalb, daß alle diese Maßregeln der liberalen Partei, weit entfernt, den Wohlstand und das Gedeihen des Arbeiterstandes zu heben, ihn vielmehr mit dem größten Verderben bedrohen.

Zum Schluß und zur Bestätigung will ich nur noch eine Selbstkritik von Schulze-Delitzsch über den wahren Nutzen seiner Projecte aus seinem Deutschen Arbeiterkatechismus anführen. Seite 74 schildert er uns die Klagen eines großen Theiles des Arbeiterstandes. Als erste gibt er uns an das Ungenügende ihres Verdienstes, als zweite die Unsicherheit desselben, so daß auch der, der viel verdiene, plötzlichem Wechsel ausgesetzt sei und nicht mit Sicherheit auf die nächste Zukunft rechnen könne. Als Beispiel wird dann S. 75 hingewiesen auf die Handelskrisen und Creditstockungen, die in Folge der Amerikanischen Kriege in England eingetreten sind, und auf die große Noth, die dadurch in den dortigen Weberdistrikten herrscht. Eine große Zahl von Arbeitern sei dadurch brodlos geworden. Das ist bekannt, und wir können wohl nur, wenn wir die von dorther zu uns gelangten Klagen hören, mit Schrecken daran denken, was nicht nur in England, sondern an so vielen Orten aus der Arbeiterbevölkerung werden würde, wenn uns allgemeine Kriege bevorstehen sollten. Nach jenen Bemerkungen geht der Verfasser S. 76 auf die Mittel zur Abhilfe dieser Uebelstände über, und als praktisches und bestes Mittel zur Hebung der arbeitenden Classen werden uns dann seine Arbeiterassociationen empfohlen. Am Schlusse dieser

Exposition kommt er S. 166 noch einmal auf England zurück und versichert uns, daß in England diese Associationen und das ganze Genossenschaftswesen sich bereits zur höchsten Blüthe entfaltet habe. Das scheint mir nun die niederschlagendste Selbstkritik dieses ganzen Systemes zu sein. Wenn in der That die Associationen im Geiste von Schulze-Delitzsch das große und einzige Mittel sind, dem Arbeiterstande zu helfen, wenn ferner dieses Mittel der Associationen seine höchste Blüthe in England bereits erreicht hat, und wenn endlich ein ferner Krieg weit jenseits des Meeres dazu genügte, eine ganze große Masse Arbeiter brodlos zu machen, dann ist in der That die Lage unseres Arbeiterstandes eine traurige, dann mögen Jene weinen, die den Arbeiterstand lieben, dann sollten aber auch jene liberalen Wortführer beschämt schweigen, die sich für die Retter des Nothstandes des Arbeiterstandes ausgeben. Sie hätten Ursache, über den Werth ihrer Bestrebungen recht bescheiden und demüthig zu sein und sich nicht den Schein eitler Großsprecherei zuzuziehen, wodurch sie die Arbeiter nur irre führen und tief beschädigen.

VI. Vorschläge der radikalen Partei.

Wir können im Allgemeinen unsere Ansicht so aussprechen: Lassalle hat Recht gegen Schulze-Delitzsch und Schulze-Delitzsch hat Recht gegen Lassalle. Beide haben Recht in ihrer Kritik des Andern, Beide dagegen vielfach Unrecht in den Vorschlägen, die sie selbst machen, um dem Arbeiterstande zu helfen. Beide haben Recht, wenn sie negiren, Beide Unrecht, wenn sie affirmiren. Das ist ja überhaupt der allgemeine Charakter des Geistes der Welt, der nur kritisiren, nur das Fehlerhafte auffinden, nur niederreißen, nicht aber schaffen, aufbauen, gestalten kann, weil ihm selbst die innere Verbindung mit der Wahrheit und dem Leben abgeht. Es wird nicht schwer sein, das Irrige und Ungenügende auch an diesen Vorschlägen nachzuweisen.

Die Partei, deren Hauptvertreter Lassalle selbst ist, hat das unbestreitbare Verdienst, die in den ersten Abschnitten geschilderte Lage des Arbeiterstandes, wonach er großentheils mit seiner ganzen Existenz auf die eigentliche Lebensnothdurft beschränkt ist, mit unerbittlicher Schärfe und Wahrheit aufgedeckt zu haben. Sie stellt daher auch mit derselben Richtigkeit als Axiom den Satz auf: daß, wer überhaupt dem Arbeiter in dieser Lage gründlich und wirksam helfen will, Mittel auffinden muß, wodurch dem Arbeiterstande eine neue und reichere Erwerbsquelle neben dem nothdürftigen Arbeitslohn eröffnet wird. Die Lösung dieser Aufgabe sei der Probierstein zur Beurtheilung des wahren Werthes der gemachten Vorschläge. Obwohl sie daher nicht läugnet, daß die Bestrebungen der liberalen Partei dem Arbeiterstande manche Erleichterungen gewähren können, so hat sie doch zugleich auch überzeugend bewiesen, daß dieselben nicht im Stande sind, den Arbeiterstand vor dem Verfalle zu bewahren, dem er durch die allgemeine Concurrenz, namentlich mit dem Kapitale, entgegen geht, und noch weniger seinen Wohlstand nachhaltig und allgemein zu verbessern. Sie will deßhalb wirksamere und bessere Mittel zur Erreichung dieses Zieles in Vorschlag bringen. Das von ihr proponirte System ist sehr einfach. Wir wollen es ebenso einfach hier darlegen, und dann beurtheilen, inwieweit es an sich zulässig ist und leistet, was es verspricht. Es ergibt sich aus Folgendem.

Man kann bei jedem großen Geschäfte den Gesammtgewinn dreifach unterscheiden. Er enthält erstens den Tagelohn für die Arbeiter, der die Lebensnothdurft derselben repräsentirt, zweitens die Zinsen des Kapitals, welches in das Geschäft verwendet worden ist, drittens den eigentlichen Geschäftsgewinn, der nach dem Verkaufe der Waare übrig bleibt, wenn der Taglohn, die Zinsen des verwendeten Kapitals und alle sonstigen durch das Geschäft entstandenen Unkosten davon abgezogen werden. Dieser ganze Geschäftsgegewinn fällt jetzt ausschließlich wieder dem Kapital zu, während der Arbeiter nicht den mindesten Antheil hat.

Diese Austheilung des überschießenden Gewinnes scheint allerdings der natürlichen Gerechtigkeit und dem an sich richtigen Maßstabe nicht ganz zu entsprechen. Der Arbeiter verwendet sein Fleisch und Blut und nützt zugleich das Kostbarste, was der Mensch an irdischen Gütern hat, seine Gesundheit, damit ab; er verarbeitet täglich gleichsam ein Stück seines Lebens. Der Kapitalinhaber dagegen verwendet in die Arbeit nur eine todte Summe Geldes. Es scheint daher unbillig, wenn der überschießende Gewinn ausschließlich dem todten Kapitale und nicht auch dem verwendeten Fleisch und Blute zufällt. Zwar sind Kapital und Arbeit des Handarbeiters nicht die einzigen Factoren, die den Verkaufswerth der Waare bestimmen; es kömmt auch noch die verwendete Intelligenz, die höhere Betriebsamkeit bei Führung des Geschäftes, die verwendete Mühe beim Verkauf derselben ganz wesentlich hinzu, und so wirken viele Factoren zusammen, deren Product endlich der erzielte Verkaufspreis der Waare ist. Eine Vertheilung dieses Gewinnes nach der absoluten natürlichen Gerechtigkeit ist daher wohl unmöglich, da die mitwirkenden Factoren sich eben der kaufmännischen Buchführung entziehen und sich ihrem wahren Werthe nach nicht in Zahlen berechnen lassen. Dennoch bleibt die angegebene Vertheilung im Widerspruch mit einem gewissen Instinkt des Gerechtigkeitsgefühls, und wenn man daher ein an sich gerechtes Mittel auffinden könnte, wodurch dem Arbeiter von dem Geschäftsgewinne ein entsprechender Antheil zufiele, so daß die Basis seiner materiellen Existenz dann erstens der Arbeiterlohn, der ihm die Nothdurft des Lebens gewährt, und zweitens dieser Antheil am Geschäftsgewinne wäre, der ihm über die strenge Nothdurft noch andere Existenzmittel zur größeren Annehmlichkeit des Lebens darreichte, so wäre in der That die Vertheilung des Gewinnes billiger und die Lage der Arbeiter wesentlich verbessert.

Zu diesem Ziele würde aber folgender Weg führen. Der Arbeiter ist bisher bloßer Taglöhner. Selbst der Kleingewerbsmann und der kleine Handwerker befinden sich den großen Gewerben mit ihren Kapitalien gegenüber in dieser Lage. Es käme daher darauf an, den Arbeiter, der in dem Geschäfte Arbeiter bleiben soll, zugleich auch zum Theilnehmer an demselben zu machen, z. B. den Fabrikarbeiter zugleich auch zum Miteigenthümer des Fabrikgeschäftes, in dem er arbeitet. Er hätte dann seinen Tagelohn und später seine Dividende am Gewinne des ganzen Geschäftes. Da aber die Theilnahme am Geschäfte selbst nur durch das Kapital erkauft werden kann, so liegt eben die ganze Schwierigkeit darin, dem armen Arbeiter mit seinen leeren Händen zu diesem Kapital und dadurch zum Miteigenthum zu verhelfen. Die Concurrenz, die durch Gewerbefreiheit, Handelsfreiheit, Freiheit der Niederlassung u. s. w. unter allen Menschen eintreten soll, so daß dann alle Kräfte nach ihrer innersten Berechtigung und reinen Vernunft- und Naturgesetzen sich gleichmäßig entfalten können, und an allen Produkten ihren rechtmäßigen Antheil erhalten, ist ja, wie wir nachgewiesen haben, eine eitle Phantasie. Es concurriren nicht nackte Menschen mit gleichen Kräften, sondern Menschen mit dem verschiedensten Kraftmaße; es concurriren nicht gleichgestellte Menschen, sondern solche, von denen die Einen lediglich mit ihren natürlichen Gaben ausgestattet sind, während die Anderen über Kapital und Maschine gebieten können. Wie soll da der Arbeiter sich die nöthigen Kapitalien verschaffen, um am Geschäfte und am Geschäfsgewinne Antheil zu erlangen?

In Frankreich und England ist es in der That einigen Arbeitern gelungen, diese Aufgabe zu lösen. Sie sind Arbeiter und Geschäftseigenthümer zugleich. Günstige Umstände und eine seltene Begabung der Unternehmer hat dieses merkwürdige Resultat zu Wege gebracht. Der Erfolg dieser Associationen ist ein sehr bedeutender. Man nennt diese Associationen jetzt Produktiv-Associationen, deren Wesen eben darin besteht, daß die Arbeiter zugleich ganz oder theilweise die Eigenthümer des Geschäftes sind, so daß auch der Gewinn desselben ihnen zufällt. So sehr aber auch diese Produktiv-Associationen unser ganzes Interesse verdienen, so werden sie doch, insoweit sie lediglich und allein durch die Kraftanstrengung der Arbeiter selbst geschaffen werden sollen, im Vergleich zur Gesammtmasse des Arbeiterstandes nur in demselben Verhältnisse dastehen, in welchem ein einzelner glücklicher Geschäftsmann, der sich vom Trödelmarkt zum Millionär in die Höhe geschwungen hat, zur Gesammtmasse seiner früheren Standesgenossen steht. Selbst in England haben die eigentlichen Produktiv-Associationen im Vergleich zu allen Arbeitern nur eine sehr beschränkte Ausdehnung, und es erheben sich auch von dorther Stimmen, die eine allgemeine Ausdehnung derselben für unmöglich halten. Die ganz auf sich angewiesene und sich selbst überlassene Produktiv-Association wird daher im Großen und Ganzen die Noth des Arbeiterstandes nicht heben.

Hier tritt nun die radikale Partei, die diese Sachlage klar erkennt, mit ihren Vorschlägen auf. Um dem Arbeiterstande das nöthige Kapital zu verschaffen und ihm dadurch die Möglichkeit zu bieten, zugleich auch Geschäftseigenthümer zu werden, soll der Staat dem Arbeiterstande zu Hilfe eilen und ihm die zu dem Geschäfte nöthigen Kapitalien leihen oder schenken. Da aber die Genehmigung dieser Staatshilfe von den Kammern bei ihrer jetzigen Zusammensetzung nicht zu erwarten steht, indem ja wesentlich nur die besitzenden Stände in ihnen repräsentirt sind, von denen man nicht hoffen kann, daß sie diese neue Last ihren eigenen Taschen aufbürden werden, so soll die Masse des Arbeiterstandes zunächst dahin wirken, das directe Wahlsystem einzuführen. Wenn das Volk dann unmittelbar Jene aus seiner Mitte wählt, die in den Ständeversammlungen die Gesetze decretiren, so wird es ein Leichtes sein, durch Majoritätsbeschlüsse den Staatswillen dahin zu bestimmen, daß die nothwendigen Kapitalien dem Arbeiterstande zum Selbstbetriebe des Geschäftes vorgestreckt werden. So wird dann endlich dem Arbeiterstande gründlich geholfen. Mit Hilfe der ihm vom Staate dargereichten Kapitalien ist er zugleich Arbeiter und Geschäftseigenthümer. Der unermeßliche Geschäftsgewinn, der jetzt unseren reichen Kapitalisten und großen Kaufherren den Genuß aller Lebensannehmlichkeiten bietet, wird dann auch dem armen Arbeiterstande zufließen. Es scheint fast ein Mittel gefunden zu sein, es auf Erden dahin zu bringen, daß der Arbeiterstand im Besitze aller irdischen Genüsse arbeitet und die Pein des Schweißes der Arbeit nicht mehr empfindet.

Was sollen wir nun zu diesen Vorschlägen sagen? Sind sie an sich berechtigt? Sind sie praktisch und ausführbar? Sind sie theilweise wahr? Wir müssen diese Fragen nacheinander untersuchen.

Prüfen wir zuerst die Rechtmäßigkeit dieser Vorschläge. Hat der Staat das Recht, in dieser Art die Staatsmittel zu verwenden? Hat eine Kammer, überdies eine Kammer, die vielleicht großentheils aus den Besitzlosen besteht, das Recht, durch Majoritätsbeschlüsse in der vorgeschlagenen Art das Eigenthum zu besteuern? Greift dieses Project nicht in die rechtmäßigen Grenzen des Eigenthumrechtes ein?

Bevor wir diese höchst wichtigen Fragen mit aller Klarheit entscheiden können, müssen wir zuerst eine Untersuchung über die Natur des Eigenthums selbst vorausschicken. Wir wissen, daß Viele das Eigenthum für so in sich selbst gesichert ansehen, daß sie schon durch eine Untersuchung über die Grundlagen dieses Rechtes unangenehm berührt werden, und es deßhalb auch vermeiden, sich selbst über diese Frage Rechenschaft zu geben. Das ist aber eine verderbliche Täuschung. Viele haben in früherer Zeit auch die Autorität für so gesichert gehalten, daß sie sich über die Grundlagen der Autorität nie klar geworden sind, und während sie, selbst im Besitze derselben, die Autorität als eine unbestreitbare, sich von selbst ergebende Berechtigung mit aller Rücksichtslosigkeit geltend machten, haben sie unbewußt durch ihre verderblichen Grundsätze die wahren Grundlagen der Autorität oft mehr erschüttert, wie ihre größten Feinde. Nichts ist an sich und durch sich selbst unerschütterlich, als Gott allein und sein heiliger Wille. Alles Andere hat nur eine bedingte Existenz und bedingte Berechtigung. So ist es mit der Autorität, so ist es auch mit dem Eigenthum. Auch dieses hat nur eine bedingte Berechtigung und diese Bedingung ruht lediglich in Gott und in der Religion. Eigenthum wie Autorität haben ihre tiefen und allein festen Wurzeln in der Religion, in dem lebendigen Glauben an Gott, im Christenthum, das uns den wahren und ewigen Gottesglauben lehrt. Sind diese Wurzeln erst abgeschnitten, dann geht es ihnen wie dem Baume, dem man die Wurzeln abgehauen hat; er sieht äußerlich noch aus wie vorher, aber er hat seine Festigkeit verloren, der erste Windstoß wirft ihn um. Diese innere Kraftlosigkeit, weil die innere Wurzel der in Gott gegründeten wahren Grundsätze angefressen ist, hat sich bei der Autorität schon hinreichend bewiesen. Auch beim Eigenthum wird es vielleicht nicht ausbleiben. Wenn die Principien des modernen Staates, der von jeder Religion absieht, und Gotteslänguung als ein Recht der Bildung betrachtet, wahr sind, dann ist Recht, was die Majorität der Kammern beschließt, und von einem unrechtmäßigen Eingriff dieses Volkswillens in das Eigenthumsrecht kann dann keine Rede mehr sein. Wir müssen uns diesen Sachverhalt klar machen.

Das Privateigenthum hat zwar zunächst seinen Grund in der natürlichen Ordnung und in ihren ewigen, unabänderlichen Grundlagen. Der Mensch bedarf nämlich zu seiner natürlichen Existenz der Natur, und er kann sich die Natur, ihre Stoffe und Kräfte in einer Weise, die zur Befriedigung seiner wesentlichen Bedürfnisse führt, nur dienstbar machen durch Anerkennung des Privateigenthums. Wenn unter den

Menschen Friede und Ordnung bezüglich der Benutzung und Verwendung der Güter der Erde bestehen soll, — und Friede und Ordnung sind die erste Bedingung jedes Culturlebens unter den Völkern, — so muß das Privateigenthum mit derselben Nothwendigkeit als ein Naturgesetz anerkannt werden, wie das Athemholen. Jedes Bestreiten desselben würde unmittelbar zum Kriege Aller gegen Alle führen und alles Gedeihen auf allen Gebieten des Völker- und Menschenlebens zerstören. Der Satz: Eigenthum ist Diebstahl, ist daher zweifellos eine Verläugnung eines der ersten und nothwendigsten Naturgesetze. So wichtig dies aber auch ist, so genügt es doch in keiner Weise, um dadurch schon dem Eigenthumsrechte die nöthige Festigkeit zu geben. Wenn nämlich auch das Eigenthum an sich, d. h. die Vertheilung aller Werthgegenstände an die einzelnen Menschen in der Art, daß der rechtmäßige Besitzer über diesen Gegenstand mit Ausschluß der anderen frei verfügen kann, ein immanentes Gesetz der natürlichen Ordnung ist, dessen Anerkennung man also von allen vernünftigen Menschen fordern kann; so ist doch das Eigenthumsrecht im engeren Sinne, wodurch dieses Naturgesetz für die Verhältnisse eines besonderen Volkes zur Anwendung kommt, unmittelbar und direct kein Naturprodukt, sondern ein Ergebniß menschlicher Thätigkeit. Unsere Civilgesetzbücher, die das Naturgesetz des Privateigenthums ordnen sollen, sind nicht von der Natur, sondern von Menschen verfaßt, von der gesetzgebenden Gewalt jedes Volkes. Die Form, wie sich diese gesetzgebende Macht, die das Naturgesetz des Eigenthumsrechtes für jedes einzelne Volk ordnet, bethätigt, ist unendlich mannigfaltig. In unseren Staaten, wo die constitutionelle Regierungsform besteht, sind es die drei Factoren der Gesetzgebung. Ebenso mannigfaltig sind aber auch die Motive, die bei Zustandekommen des Eigenthumsrechtes in einem Lande im Laufe der Geschichte mitgewirkt haben, und die Grundsätze, von denen Jene ausgegangen sind, die berufen waren, die Normen dieses Rechtes in die bestimmte Gesetzesform einzukleiden. Da hat zunächst die Geschichte mitgewirkt mit den unermeßlich vielen uncontrolirbaren Einflüssen, die sie auf die Denkweise der Menschen übt. Jedes Geschlecht will zuletzt von vernünftigen Grundlagen ausgehen; aber bei der Auffassung dieser Vernünftigkeit ist es beeinflußt von allgemeinen Ansichten, von denen es unbewußt lebt und getrieben wird, wie man auch ohne Reflexion die Luft einathmet. Dann hat auf die Entwickelung des Eigenthumsrechtes der bestimmte Volkscharakter, der wieder in der Rechtsanschauung des Volksstammes eigenthümliche Modificationen hervorrief, eingewirkt.

Endlich aber und vor Allem ist es die Religion und die religiöse Anschauung, die sowohl in Bezug auf die Auffassung des Naturgesetzes und seines Grundes im Allgemeinen, wie auf die Gesetzgebung insbesondere, und auf die Festigkeit des Eigenthums den allerentscheidendsten Einfluß geübt hat. Namentlich hat die übernatürliche Offenbarung im Judenthum, wie ihre Vollendung im Christenthum, diesen Verhältnissen der Naturordnung die reinste und höchste Verklärung gegeben. Wie sehr wir aber bei der Hinfälligkeit des Menschengeistes für die natürlichen Grundlagen der menschlichen Existenz einer solchen übernatürlichen Bekräftigung bedürfen, tritt überall zu Tage. Ohne sie kommt der Menschengeist zuletzt dahin, Alles zu bezweifeln, selbst die klarsten Gesetze der Naturordnung; er kann ja sich selbst sogar und die Existenz des Geistes bezweifeln, mit dem er denkt, und das Dasein Gottes, durch den jeder Gedanke Dasein hat, den er denkt. Grund und Mittel seines Denkens kann er läugnen, was bleibt vor einem so hinfälligen Geiste noch sicher. Das durch die Offenbarung gegebene Gebot Gottes: „Du sollst nicht stehlen!“ hat daher dem Naturgesetze des Eigenthumsrechtes eine unermeßliche Festigkeit verliehen und es erst recht zur Sache des Gewissens gemacht, wodurch das Eigenthum mehr geschützt ist, als durch alle Gerichtshöfe der Welt. Ferner hat die übernatürliche Offenbarung für die Ausbildung des Eigenthumsrechtes auch durch ihre Lehre von der Vorsehung, die die Geschicke der Menschen leitet, so daß es nicht mehr Zufall ist, sondern Gottes Weisheit, nach welcher der Eine als Kind des armen Taglöhners, der Andere als Kind des reichen Mannes auf die Welt kömmt, und insbesondere durch ihr Gesetz der Nächstenliebe, die die Härten des Eigenthumsrechtes wieder aufhebt, und den geizigen Eigenthümer wieder in einem anderen Sinne am Armen zum Schuldner macht, den weitgreifendsten Einfluß geübt. Aber noch in einer anderen Weise übt die Religion einen mächtigen Einfluß auf das Eigenthumsrecht. Das Eigenthum hat, wie wir sahen, seinen letzten Grund in dem Gesetze der Naturordnung, die ihrem ganzen Wesen nach von der menschlichen Willkühr unabhängig ist, und dem Menschen nur die Wahl läßt, es entweder anzuerkennen, oder durch ihre Mißachtung sich selbst zu Grunde zu richten; während das Gesetz, welches dieses Naturgesetz in jedem Volke ordnet, seinen Ausdruck und seine Erklärung durch den Mund der Menschen findet, — ob dieses Organ des Gesetzes nun ein einzelner Fürst, oder ein Fürst in Verbindung mit den Ständen, oder das Volk in seinen Versammlungen ist. Da kömmt nun Alles darauf an, wie die zur Gesetzgebung berufenen Menschen diese ihre gesetzgebende Thätigkeit, bezüglich ihrer Berechtigung und ihres Grundes, auffassen. Diese Auffassung aber hängt wieder wesentlich von der religiösen Anschauung ab. Die Sätze: „Das Gesetz ist der Wille des Königs," „Das Gesetz ist der Wille des Königs und des Volkes," „Das Gesetz ist der Volkswille," haben noch keinen klaren, einfachen Sinn und berühren noch nicht den Grund der Sache. Es liegt vielmehr in ihnen ein Doppelsinn von der höchsten Bedeutung. Viele glauben, wenn sie sagen: das Gesetz ist der Wille des Königs, den unterscheidenden Gegensatz und den letzten Unterschied von dem Satze: das Gesetz ist der Volkswille, ausgesprochen zu haben. Das ist ganz unrichtig. Ob das Gesetz Volkswille oder Königswille ist, ist im letzten Grunde gleichgiltig und einerlei; die Frage aber, die Alles entscheidet, ist die, ob das Gesetz Gotteswille oder reiner Menschenwille ist; oder, um die Frage ganz klar zu machen, ob die Menschen, die die gesetzgebende Thätigkeit üben, die das Gesetz in die Form fassen, in der es jetzt für ein Volk gelten soll, bei dieser Thätigkeit lediglich handeln nach ihrem Willen und nach dem Willen Derer, die sie bestellt haben, oder aber, ob sie dabei handeln in der Ueberzeugung, daß sie lediglich den Beruf und die Pflicht haben, einen in der ewigen göttlichen Ordnung begründeten Willen zum Ausdruck zu bringen. Hier gehen eigentlich die Menschen in der Gegenwart auseinander und müssen auseinandergehen in Folge ihrer religiösen Anschauungen. Der eine Theil der Menschen, jene, die an den persönlichen Gott glauben als den Ursprung aller Dinge, die an die Offenbarung, insbesondere an Christus glauben, und an die Wahrheit, daß wir durch ihn auch die natürliche Ordnung der Dinge mit voller Klarheit erkennen, wird Gott und Gottes Wille die höchste Quelle, die Norm des Gesetzes und die Sanction sein. Dem anderen Theile dagegen, der den persönlichen Gott läugnet, der nicht die Verbindung des menschlichen Gesetzes mit der lex aeterna, dem ewigen Gesetze, das in der ewigen Intelligenz Gottes ruht, anerkennt, der überdieß die übernatürliche Offenbarung und Christus läugnet, kann Quelle, Norm und Sanction des Gesetzes nur der jedesmalige Gesammtmenschenwille sein, und da es einen solchen nicht gibt und er ihn jedenfalls nicht fassen kann, so muß er sich mit einer Fiction behelfen und bald den König, bald die Majorität einer Kammer oder einer Volksversammlung, bald beide zusammen als die Interpreten dieses Gesammtvolkswillens ansehen. Ich mußte diese Erörterung vorausschicken, um die Rechtmäßigkeit des von der radikalen Partei vorgeschlagenen Mittels zu prüfen.

Wenn es nämlich keinen persönlichen Gott gibt, oder wenn es wahr ist, daß die Frage über die Existenz Gottes noch ein wissenschaftliches Problem ist; wenn also der Standpunkt sämmtlicher europäischen Regierungen, die auf allen Lehrkanzeln der Hochschulen unserer gesammten deutschen Jugend diese Frage als Postulat der Wissenschaft in Zweifel ziehen lassen, wenn der Materialismus und der Pantheismus berechtigt sind; wenn alle Jene, die da dem Freigemeindlerwesen huldigen, wenn die große liberale Partei Recht hat, so ist das ganze Privateigenthumsrecht mit allen Gesetzen, die dasselbe reguliren, lediglich und ausschließlich ganz und gar Menschenwille und Nichts als Menschenwille, und ich sehe nicht ein, welches gegründete Bedenken man dann erheben will, wenn die Masse der Menschen, die kein Eigenthum besitzen, einmal durch Majorität den Beschluß faßt, daß die Besitzenden ihnen einen Theil als Anleihe überlassen sollen. In diesem Falle kann es nicht ausbleiben, daß sie später noch weiter gehen, und statt der Anleihe einen Theil als Eigenthum fordern. Das kann sogar geschehen, ohne deßhalb das Naturgesetz des Eigenthumsrechtes zu bestreiten, und in Folge einer so beliebten Deutung desselben. Es hängt dann Alles von der Majorität ab und sie hat namentlich auch über die Frage der Erbfolge des Eigenthums, das heißt darüber zu entscheiden, ob und inwiefern das Naturgesetz die Anerkennung des Erbrechtes des Eigenthums mit sich bringt. Der sogenannte moderne Staat steht grundsätzlich ganz und gar auf diesem Standpunkt. Wie kann man glauben, daß man die Consequenzen desselben bezüglich einer Umgestaltung des Eigenthumsrechtes aufhalten kann? Die ganze Partei, die jetzt die Presse und alle Ständeversammlungen beherrscht, verkündigt uns ja ohne Unterlaß dieses heilbringende Grundgesetz des neuen Staates, daß ohne Rücksicht auf die Vergangenheit, ohne Rücksicht auf frühere Verträge, insbesondere und vor Allem ohne Rücksicht auf das, was der christlichen Kirche gebührt, nur mehr Recht ist, was die Ständeversammlung per majora entscheidet. Selbst die Mitwirkung einer königlichen Gewalt und einer ersten Kammer betrachtet sie als eine antiquirte Abnormität, die der Fortschritt baldmöglichst über den Haufen werfen muß, und sie hat auch darin vollkommen Recht, wenn jene Professoren Recht haben, die Fürsten und Könige dem deutschen Volke zu Lehrern gegeben haben. Die absolut nothwendige Consequenz dieses ganzen Systemes ist: eine Kammer, und was diese eine Kammer bestimmt, ist Gesetz, und wer sich dagegen auf sein Gewissen, auf seinen Glauben, auf hergebrachtes Recht, auf Christus und Gott beruft, ist Hochverräther, er sündigt gegen die Majestät des Volkswillens. Warum soll denn aber ums Himmels Willen diese Majestät auf ein Mal vor dem Geldbeutel der reichen Liberalen stehen bleiben? Wenn sie das Recht hat, unser Gewissen mit Füßen zu treten, unseren Glauben zu verhöhnen, Gott und Christus zu läugnen, so wäre es doch unaussprechlich lächerlich, behaupten zu wollen, daß auf ein Mal vor dem Geldbeutel der Millionäre diese neue Weltordnung wie verzaubert feststehen bleiben müßte. Nein, nein! davor wird Gott sorgen. Das wird nimmer geschehen. Wir müssen die Consequenzen unserer Principien bis zum letzten Tropfen austrinken, mögen die Tropfen noch so bitter sein. Wenn diese liberalen Majoritäten mit der Souveränität ihres Willens die tausendjährige Stellung der Kirche mit Hohn wegdecretiren und unser christliches Gewissen in allen seinen Fasern kränken dürfen, dann werden bald andere Majoritäten nachkommen, die ganz und gar auf demselben Boden und mit derselben Majorität, nicht nur Millionen als Subsidien für die Arbeitervereine, sondern noch ganz andere Dinge fordern werden. Vom Standpunkt der liberalen Partei und jener Wissenschaft, die im Namen der Regierung von so vielen Lehrkanzeln gelehrt wird, ist daher, was die Gerechtigkeit der von Lassalle vorgeschlagenen Maßregeln angeht, wohl sicherlich gar kein Bedenken zu erheben. Es ist vielmehr nur ein unendlich bescheidener Anfang ganz anderer Dinge, die da kommen müssen.

Ganz anders verhält sich die Sache bei Denen, die an Gott und Christus glauben und die deßhalb die Ueberzeugung haben, daß die Menschen die Gesetze nicht willkürlich machen, sondern vielmehr das auf der göttlich gesetzten Ordnung beruhende Recht finden und aussprechen sollen; daß das Gesetz seine bindende Kraft nicht aus dem Menschenwillen, sondern aus dem ewigen göttlichen Willen empfängt; die also nicht bloß fragen, was hat die Majorität bestimmt? sondern was war sie berechtigt zu bestimmen? Wir glauben nämlich, daß der Beschluß, durch eine solche Subvention dem Arbeiterstande zn helfen, über die von Gott gesetzten rechtmäßigen Grenzen der Thätigkeit der staatlichen Gesetzgebung hinausgeht und in ein Gebiet eingreift, wo die Staatsgewalt kein Recht mehr hat.

Um unsere Bedenken zu begründen, wollen wir einige Gedanken über die natürlichen Grenzen des Eigenthumsrechtes, wie sie die christliche Wissenschaft entwickelt, vorausschicken. Nach der einstimmigen Ansicht der katholischen Theologen geht das Privateigenthumsrecht nie so weit, daß es auch dem Mitmenschen gegenüber, der sich in der äußersten Nothdurft (extrema necessitate) befindet, noch geltend gemacht werden kann. Hier tritt in ganz eingreifender Weise der Einfluß zu Tage, den die Theologie und die Religion auf das Eigenthumsrecht übt. Sie kann keinem Menschen in keinem Verhältniß ein absolutes, unbeschränktes Recht einräumen; sie geht von Gott aus, in dem sie die Quelle und den Maßstab aller Dinge findet; nach diesem Maßstab mißt sie dann auch alle Dinge und bestimmt ihre Stellung; -sie geht von dem Sitze des Lichtes aus und verfolgt von da alle Strahlen des Lichtes bis zum verborgensten Winkel, in den es fällt, und bestimmt sein Maß und sein Gesetz. Von diesem Standpunkt aus ist Gott allein der absolute Eigenthümer, der Mensch nur ein beschränkter Eigenthümer, nach dem Maße, wie Gott es angeordnet hat. Gott hat nun alle Menschen auf die Natur angewiesen, daß sie ihre nothwendigen Lebensbedürfnisse von derselben empfangen; er hat aber zugleich das Gesetz in die Naturordnung gelegt, daß nur auf dem Wege des Privateigenthumes die Herrschaft des Menschen über die Natur und ihre geordnete Benutzung, die zur wahren höheren Cultur führt, stattfinden kann. So fest daher die Theologie das Recht des Privateigenthums hält, so nimmt sie doch zugleich an, daß es dem höheren Rechte, nach welchem Alle an die Güter der Natur angewiesen sind, nicht entgegenstehen darf, und daß deßhalb Jeder, der sich in der äußersten Noth befindet, berechtigt ist, wenn ihm gar kein anderes Mittel mehr übrig bleibt, diese äußerste Noth zu befriedigen, wo und wie er es vermag. Auf diesen Grund hin darf die Staatsgewalt, wie es auch überall geschehen ist, die Gemeinden verpflichten, also die Eigenthümer in den Gemeinden, für ihre Armen zu sorgen, d. h. von ihrem Eigenthum so viel herzugeben, wie nöthig ist, um diesen Armen die Lebensnothdurft zu gewähren.

Ueber diese Grenze hinaus kennt aber die Theologie eigentlich keine Zwangspflicht zur Milderung der Noth der Mitmenschen, sondern nur eine moralische Pflicht, eine Pflicht der christlichen Nächstenliebe. Der Eigenthümer kann auf dem gerichtlichen Wege gezwungen werden, alle seine Rechtspflichten zu erfüllen, er kann gezwungen werden, auf dem Wege der Besteuerung die allgemeinen Gemeindesteuern und Staatslasten zu tragen; ich glaube aber nicht, daß der Eigenthümer gezwungen werden kann, über jenes vorher angegebene Maß hinaus dem Mitmenschen zur Verbesserung seiner materiellen Lage sein Eigenthum abzutreten. Hier tritt der Unterschied ein zwischen den Pflichten der Gerechtigkeit und den Pflichten der christlichen Nächstenliebe. Die Pflichten der christlichen Nächstenliebe sind ebenso wahre Pflichten, wie die Pflichten der bürgerlichen Gerechtigkeit. Der Eigenthümer, der das Almosen nicht spendet, wo er es unzweifelhaft spenden müßte, wird auch von den christlichen Lehrern dem Diebe gleichgestellt, und an dem großen Gerichtstage, wo über Alles gerichtet wird, und die ewige Gerechtigkeit zur vollen Anwendung kommen wird, da wird sogar der ewige Lohn und die ewige Strafe nach den Worten des Heilandes nach der Erfüllung dieser christlichen Liebespflichten bemessen werden. Hier auf Erden aber hat er nicht den ganzen Umfang seiner Gerechtigkeit dem Staate und der Staatsgewalt zur Handhabung durch äußere staatliche Gewalt übertragen, sondern nur einen Theil derselben, nur jenen Theil, der ganz nothwendig war, um Ordnung und Frieden auf Erden unter den Menschen zu erhalten. Dadurch ist aber eben den Menschen auf der einen Seite jener große Spielraum eingeräumt, dessen sie bedürfen, um ihre Freiheit zum Verdienst und zur Schuld gebrauchen zu können, auf der anderen Seite aber auch wieder jene Schranke gesetzt, ohne welche der Mißbrauch der Freiheit eine allgemeine Unordnung, einen allgemeinen Kampf hervorrufen würde. Das ist die wunderbare Oeconomie Gottes mit den Menschen hier auf Erden. Die staatliche Zwangsgerechtigkeit geht nur bis auf eine gewisse Grenze, die zum Schutze Aller und zur Ordnung nothwendig ist. Von da an beginnt das Gebiet der Freiheit, auch der Freiheit des Eigenthums, das aber wieder ganz ein Gebiet der Pflicht ist, aber der Pflicht in der höchsten und edelsten Form, wo der Mensch in freier Pflichtbestimmung, in freier Erkenntniß seines Verhältnisses zu Gott, zu den Nebenmenschen und zu seinem Vermögen, sich seines Vermögens theilweise entäußert, um die Werke der Nächstenliebe zu üben. Die Thätigkeit der Menschen auf dem Gebiete der strengen bürgerlichen Gerechtigkeit, soweit sie von den Gerichten und vom Steuerboten realisirt werden kann, ist noch kaum eine menschliche. Da tritt die freie Selbstbestimmung noch weit zurück, indem der Staatszwang dahinter steht. Dieses Gebiet ist noch ein sehr niedriges und die bloße Beobachtung der bürgerlichen Gerechtigkeit ist die unterste Stufe des sittlichen Lebens. Wer sich mit dieser Pflichterfüllung begnügt, steht noch auf dem allerniedrigsten Standpunkt des menschlichen Daseins. Ueber dies Gebiet menschlicher Zwangsgerechtigkeit hinaus liegt jene höhere Gerechtigkeit, die einst Gegenstand des Weltgerichtes sein wird, die uns aber hier zur Uebung der Freiheit und freier Selbstbestimmung überlassen ist. Bei ihr sieht der Mensch im Hintergrunde seiner Handlungen nicht Kammermajoritäten und Staatsgesetze und Steuerboten, sondern allein den Willen Gottes, in dem er das höchste und vollkommenste Gut und den Herrn aller Dinge erkennt; hier wird er nicht vor ein Gericht geschleppt, um sich dem Urtheil fremder Richter zu unterwerfen, sondern er sitzt in seinem eigenen Gewissen zu Gericht und verurtheilt sich selbst nach dem Gesetze Gottes und dem Gesetze Jesu Christi, seinem armen Mitbruder die Werke der christlichen Barmherzigkeit als heilige Schuld zu leisten und ihm einen Theil seines Eigenthums als Eigenthum abzutreten. Dieses zur Freiheit und freien menschlichen Thätigkeit, ich möchte sagen, zur Würde der Persönlichkeit so wesentlich gehörende Verhältniß wird aber durch das Project der durch Majoritäten decretirten Staatshilfe gänzlich aufgehoben. Es verdient an diesem einzelnen Zuge hervorgehoben zu werden, wie sich der Staat im Mittelalter, der auf christlicher Grundlage ruhte, zu dem modernen Staate bezüglich der individuellen Freiheit verhält. Während in jener Zeit die größten Opfer für sociale Zwecke, für Wissenschaft und Religion, für das Ansehen und die Würde der bürgerlichen Gemeinde ganz und ausschließlich durch freiwillige Beiträge, also aus der persönlichen Gesinnung zusammenflossen[1]), können jetzt alle diese Bedürfnisse nur mehr

1) Es gibt eine große Anzahl kleiner Städte in Deutschland, wo Fonds, die in jener Zeit für Spitäler, Schulen, Kirchen und das Ge-

durch ein immer weiter ausgebildetes Steuer- und Zwangsystem, an dem sämmtliche Staaten fast zu Grunde gehen und bei denen freie Selbstbestimmung und Gesinnung gänzlich in den Hintergrund treten, aufgebracht werden. Wir sehen hier, wie diese Idee des Steuer- und Zwangsystems immer weiter geht, und wie dadurch die moderne Richtung bekundet, daß ihr alle Principien der wahren Freiheit fehlen. Das Christenthum führt die Individualität zur vollen Freiheit, der moderne Geist vernichtet die Individualität selbst in ihrem Eigenthumsverhältniß.

Mag daher der Vorschlag der radikalen Partei, durch Majoritätsbeschlüsse auf dem Wege der Gesetzgebung und der Steuererhebung dem Arbeiterstand zu helfen, auch noch so menschenfreundlich erscheinen, wir glauben, daß er im Grunde nicht berechtigt und deßhalb auch nicht wahrhaft menschenfreundlich ist; daß es nicht in der Befugniß der Staatsgewalt liegt, in dieser Weise und für solche Zwecke in das Recht des Privateigenthums einzugreifen; daß mit einem solchen Beschlusse der Staat auf eine verhängnißvolle abschüssige Bahn geführt würde; daß wenn eine Versammlung erst beschlossen hätte, dem Arbeiterstande durch Vorschüsse dieser Art zu helfen, bald andere Versammlungen folgen würden, die durch Majoritätsbeschlüsse noch tiefer in das Eigenthum eingreifen würden. Wir verkennen nicht die Consequenz aus den Principien des modernen

---

meinwesen gesammelt wurden und noch vorhanden sind, eine zum Verhältniß der Größe der Gemeinden unglaubliche Höhe erreichen, z. B. in vielen kleinen unmittelbaren Reichsstädten in Süddeutschland.

Staates, die in diesem Vorschlage liegt; wir halten aber diese Principien selbst für verderbenbringend und glauben, daß sie im Widerspruch stehen mit der Ordnung, die Gott festgestellt und uns in den Grundsätzen des Christenthums erklärt hat.

Prüfen wir nun aber zweitens nach der Rechtmäßigkeit auch die Zweckmäßigkeit des vorgeschlagenen Verfahrens, also die Frage, ob eine solche Staatshilfe im Stande wäre, dem Arbeiterstand im Ganzen in der beabsichtigten Art zu helfen, ihn nämlich zum Geschäftsunternehmer zu machen und dadurch seinen Wohlstand wesentlich zu verbessern.

Das Bedenken der Liberalen, daß die Staatshilfe das Princip der Selbsthilfe des Arbeiterstandes verletze und deßhalb verwerflich sei, ist von ihren Gegnern hinreichend als haltlos nachgewiesen worden. Mit Recht ist ihnen gesagt worden, daß sie selbst ja reichen Compagnieen und großen Industriebesitzern wiederholt Staatshilfe theils durch Garantie der Zinsen, z. B. bei Eisenbahnbauten, theils durch Vorschüsse erwirkt haben, ohne von dieser zarten Rücksicht behindert zu sein, und daß man doch wahrlich eine Hilfe für den Arbeiterstand als eine Art Unwürdigkeit nicht ohne große Inconsequenz ansehen kann, wenn man sie für die Besitzer des reichen Kapitals zulässig erklärt. Auch der fernere Einwand, daß solche Subventionen nur dann bewilligt und zulässig seien, wenn ein allgemeines Staatsinteresse vorliege, ist ebenso wenig stichhaltig, da es wahrlich schwer nachzuweisen wäre, daß der Staat mehr Interesse dabei habe, daß z. B. irgend eine Eisenbahn zu Stande komme, als daß der Wohlstand eines großen Theiles der Arbeiterbevölkerung wesentlich verbessert werde. Zudem leidet auch diese ganze Anschauung insofern an großer innerer Inconsequenz, als die Liberalen die sociale Selbsthilfe des Arbeiterstandes durch jede materielle Hilfe als gefährdet ansehen, während sie sich zugleich berufen fühlen, die Hilfe ihrer volkswirthschaftlichen Intelligenz demselben Stande in ausgedehntester Weise anzubieten, ja aufzudringen, ohne darin irgend eine Beeinträchtigung der Selbsthilfe des Arbeiterstandes zu finden. So waren auf dem sechsten Congresse deutscher Volkswirthe vom 14.—16. September 1863, der sich so eingehend mit den Interessen des Arbeiterstandes beschäftigte, unter 137 Mitgliedern 25 Staatsbeamte, 11 Professoren, 16 Rechtsanwälte, 8 Banquiers, 14 Redacteure, 30, die den Doctortitel führen, 16 Kaufleute u. s. w. und vom gesammten Arbeiterstande nur 2 Handwerker anwesend. Es ist sonderbar, daß diese Herren die sociale Selbsthilfe nicht beeinträchtigt glauben, wenn es sich um die angebliche Vermehrung des geistigen Kapitals des Arbeiterstandes handelt, während sie dieselbe für verletzt erachten, wenn sie das materielle Kapital desselben vermehren sollen.

Dagegen sind wir aus anderen Gründen durchaus davon überzeugt, daß auch diese Projecte nicht geeignet sind, dem Arbeiterstand zu helfen; und was dagegen für die Ausführbarkeit derselben von ihren Vertretern gesagt ist, scheint uns ebenso schwach und mißglückt zu sein, als was die Liberalen für den Werth ihrer Entwürfe geltend machen. Allen Arbeitern, d. h. allen eigentlichen Lohnarbeitern, und überdies Allen, die sich im Gewerbestande, unter den Handwerkern und kleinen Besitzern in ähnlichen Verhältnissen befinden, kann jedenfalls durch diese Staatshilfe nicht auf einmal und zu gleicher Zeit das Mittel geboten werden, an größeren Unternehmungen sich zu betheiligen und dadurch Arbeiter und Geschäftseigenthümer zugleich zu werden. Selbst die endliche Möglichkeit dieses Verfahrens angenommen, so könnte es doch nur nach und nach und im Laufe vieler Jahre, bei einer ungestörten, ruhigen und normalen Entwickelung aller Staatsverhältnisse zur Ausführung kommen. Darin liegt aber schon die Unmöglichkeit der Ausführung derselben und wir können deßhalb alle anderen Bedenken dagegen mit Stillschweigen übergehen. Man denke sich nur die Lage. Nehmen wir an, daß der Plan der radikalen Partei den Sieg davon getragen habe. Die Masse des Arbeiterstandes, die große Mehrzahl der Gesammtbevölkerung soll von dem Zustande, mit ihrer ganzen Existenz täglich an den schwankenden Lohn der Arbeit angewiesen zu sein, dadurch befreit werden, daß sie Mitunternehmer an den großen Geschäften wird und so Antheil am Geschäftsgewinn erhält. Für diesen Zweck sollen Produktiv-Associationen gebildet werden, und die Kapitalien zu diesen Unternehmungen soll der Staat beschaffen. Denken wir uns ferner, im ganzen Lande würden durch directe Wahlen die Vertrauensmänner des Arbeiterstandes gewählt, um in der gesetzgebenden Versammlung die Gesetze zu berathen und festzustellen, wie diese Maßregeln auszuführen seien. Es würde sich nun zunächst darum handeln, wie hoch für die ersten Jahre die Staatshilfe zu greifen sei, und für welche Geschäftszweige, für welche Produktiv-Genossenschaften sie verwendet werden solle. Die zu wählenden Volksmänner treten deßhalb unter den Arbeitern in den verschiedenen Landestheilen auf, hören die Wünsche ihrer Wähler aus dem Arbeiterstande, machen ihre Versprechungen und Verheißungen, während das gesammte Volk von der Ueberzeugung des modernen Staates erfüllt ist, daß es kein objectives Recht gibt, und daß deßhalb Alles Recht ist, was die Majoritäten in den Kammern, also auch über Vermögen und Eigenthum, entscheiden. Es genügt, diese Situation sich klar zu machen, um zugleich zu erkennen, daß der ganze Plan unausführbar ist, daß daraus eine geordnete, ruhige, staatliche Entwickelung mit wahrem Gedeihen des Arbeiterstandes nicht hervorgehen kann, daß er zu einem allgemeinen Kampfe und zu den fürchterlichsten Revolutionen führen und endlich ohne alles Resultat bleiben müßte. Alle Leidenschaften, die nur in der Menschenbrust auftauchen können, würden auf das Höchste aufgeregt werden, die ungebundenste Selbstsucht würde in dem Herzen der Arbeiter zu toben anfangen. Jeder Arbeiter, jede Gewerbe- und Arbeiter-Genossenschaft würde sich zuerst und vor Allen und am Meisten berechtigt halten. Jeder Volksvertreter würde für den Kreis seiner Wahlmänner denselben Standpunkt geltend machen, und vermöge der Feigheit, an der ja jetzt schon so viele Volksvertreter leiden, vermöge dieser erdrückenden Menschenfurcht, nicht wagen, in der Versammlung einem allgemeinen objectiven Vernunftgesetze zu folgen. Wer mit Ruhe betrachtet, wie weit schon jetzt die ständischen Versammlungen von der Idee einer Ausgleichung der Gegensätze in einem allgemeinen Vernunftgesetz, die eigentlich ihnen zu Grunde liegt, entfernt sind, der kann beurtheilen, wie sehr erst solche Versammlungen jeder idealen Seite entbehren und dagegen eine Bühne des

Wettkampfes der gemeinsten Selbstsucht und der niedrigsten Leidenschaften werden würden. Wer sich die Sache so vorstellt, daß eine solche Berathung in Ruhe und Frieden abgehen könnte, daß alle jene Arbeiter, die von der Wohlthat dieser Subsidien noch auf lange Zeit ausgeschlossen blieben, ihre dürftige Lage mit himmlischer Geduld ertragen würden, bis endlich auch an sie die Reihe käme, der kennt weder die menschlichen Verhältnisse, noch die menschlichen Leidenschaften, und ist in Gefahr, jenen Schwärmern anzugehören, die nach ihrem kurzsichtigen rationalistischen Maßstab und allgemeinen Humanitätsdrang den Menschen helfen wollen, während sie dieselben auf das Tiefste beschädigen und sie in großes Unglück stürzen.

Wir können daher den Vorschlag der radikalen Partei, dem Arbeiterstande durch allgemeine Staatsunterstützung zu helfen, seiner Rechtmäßigkeit nach nur für höchst bedenklich, seiner Zweckmäßigkeit nach dagegen für durchaus verfehlt halten.

Es bleibt uns nun noch übrig, das vorgeschlagene Mittel, um die Staatshilfe für den Arbeiterstand zu erlangen, nämlich die directen Wahlen, einer Prüfung zu unterwerfen. Wenn auch dieser Gegenstand an sich nicht unmittelbar zu der Sache gehört, die wir hier behandeln, so ist doch eine etwas eingehendere Besprechung derselben theils jener Verbindung wegen, die ihr mit der Arbeiterfrage gegeben ist, theils ihrer inneren Wichtigkeit wegen wohl gerechtfertigt. Zudem hat auch der Arbeiterstand fast keine andere Berührung mit der Politik und dem Staatsleben, als durch die

Wahlen, und auch insofern erscheint es gerechtfertigt, die Wahlangelegenheiten hier zu besprechen.

Die Ständeversammlungen sollen nach ihrer Idee eine wahre Stellvertretung des gesammten Volkes für diejenigen Interessen desselben sein, die durch die Staatsgewalt geschützt und gefördert werden.

Daß eine solche Stellvertretung mit bestimmten Rechten neben den eigentlichen Organen der Staatsgewalt für die Entwickelung des staatlichen Lebens förderlich sei, ist so allgemein anerkannt, daß sie fast unter allen Völkern und in allen Zeiten mehr und weniger, wenn auch oft in der allerverkümmertsten Gestalt, hervortritt. Sie gehört zu den Einrichtungen, über deren innere Begründung eine Uebereinstimmung aller Völker vorhanden ist, die also die beste Probe ihrer Berechtigung bestanden haben. Insbesondere aber ist sie mit dem ganzen Wesen der germanischen Völker tief und innerlich verbunden; eine absolute Regierungsgewalt hat der freie deutsche Mann in unserer Vorzeit gar nicht gekannt.

Die Form aber, in der diese Idee einer Vertretung des gesammten Volkes oder eine Vertretung aller Derer, welche die volle Freiheit und Rechtsfähigkeit besitzen, nach dem Maße ihrer wirklichen Stellung im Volksleben verwirklicht werden kann, ist daher um so vollkommener, je mehr sie der Wirklichkeit der vorhandenen Verhältnisse eines Volkes, seiner gesammten Denk- und Rechtsanschauung entspricht; um so unvollkommener und unberechtigter, je weiter sie davon entfernt ist. Die vollkommenste Form der Vertretung war deßhalb wohl, wenigstens ihrer Anlage und ihren Grundsätzen nach, die altgermanische in der Gliederung der Stände. Zwar entsprachen die alten ständischen Verfassungen, namentlich in späterer Zeit, vielfach auch nicht mehr den wirklichen Verhältnissen; sie stellten nicht überall mehr das vorhandene Volksleben mit seinen Berechtigungen dar; sie bedurften daher einer weitgreifenden Entwickelung. Sie glichen einem Kleide, das zwar ursprünglich nach dem rechten Maßstabe zugeschnitten war, dem aber der Körper später entwachsen ist. Man hätte eine neue Form nach denselben Grundsätzen für die jetzigen staatlichen Verhältnisse, mit Berücksichtigung aller wirklichen Berechtigungen, machen sollen. Das hat man aber nicht gethan und vielmehr den Boden der Geschichte und aller germanischen Institutionen verlassen, um nach neuem französischen Muster, wie die Kleider, so auch die Gestalt unserer staatlichen Verfassung zurecht zu schneiden. Diese Form aber und die Entwickelung, die dieselbe erhalten hat, ist von jener Idee einer wahren Stellvertretung des wirklichen Volkes vielfach so weit abgewichen, das sie kaum noch ein kleines Theilchen davon an sich trägt. Wir müssen dies näher ins Auge fassen.

Die Berechtigung der Ständeversammlung ruht nämlich, wie wir sagten, in der Voraussetzung, daß sie das gesammte rechtsbefähigte Volk mit seinen wahren Interessen, in seiner wirklichen Denkweise bezüglich seines öffentlichen Lebens vertrete. Diese Vorstellung ist sogar gesetzlich und verfassungsmäßig anerkannt, und durch die Rechtsfiction, daß die Beschlüsse dieser Körperschaften als Willensmeinung sämmtlicher berechtigter Staatsangehörigen zu betrachten seien, in die Staatsgrundgesetze vielfach aufgenommen. Es ist überhaupt höchst bemerkenswerth, daß die menschliche Gesellschaft ohne allgemein anerkannte Fictionen, d. h. solche Sätze, denen man ideale Wahrheiten, und zwar rechtsgiltig und gemeinverbindlich unterstellt, wenn es auch nicht an sich gewiß ist, daß sie vollkommen jenen Ideen entsprechen, gar nicht bestehen kann. Eine solche Rechtsfiction verbindet man mit dem rechtskräftigen Urtheil. Sie ist so nothwendig, daß ohne sie gar keine Rechtsordnung möglich wäre. Diese Fiction besteht darin, daß man rechtskräftige Urtheile für das Recht an sich, als das absolute Recht ansieht und darnach behandelt, obwohl Jeder weiß, daß es möglich und in gar manchen Fällen wirklich ist, daß das Urtheil nicht dem objectiven Rechte entspricht. Eine solche Rechtsfiction verbindet man ferner mit dem Gesetze selbst. Wir denken uns das bestehende bürgerliche Gesetz und müssen es uns denken als den Ausdruck des absoluten Rechtes, obwohl Jeder, der den Wechsel des bürgerlichen Rechts betrachtet, zugeben muß, daß auch diese Annahme von der Wirklichkeit weit entfernt sei. Wir sind so sehr mit unserem ganzen Dasein an das Absolute, an das Unfehlbare, an das an sich Rechte und Wahre angewiesen, d. h. an Gott, der allein an sich und aus sich ewig wahr und recht ist, daß wir uns in allen den Anliegen, die uns Gott zur Selbstverwaltung überlassen hat, einer Fiction bedienen müssen, wodurch wir gleichsam den absoluten und unfehlbaren Gott, ohne den wir in keinem Verhältniß bestehen können, in unsere Mitte versetzen, um uns in unserer großen Mangelhaftigkeit an ihn anzuklammern. Nur in einem Punkte hat Gott uns vor dieser Ungewißheit bewahrt, nämlich in unseren höchsten Anliegen und Verhältnissen. Da, wo es sich um jene ewigen Grundwahrheiten handelt, die alle anderen Wahrheiten tragen sollen, hat Gott uns ein Tribunal gegeben, dessen Ausspruch uns nicht durch eine dem Irrthum ausgesetze Fiction als absolut und wahr erscheint, sondern an sich und ewig wahr ist, nämlich das unfehlbare Lehramt der katholischen Kirche, wenn es uns den wahren Sinn jener Wahrheiten interpretirt, die der Sohn Gottes selbst den Menschen verkündet hat. In das Gebiet der nothwendigen Fictionen, mit denen wir uns hier auf Erden behelfen müssen, gehört nun auch jene, daß die Willensäußerung der Volksvertretung Ausdruck der Wirklichkeit, des wirklichen Volkes, seines Willens und seiner Denkweise sei. So berechtigt aber alle diese Fictionen an sich sind, so schlimm stehen die Dinge, wenn diese Rechtsvermuthungen ein offener Lug und Trug werden. Wehe dem Volke, wenn die Rechtsvermuthung, daß die Gerichte in letzter Instanz das objective Recht sprechen, ein Deckmantel für die absichtliche Ungerechtigkeit wird! Wehe dem Volke, wenn die Rechtsvermuthung, daß das Gesetz der Ausdruck der ewigen Gerechtigkeit sei, eine Täuschung wird, um die Ungerechtigkeit damit zu verbergen! Wehe aber auch dem Volke, wenn die Rechtsvermuthung, daß die Ständeversammlungen das wirkliche Volk in seinen Ständen, in seinen Rechtsverhältnissen, in seinen wahren Interessen, in dem besten und edelsten Theile seines Denkens, Wollens und Fühlens darstellen, eine Lüge geworden ist, durch die eine im Geheimen verbundene und verschworene Partei *ihre* Pläne durchzusetzen, *ihre* Interessen, *ihre* Denkweise, *ihren* Willen unter dem Deckmantel des allgemeinen Volkswillens zu verwirklichen strebt.

Solche Zustände sind nun leider kein bloßes Schreckbild mehr; sie sind vielmehr bei der Entwickelung, die der moderne Staat in der französischen Livrée genommen hat, schon mehr und weniger Wirklichkeit geworden. Es mag kaum je eine berechtigte Idee so sehr im Widerspruch mit den vorhandenen Thatsachen gestanden haben, als die der Vertretung des Volkes in seinen öffentlichen Angelegenheiten durch die Ständeversammlungen mit der wirklichen Gestaltung des Constitutionalismus in manchen Ländern. Denken wir uns ein Land, in dem zwei Regierungen bestehen; eine öffentliche Regierung, die sich an die Person des Landesherrn anknüpft, und eine geheime, die sich an einige Professoren, in Verbindung mit den geheimen Gesellschaften anlehnt. Beide Regierungen sind über das ganze Land vertheilt. Die geheime Regierung hat sich genau der bestehenden Landeseintheilung angeschlossen; sie hat ihre Organisation auf jede Landgemeinde ausgedehnt; wie dort als letztes Glied der Staatsregierung ein Gemeinderath vorhanden ist, so hat sie in jeder Gemeinde ihre Vertrauensmänner, die mit großer Umsicht in dieses Netz hineingezogen und die blinden Werkzeuge ihrer Pläne sind. Sie steht vielleicht zeitweise mit der öffentlichen Regierung in inniger und vertrauter Harmonie, aber natürlich nur dadurch, daß und so lange als diese gleichfalls ein blindes Werkzeug ihres Willens ist. Die geheime Regierung hat überdies auch das ganze Wahlsystem vollständig und bis ins Kleinste geregelt, und kann ihrer Wahlbewegung einen um so größeren Nachdruck geben, als ihr, so lange das Einverständniß besteht, selbst die Organe der Staatsregierung bei ihren Manipulationen zu Gebote stehen. Endlich beherrscht sie zugleich mit wenigen Ausnahmen durch ihren Einfluß und ihr Geld die Presse, und diese ihr hörige Presse muß täglich in tausend und tausend Stimmen dem Volke die Behauptung wiederholen, daß die so zu Stande gekommene Kammer der reine, ächte Kern des Volkes sei. Solche Vorstellungen sind aber leider keine thörichten Phantasien mehr. Welch eine Unwahrheit, welch ein Betrug am ganzen Volke, welch eine Beschädigung des ganzen Staatswesens läge aber in einem solchen Zustande! Fassen wir ihn noch einmal seiner Wichtigkeit wegen in kurzen Sätzen mit besonderer Beziehung auf das Christenthum und die Glaubensüberzeugung des christlichen Volkes zusammen. Die Volksvertretung ruht auf dem Gedanken, daß das wirkliche Volk, wie es in einem Lande lebt, in ihr vertreten sei; sie hat daher die Rechtsvermuthung für sich, daß ihr Majoritätsbeschluß in der That der wahre Ausdruck der berechtigten Gesinnung des Volkes sei. Nehmen wir nun an, das Verfassungsleben habe in einem Lande eine Entwickelung genommen, wie wir sie vorher schilderten. Eine Partei im Lande, die sich mit der gesammten christlichen Denkweise des Volkes im feindlichsten Widerspruche befindet, einer allgemeinen kosmopolitischen, rationalistischen und materialistischen Denkweise mit Fanatismus ergeben ist, das Christenthum aber, wie es die Kirche lehrt und das Volk bekennt, haßt und verabscheut, habe sich in der bezeichneten Weise gebildet und organisirt. Sie bringt durch ihren Einfluß eine Kammer von geheimen Parteigenossen zusammen und benützt nun die Macht der verfassungsmäßigen Fiction, daß die Kammer mit dem Volkswillen identisch sei, um ihr Parteiinteresse, ihren Haß gegen das Christenthum und den christlichen Glauben des Volkes auf allen Gebieten des Staatslebens, in der gesammten Gesetzgebung, durch die Schulorganisation u. s. w. zu verwirklichen. Wir wiederholen, welch eine Lüge, welch ein Betrug läge in diesen Zuständen! Welch ein Verbrechen an den Staatsinstitutionen und am wahren Wohle des Volkes!

Dennoch nehmen wir keinen Anstand zu wiederholen, daß ähnliche Zustände in manchen deutschen Ländern schon vielfach Wirklichkeit geworden sind, daß eine weitverbreitete Partei planmäßig dahin strebt, die Volksvertretung in dieser Art zu einer großen Unwahrheit zu machen, und die Idee derselben für Parteizwecke und Geltendmachung schlechter Grundsätze, deren Verwirklichung unser deutsches Volk in den Abgrund des Verderbens stürzen würde, auszubeuten. Die Ständeversammlungen entsprechen schon jetzt in gar vielen Fällen nicht mehr ihrer Idee, ihrer verfassungsmäßigen Voraussetzung; sie stellen sehr oft nicht mehr das Volk dar, sondern nur eine Partei, die dem eigentlichen Volke in ihrer ganzen Denkweise durchaus ferne steht; insbesondere ist das christliche Volk mit seinen Ansichten, seinen Rechten und Wünschen schon in manchen Ländern durch die schlaue Thätigkeit jener Partei von den Kammern vollständig ausgeschlossen, während die Parteigenossen in ihnen das alleinige Wort und die volle Herrschaft üben. In dieser immer weitergreifenden Verfälschung des ganzen Verfassungslebens erkennen wir aber eine so große und weitgreifende Gefahr, wie sie das deutsche christliche Volk vielleicht noch nicht gehabt hat, und die um so größer und verderblicher ist, je berechtigter die Wahrheit, die dem ganzen ständischen Wesen zu Grunde liegt.

Diese große sittliche Corruption, mit der unser Verfassungsleben in den modernen Staaten bedroht ist, hat aber ihren Hauptsitz in den modernen Wahlsystemen. Es liegt natürlich unserer Aufgabe fern, uns erschöpfend über diese schwierige Frage auszusprechen; wir haben aber die Ueberzeugung, daß das jetzige Wahlsystem, in Verbindung mit dem Institute der Wahlmänner, immer mehr dazu dienen muß, die Ständeversammlungen in die Hände jener Partei zu bringen, die alle anderen an Gefährlichkeit und Betriebsamkeit übertrifft. Obwohl wir daher die Bedenken nicht verkennen, die man den directen Wahlen im Sinne der demokratischen Partei entgegenstellen kann, so nehmen wir doch keinen Anstand, selbst directe Wahlen in diesem Sinne dem gegenwärtigen verderblichen Wahlsysteme vorzuziehen. Die directen Wahlen haben gewiß große Gefahren; sie können in der Hand der Demagogen auch das Volk irreführen, und da es bereits durch die Verfälschungen der liberalen Partei dahin gekommen ist, daß es sich bei den Handlungen des öffentlichen Lebens nicht mehr nach Grundsätzen des Gewissens, sondern nach aufgeregten Leidenschaften bestimmt, so können sie unselige Katastrophen herbeiführen. Die ersten directen Wahlen würden vielleicht uns große Unordnungen bringen. Die Masse unseres Volkes glaubt aber noch an Gott und an Christus; sie kennt noch die zehn Gebote Gottes und das Gewissen. Wir hegen daher die Ueberzeugung, daß unser deutsches Volk nach solchen Erfahrungen bald wieder dahin kommen würde, den Zusammenhang, in dem auch eine Wahl mit dem Gewissen steht, zu erkennen, und sobald dies einträte, wären wir schon wieder gerettet. Gewiß kann das christliche Volk bei den Wahlhandlungen auch verführt werden; wenn ich aber jenen Theil desselben abrechne, der in manchen Städten tief versunken ist, so hat es doch noch in seinem christlichen Glauben ein Heilmittel in sich, während ich in der großen Menge der liberalen Partei mit ihrem niederen Materialismus kein Heilmittel mehr erkenne. Obwohl wir daher weit davon entfernt sind, in demokratischen directen Wahlen ein Ideal zu verehren, so nehmen wir doch keinen Anstand, sie den jetzigen Wahlsystemen, die nur zu einer immer größeren Corruption des ganzen Staatslebens führen, und uns der Regierung einer unsichtbaren und ungreifbaren Macht überliefern, weitaus vorzuziehen.

VII. Die wahren und praktischen Mittel, dem Arbeiterstande zu helfen.

Die Vorschläge der liberalen wie die der radikalen Partei genügen also offenbar nicht, um das große Problem der Gegenwart zu lösen und die Nahrungsverhältnisse des Arbeiterstandes, den die Grundsätze dieser Parteien großentheils in die Lage gebracht haben, in der er sich jetzt befindet, wirksam zu verbessern und ihn vor der Consequenz der allgemeinen Concurrenz, die ihn auf die äußerste Lebensnothdurft angewiesen hat und ihm diese nur für den Tag bietet, wo er Arbeit findet, zu bewahren.

Mögen im Einzelnen die Absichten vieler Mitglieder dieser Parteien noch so wohlwollend sein, und mag auch hie und da ihr Wirken die Lage der Arbeiter vorübergehend und im beschränkten Umfange verbessern, so sind doch alle ihre Vorschläge nicht entfernt im Stande, die Gesammtlage des Arbeiterstandes vor einem immer größeren Ruin zu bewahren, geschweige sie zu verbessern.

Gibt es denn aber kein wahres Mittel, um dem Arbeiterstand zu helfen? Müssen wir die Entwickelung der Verhältnisse des Arbeiterstandes, wie wir sie hier geschildert haben, wie ein unabwendbares Ereigniß geschehen lassen, mit den Händen im Schooße, ohne eingreifen, ohne helfen zu können?

In England, das uns seiner politischen Freiheit wegen gepriesen, und zugleich bezüglich der Entwickelung der Genossenschaften unter dem Arbeiterstande als ein Muster, als ein hohes Ideal, dem wir nachstreben sollen, vorgestellt wird, sehen wir dessen ungeachtet die Zustände der großen Masse des Arbeiterstandes, also des weitaus größten Theiles der Bevölkerung, in erschreckender Weise sich verschlechtern. Die höchste politische Freiheit, die höchste Blüthe des genossenschaftlichen Lebens im Arbeiterstande kann die Verschlechterung der socialen Verhältnisse dort nicht aufhalten. Einen tiefen Einblick in diese Verhältnisse gewährt uns der Maßstab der Sterblichkeit dieses Standes. Je größer die Sterblichkeit in einer Classe der Bevölkerung, desto mehr ist sie in ihrem physischen Wohlsein, in ihren Ernährungsverhältnissen, in ihrer Gesundheit herabgekommen [1]). Man hat in verschiedenen Städten Englands die Bevölkerung in drei Classen getheilt; in die wohlhabende, in die mittlere und in die ärmere, zu der die Arbeiter gehören. In der ersten Classe beträgt die durchschnittliche Lebensdauer 35 bis 44, in der letzten Classe nur 15 bis 19 Jahre. Es ist bezeichnend, daß, als Lassalle in seiner Rede in Frankfurt diese haarsträubenden statistischen Notizen mittheilte, der Ruf: „Schluß" ertönte.

1) Siehe Anlage III.

So sehr hat sich ein Theil unserer Bevölkerung schon daran gewöhnt, nur mehr schmeichlerische Phrasen zu hören, so wenig kann er mehr die Wahrheit ertragen, wenn sie ihn auch noch so nahe angeht. Solche Zahlen scheinen mir wichtiger zu sein zur Constatirung der Wirklichkeit und des wahren Werthes aller bisher gemachten Versuche, dem Arbeiterstand in der Lage, worin ihn die modernen volkswirthschaftlichen Grundsätze versetzt haben, zu helfen, als die weitläufigsten Schönredereien.

In Mülhausen im Elsaß war in den Jahren 1823 bis 1834 die Sterblichkeit unter den Kindern der Weber und Spinner im ersten Lebensjahre gerade noch einmal so groß, als unter den Kindern der Fabrikherren und Kaufleute. Die Hälfte der Kinder der genannten Arbeiter starb, bevor sie noch das erste Jahr zurückgelegt hatten. Von 100 Fabrikherren und Kaufleuten erreichten 32 ein Lebensalter von mehr als 50 Jahren, während von 100 Webern nur 8 und von 100 Spinnern gar nur 3 über 50 Jahre alt wurden. In einer englischen Fabrikstadt betrug die mittlere Lebensdauer vor dem Aufkommen der Fabriken $31^{2}/_{3}$ Jahre, nach Einführung der Fabrikarbeit ist sie auf $19^{1}/_{2}$ Jahr herabgesunken. Es kann daher nicht zweifelhaft sein, daß die Gesundheit und die ganze Lebenskraft des Arbeiterstandes unter den gegenwärtigen Verhältnissen in einer fortschreitenden Abnahme und Verschlechterung begriffen ist. In Deutschland sind wir noch nicht so weit, wie in England. Die Cigarrenmacher in Berlin erreichen noch durchschnittlich eine Lebensdauer von 30 Jahren, während in England die mittlere Lebensdauer dieser Stände in einigen Städten schon bis auf

15 Jahre herabgekommen ist. Wir sind aber in derselben Richtung begriffen. Unsere jetzigen Fabrikarbeiter sind Kinder unseres deutschen Bauernstandes und haben von dorther noch Gesundheit und Lebenskraft mitgebracht. Wie bald wird das vorüber sein; wie bald werden wir auch in Deutschland Gegenden antreffen, in denen jetzt noch ein gesunder, kräftiger Menschenschlag wohnt, und wo dann ein sieches, schwaches Krüppelgeschlecht sein verkümmertes Leben hinbringen wird! Ein französischer Schriftsteller hat bereits die Bewohner von Nord-Amerika in folgende drei Classen getheilt: die schwarzen Arbeiter, nämlich die Sklaven, die weißen Arbeiter, die Proletarier, und endlich die reiche Aristokratie, oder die großen Geldmänner. Alle Vorschläge der liberalen und radikalen Partei werden uns vor dieser Consequenz der modernen volkswirthschaftlichen Grundsätze nicht bewahren. Wenn es keine anderen Potenzen mehr in der Welt gäbe als jene, welche uns die große liberale und die radikale Partei vorschlagen, so ginge Deutschland dem Zustande entgegen, wo wir es in zwei Hälften theilen können: in die reichen Börsenmänner und Speculanten mit allen ihren Schmarotzern, und die von ihnen absolut abhängige Arbeitermasse, die Proletarier.

Gibt es dagegen keine Mittel mehr? Müssen wir unser deutsches Volk dieser neuen Sklaverei entgegengehen lassen und ruhig zusehen, wenn man noch dazu diesem Volke den Wahn beibringt, daß dieser Zustand Fortschritt, Freiheit, Aufklärung und Glückseligkeit sei?

Gewiß nicht. Das Christenthum hat mit seinem schöpferischen Geiste, seit es in dem Sohne Gottes vom Himmel auf die Erde herabgekommen ist, alle großen Fragen gelöst; auch

Jene, so weit es auf Erden möglich ist, die mit der Noth und der Ernährung der Menschen zusammenhängen. Gott läßt es zu, daß das Christenthum auf seinem segenspendenden Wege auf Erden immer wieder neue große Aufgaben zu lösen findet, und durch diese Lösung seinen Ursprung von Oben und seine göttliche Kraft offenbart. Das Christenthum hat den Geist der alten Sklaverei gebrochen. Das schien wahrhaft unmöglich. Bis auf die letzte Spur war die Ahnung von dem gemeinschaftlichen Ursprunge der Menschen, von der Bestimmung *aller* Menschen zu *einem* hohen Ziele, von einer *allen* Menschen eigenen hohen Menschenwürde entschwunden. Der Grieche erkannte nur dem freien Griechen, der Römer nur dem römischen Bürger, dem Civis Romanus, den Vollbesitz der Menschenwürde zu. Daß auch der Sklave eine Menschenseele besitze, die ihrem Ursprung und ihrer Bestimmung nach denselben Werth habe, wie ihre eigene, lag ganz außerhalb ihrer Vorstellung. Der Sklave wurde dem Thiere ähnlich gehalten und nicht als Mensch behandelt. *Das Christenthum hat diesem ganzen großen Theile des Menschengeschlechtes die Menschenwürde wiedergegeben.* Der Geist des Christenthums hat aus den Sklaven der ländlichen Bevölkerung theilweise unsern deutschen Bauernstand entwickelt und aus den Sklaven in den Städten unsern deutschen Bürgerstand. Der Geist des Christenthums hat unermeßliche Mittel angesammelt, um in zahllosen Anstalten, die für alle Bedürfnisse bestimmt waren, dem armen Arbeiter zu Hilfe zu eilen. Der antichristliche Zeitgeist ist auf dem besten Wege, das alte Sklaventhum in neuer Form wiederherzustellen, und er wird dabei von einer ungläubigen, materialistischen Wissenschaft mächtig unterstützt. Die Ableitung des Menschen von der Materie muß das Herz des Menschen seinem Mitbruder gegenüber versteinern. Wir zertreten ja den Stoff und vernichten ihn nach unserm Bedürfnisse, wir tödten das Thier und schlachten es, je nachdem wir desselben bedürfen. Wenn nun der Mensch nichts Anderes ist, als eine Ausgestaltung des Stoffes, als eine Fortentwickelung aus dem Pflanzen- und Thierreich bis zum Menschendasein, wo fängt dann die Grenze an, wo wir ihn nicht mehr als Pflanze zertreten und als Thier tödten, sondern als Menschen achten und lieben müssen? Die Selbstsucht wird diese Grenzen, die ein seichter Humanismus ziehen will, bald durchbrechen, und das neue Sklaventhum, unterstützt durch diesen gemeinen Materialismus, droht grausamer und härter zu werden, als das alte war. Wenn die früheren großen christlichen Denker dem alten Sklaventhum entgegentraten, so sagten sie den heidnischen Sklavenhaltern: Gott hat dem Menschen die Herrschaft über die Natur und die Herrschaft über die Thiere gegeben; er hat dir aber nicht die gleiche Herrschaft über deine Mitmenschen gegeben, du stehst als Mensch ihm gleich gegenüber. Als am 7. Februar 1249 zwischen dem deutschen Orden und dem neubekehrten Preußen der Friede geschlossen wurde, sprach der päpstliche Legat die erhabenen Worte: „Es sind die Neubekehrten belehrt worden, daß alle Menschen gleich sind, wofern sie nicht sündigen, und daß allein die Sünde die Menschen elend und zu Knechten macht.“ Die neue materialistische Wissenschaft sucht die Größe dieser Gedanken der Menschheit wieder zu entreißen, indem sie den Menschen dem Thiere gleich macht; sie rühmt sich dessen als der höchsten Aufklärung; sie führt dadurch nothwendig auch den Zustand wieder zurück, wo der Mensch als Thier behandelt werden konnte.

Die ganze Wucht dieser Entwickelung liegt aber auf dem Arbeiterstand. Da ist es wieder die Aufgabe des Christenthums, die Welt auch von dieser neuen Form der Sklaverei zu befreien und an dieser Aufgabe ihre göttliche Kraft und ihr ewig neues Leben zu bethätigen. Ich zweifle nicht, daß diese Erkenntniß immer weiter sich verbreiten wird. Der Geist Christi, aus dem die christliche Liebe ausströmt in alle Christenherzen, wird immer mehr der Arbeiterfrage die Aufmerksamkeit der Christen zuwenden. Ob die abschüssige Bewegung des gesammten Arbeiterstandes zum Proletariat bis zur letzten Stufe fortschreiten muß, um uns alle Consequenzen des Unglaubens und des flachen Liberalismus vor Augen zu stellen, ist ungewiß, wie es sich auch jetzt noch nicht bestimmen läßt, welche neuen Wege die christliche Liebe und der christliche Geist einschlagen wird, um aus der socialen Noth einen neuen großen Triumph des Christenthums zu bereiten. Ich bin daher auch weit entfernt, mir anzumaßen, schon jetzt alle diese Wege und Mittel, durch die das Christenthum nach diesem Ziele streben wird, vorherbestimmen und gleichsam in einem fertigen System abhandeln zu wollen. Ich habe schon mein Ziel erreicht, wenn ich durch diese Besprechung etwas dazu beitrage, die Christenherzen und die Christenliebe auf dieses große Gebiet, das Gott ihrer christlichen Thätigkeit angewiesen hat, aufmerksam zu machen. Wenn ich es daher dennoch unternehme, einige Mittel hervorzuheben, durch die wir im Geiste des Christenthums dem Arbeiterstande helfen können, so sollen das nur bescheidene Gedanken sein, und ich werde mich von ganzem Herzen freuen, wenn diese wichtige Frage bald von Männern besprochen werden sollte, die zur Lösung derselben mehr befähigt sind, als ich.

Vor Allem will ich den allgemeinen Gedanken, auf den ich wiederholt zurückkomme, hier förmlich an die Spitze stellen, daß das Christenthum und die Kirche auf die socialen Verhältnisse nicht unmittelbar und durch äußere, mehr oder weniger mechanische Mittel und Einrichtungen, sondern zunächst und vorzüglich durch den Geist einwirkt, den es den Menschen einflößt. So hat es ja auch die alte Sklaverei lediglich dadurch abgeschafft, daß es den Menschen seine göttlichen Ideen und den Geist der Liebe mittheilte. Dadurch wurden die Herren bewogen, selbst ihre Sklaven freizugeben und dadurch wurde auch der Geist der Völker und der Gesetzgebungen umgewandelt.

So ist es auch mit der Lösung der socialen Fragen in unserer Zeit. Die von uns bisher besprochenen Ursachen der dermaligen Lage der Arbeiter, sowie die Bösartigkeit der aus diesen Ursachen hervorgegangenen Wirkungen und Folgen haben ihren wesentlichen und tiefsten Grund in dem Abfall vom Geiste des Christenthums, der in den letzten Jahrhunderten stattgefunden hat. Weil die Geister nicht mehr von den höchsten und ewigen Wahrheiten erleuchtet sind, darum sind sie auch auf den niederen menschlichen Gebieten der politischen und socialen Fragen falschen Principien, abstracten Einseitigkeiten und jenem liberalen Fanatismus anheimgefallen, der, ohne Verständniß für den lebendigen Organismus der Gesellschaft, wohl eine große Macht besitzt, aufzulösen und zu zerstören, aber nichts erbauen kann. Weil ferner nicht mehr der Geist und die Kraft des Christenthums den Egoismus und seine Leidenschaften im Zaume hält, darum sehen wir auf dem socialen Gebiete sich so gefahrdrohende Zustände entwickeln. Hier kann und wird daher die Heilung nur von Innen heraus erfolgen. In dem Maße, als die göttlichen Wahrheiten des Christenthums wieder die Geister erleuchten, wird man auch auf dem Gebiete der Volkswirthschaft und dem ihm so nahe verbundenen der Politik die richtigen Principien und die rechte Weise ihrer Durchführung, man wird mit der göttlichen auch die wahre politische und sociale Weisheit wiederfinden. Dann werden auch Regierungen und Gesetzgebungen, anstatt so vielfach zerstörend, oder auch hemmend und transigirend zu verfahren, durch eine der wirklichen Lage der Dinge entsprechende Organisation der Gewerbe und weiterhin der Gemeinden und aller lebenskräftigen Verbände eine gesunde Neugestaltung der gesellschaftlichen und ökonomischen Verhältnisse möglich machen und befördern. In Verbindung hiermit will ich noch den allgemeinen Gedanken hervorheben, den der treffliche Perin, Professor der Nationalökonomie in Löwen, in seinem Werke über Reichthum und Armuth so gründlich entwickelt hat, daß nämlich der Geist des Christenthums, wie er ein Geist der Liebe, so auch wesentlich ein Geist der Selbstverläugnung ist, und daß durch diesen Geist einer aus höheren religiösen Motiven entsprungenen Selbstbeherrschung und Selbstbeschränkung auch das Gedeihen des allgemeinen Wohlstandes bedingt ist. Damit die Macht des Reichthums nicht die Armen erdrücke, dazu ist nothwendig, daß die Reichen sich selbst beschränken und nicht Alles, was einer rein egoistischen Ausbeutung aller den Reichen zustehenden Mittel möglich wäre, sich auch erlauben. Ebenso kann aber auch nur dieser Geist der Selbstverläugnung und der Bescheidenheit, den allein das Christenthum erzeugt, den aber der moderne Unglaube in sein gerades Gegentheil, in einen Geist der Begierlichkeit und Unzufriedenheit verkehrt, der arbeitenden Classe jene Sittlichkeit und Mäßigung, jene Arbeitsamkeit, Sparsamkeit und Genügsamkeit verleihen, wovon ihr und ihrer Arbeitgeber wahres Beste abhängt. Auch darüber dürfen wir uns nicht täuschen, daß nur unter solchen Arbeitern, in denen der Geist des Christenthums lebt, wahrhaft gedeihliche Genossenschaften, namentlich die Produktivgenossenschaften, wovon wir unten reden, auf die Dauer möglich sein werden; wie auch nur ächt christliche Kapitalisten und Fabrikherren geeignet und geneigt sein werden, mit ihren Arbeitern in eine gewisse Gemeinschaft des Gewinnes zu treten. Ich wende mich nun zur Betrachtung einiger Punkte, die mir besonders wichtig scheinen.

Das erste Hilfsmittel, welches die Kirche dem Arbeiterstande auch fortan bieten wird, ist die Gründung und Leitung der Anstalten für den arbeitsunfähigen Arbeiter.

Wir haben schon bemerkt, daß die große liberale Partei, nachdem sie zuerst das christliche Almosen, um ihre hochgepriesene Selbsthilfe recht in den Vordergrund zu stellen, mit großer Mißgunst behandelt hat, doch auch anfängt, die Gründung der Anstalten für arbeitsunfähige Arbeiter in den Kreis ihrer Thätigkeit hereinzuziehen. Dieses Gebiet wird aber auch in Zukunft wie bisher vor Allem dem Christenthum, der Kirche und der christlichen Nächstenliebe angehören. Fast alle Fonds, Häuser und Anstalten, die in diesem Augenblick im christlichen Europa diesen Zwecken dienen, verdanken wir dem Christenthum und seinem Geiste. Was im Vergleich dazu der Humanismus geschaffen hat, ist unbedeutend. Der gesammte arbeitsunfähig gewordene und auf fremde Hilfe angewiesene Arbeiterstand verdankt auch jetzt noch dem Christenthum, dessen Segnungen er selbst oft nicht mehr erkennt, alle die Hilfe, die er in den zahlreichen Zufluchtsstätten der Armuth, in den Krankenhäusern, in den Armenhäusern, in den Invalidenanstalten 2c. findet. Aber nicht nur die Fonds für ähnliche Anstalten hat der christliche Geist aufgebracht, sondern auch die innere Einrichtung derselben, die Pflege, die dort der arbeitsunfähige Arbeiter findet, kann nur das Christenthum in einer Weise bieten, daß dadurch das Elend der Armen in der höchst möglichen Weise gemildert wird. Der hilflose Arbeiter hat noch nicht, wie wir schon oben bemerkt haben, die wahre Hilfe gefunden, wenn er in einer Anstalt Aufnahme findet, sondern es kömmt darauf an, daß er in ihr auch die rechte Pflege, die liebevolle Behandlung finde. Ich glaube nun zwar, daß es auch dem Humanismus gelingen wird, hie und da unter besonders günstigen Verhältnissen eine Zeitlang, namentlich durch den Einfluß einzelner hervorragender Persönlichkeiten und für die Dauer ihres Lebens dergleichen Anstalten auf eine gewisse Höhe guter innerer Einrichtungen zu bringen. Schon die Concurrenz mit den christlichen Anstalten zwingt ihn zur äußersten Kraftanstrengung und nöthigt ihn, einzelne Musteranstalten herzustellen, die vielleicht noch mit größerem Glanze eingerichtet sind und die deßhalb den Schein an sich tragen, ebenbürtig neben jenen zu bestehen. Im Ganzen und Großen aber wird es allen Parteien, die jetzt der Welt helfen wollen ohne die übernatürlichen Kräfte und Gaben, die Gott im Christenthum niedergelegt hat, nimmermehr gelingen, den Arbeitern, die arbeitslos geworden sind, in den verschiedenen Zufluchtsstätten neben der Aufnahme auch noch eine Behandlung, eine Pflege zu bieten, wie das Christenthum es vermag. Die innere Einrichtung und Leitung der Krankenhäuser und Armenhäuser ist etwas unendlich Schwieriges. Mit dem Alter wird der arbeitsunfähige Arbeiter immer hilfloser und hilfsbedürftiger. Er wird schwach am Leib und schwach am Geiste. Die Fehler und Leidenschaften, die bösen Angewöhnungen des früheren Lebens treten dabei immer mehr zu Tage. Neigung zur Unreinlichkeit, oft in erschreckendem Maße, Trägheit, Trunksucht, Zanksucht u. s. w. finden sich da zusammen. Es gibt vielleicht kein Haus, wo so die ganze Armseligkeit der Menschennatur sich zusammenfindet, als in solchen Anstalten. Wer da aushalten und alle diese geistliche und leibliche Gebrechlichkeit mit liebevoller Pflege überwinden will, der muß mit einem Herzen hinkommen, das von einer mehr als bloß menschlichen und irdischen Liebe erfüllt ist. Wo das nicht der Fall ist, da werden auch die besten und wohlwollendsten Hausväter dem vielen Schlechten gegenüber nach und nach erlahmen, sie werden sich an das Elend dieser Menschen gewöhnen und bald in Gefahr kommen, in ihrer Handlungsweise vielfach die Gesetze der höheren Nächstenliebe zu verletzen. So weit ich Gelegenheit gehabt habe, in meinem Leben ähnliche Anstalten kennen zu lernen, habe ich mich davon überzeugt, daß trotz aller Humanitätsgrundsätze, die von den Aufsicht führenden Behörden im überreichen Maße ausgesprochen werden, doch die meisten Anstalten unter rein weltlicher Pflege große Gebrechen der inneren Einrichtung haben, und daß viele von ihnen sich in einem Zustande der Verwahrlosung befinden, wo auf der einen Seite Schmutz, Trägheit und Liederlichkeit herrschen, auf der andern Seite aber eine abgestumpfte Gleichgültigkeit gegen all' dieses Elend. Der tägliche Umgang und die jahrelange Pflege der armen Kranken und der armen Invaliden ist ein so mühevolles Geschäft, daß die Menschennatur, nur auf sich angewiesen, dazu nicht ausreicht. Selbst Eltern- und Kindesliebe unterliegen oft unter dieser Last bei langjährigen Krankheiten und Altersschwächen. Wie mancher alter Vater wird von den Kindern lieblos behandelt, weil das Gefühl der Kinder durch die lange Dauer des Elendes mehr oder weniger abgestumpft ist! Wie soll da eine Pflege, bei welcher selbst die Kindesliebe oft nicht mehr ausreicht, von Menschen geübt werden, die lediglich des Lohnes wegen sich diesem Geschäfte widmen? Nur die übernatürliche Liebe, die Christus in die Menschenherzen ausgießt, vermag eine Kraft zu verleihen, die den Armen in den Zufluchtsstätten des menschlichen Elendes eine Pflege zuwendet, so andauernd und so liebevoll, wie der Arme sie in der That bedarf. Ich weiß wohl, daß eine Partei des Liberalismus sich verschworen hat zur Anfeindung der christlichen Barmherzigkeit in der Person der katholischen Ordensschwestern. Wir haben ja das non plus ultra davon in den letzten Jahren zuerst in Wien, dann in Augsburg, dann hier in Mainz erlebt. Ich weiß aber auch, daß diese Anfeindung nicht aus liebevoller Fürsorge für die armen, kranken und hilfsbedürftigen Arbeiter, sondern ganz allein aus Parteiinteresse hervorgegangen ist; ich weiß, daß es nichts Unwahreres, nichts Inhumaneres, nichts Menschenfeindlicheres gibt, als diese Anfeindung. Hier in Mainz habe ich es vor Augen gesehen und ich kann als Augenzeuge mitreden von der ganzen Niederträchtigkeit, die aus bloßem Hasse gegen die Religion den Versuch gemacht hat, den armen Arbeitern in unseren Kranken- und Invalidenhäusern die liebevollste Pflege zu entziehen, die ihnen nur auf Erden geboten werden kann. Ich werde mir noch eine Gelegenheit nehmen, wo ich von Dem, was ich in dieser Hinsicht hier erlebt habe, zur bleibenden Belehrung und zum Heile der Armen ein rücksichtsloses und wahres Zeugniß offen ablegen werde. Das Christenthum und die Kirche wird aber trotz aller dieser Anfeindungen fortfahren, die Werke des barmherzigen Samaritaners an allen arbeitsunfähig gewordenen Arbeitern mit Liebe zu üben und dadurch einen Theil der Aufgabe für Linderung der Noth des Arbeiterstandes zu erfüllen. Die Kranken- und Armenpfleger der Kirche sind wahre Freunde des Arbeiterstandes, die ihm mehr Liebe an Krankenbetten und in der Pflege des Alters erweisen, als alle diese hohlen Schwätzer der liberalen Partei zusammengenommen, deren Liebe nur in Redensarten und in der Ausgießung ihres antichristlichen Parteihasses besteht.

Wie sehr aber die Fürsorge für den erwerbsunfähigen Arbeiter ausschließlich dem Christenthum angehört, erhellt unwiderleglich daraus, daß die hochgepriesene Cultur des alten Heidenthums, der Hellenen wie der Römer, dieselbe gar nicht kannte. Unsere Neuheiden sind nicht im Stande, aus der Zeit des antiken Heidenthums eine einzige Anstalt zur Milderung des unermeßlichen Elendes der Unfreien zu nennen; sie können in sämmtlichen heidnischen Schriftstellern nicht einen Zug auffinden, der uns Kunde brächte, daß im Heidenthum doch wenigstens ein Bewußtsein dieser Thätigkeit und Fürsorge vorhanden war. Das ist wahrhaft bezeichnend und höchst bemerkenswerth. Die Sorge für die Hilflosen gehört dem Christenthum und der Kirche in der Vergangenheit und in der Zukunft. Der Humanismus kann sie einigermaßen nachahmen, aber das, was er zu Stande bringt, wird immer nur eine arme Carricatur dieser Thätigkeit des Christenthums sein. Dagegen liegt in den Verhältnissen der Zeit eine mächtige Anregung für alle christlichen Seelen, sich dieser Weise der Fürsorge für den arbeitsunfähigen Arbeiter durch Gründung zweckmäßiger Anstalten zuzuwenden, und zugleich eine ebenso dringende Aufforderung an alle katholischen Orden, die sich der Leitung dieser Anstalten widmen, in der Kraft der Liebe Christi ein solches Maß der Liebe zu den armen alten und kranken Arbeitern zu entwickeln, daß sie durch die Macht der Liebe den Geist der Lüge zu Schanden machen.

Das zweite Hilfsmittel, welches die Kirche dem Arbeiterstande bietet, um auch seiner materiellen Noth Abhilfe zu gewähren, ist die christliche Familie mit ihrer Grundlage, der christlichen Ehe. Die christliche Familie gewährt dem Arbeiterstande drei wesentliche Vortheile, die auch für seine wirthschaftlichen Verhältnisse von ganz tief eingreifender Bedeutung sind.

Eine Gefahr, die den Arbeiterstand bedroht, liegt in der Auflösung aller wahrhaft organischen Bande, die sein Einzelleben schützen und hüten. Wir erinnern nur an die erste Gruppe der von der liberalen Partei vorgeschlagenen Hilfsmittel. Wie weit diese Auflösung in der Zukunft gehen wird, können wir nicht ermessen. Auch die Familie soll davon nicht ausgeschlossen bleiben. Unter jenen Maßregeln finden wir ja auch schon den Grundsatz, daß die Eheschließung von allen Hemmnissen irgend welcher Art befreit werden soll. Wir wollen nicht leugnen, daß in manchen Gegenden die Schließung der Ehe ungebührlich erschwert ist; auf der andern Seite ist aber eine gewisse Beschränkung berechtigt, in der Vernunft wie im Christenthum wohlbegründet, und eine Aufhebung aller Beschränkungen kann nur den Leichtsinn bei Schließung der Ehe befördern und dadurch die Familie beschädigen. Hierher gehört aber ferner auch das allgemeine Bestreben, die Ehe als ein rein bürgerliches Institut zu betrachten, die Civilehe einzuführen und bürgerlich die Ehe ganz von der Kirche zu trennen. Die Festigkeit der Familie ruht durchaus in der Religion und in der christlichen Lehre von der Ehe. Insbesondere ist die Auffassung der katholischen Kirche, daß die Ehe ein Sacrament ist, und daß das Eheband nur durch den Tod gelöst werden kann, die unerschütterliche Grundlage ihrer Festigkeit. Wenn die Ehe lediglich als bürgerliches Institut betrachtet wird und wenn diese Anschauung in einem Volke durchdringen könnte, so wäre es um die christliche Familie und um die christliche Ehe geschehen.

Es würde dann die eheliche Verbindung bald auch als ein bürgerlicher Vertrag erscheinen, den man nach Belieben durch gegenseitige Einwilligung wieder aufheben kann, und die Zahl der bürgerlichen Ehescheidungsgründe würde sich in's Unbestimmte vermehren. Dieser Zeitrichtung wird aber die Kirche und das Christenthum in Verbindung mit dem Gewissen des christlichen Volkes einen siegreichen Widerstand entgegenstellen, und es wird ihr nicht gelingen, weder durch Civilehe, noch durch Beförderung leichtfertiger Ehebündnisse, noch durch Erleichterung der Ehetrennung diesen von Gott gesetzten Organismus, der in seiner segenspendenden Kraft für alle Glieder der Familie unermeßlich ist, zu zerstören.

Eine andere Gefahr für den Arbeiterstand liegt in dem Einfluß, den ärmliche Lebensverhältnisse auf die Gesundheit und Lebensdauer der Menschen ausüben. Zunächst ist dies eine Folge schlechter Nahrung, schlechter Luft und kümmerlicher Lebensweise. Aber nicht nur Nahrung, Luft und Wohnung entscheiden über das physische Wohlsein der Menschen, sondern ein anderes Verhältniß übt hier noch einen weit größeren Einfluß, nämlich die Keuschheit der Sitte in einem Volke. Sie verbreitet ihren physischen Einfluß bis auf die spätesten Geschlechter. Wenn wir oft bei einem Volke, bei kaum ausreichender Nahrung, blühende Gesundheit antreffen, so ist der Hauptgrund dabei keusche, reine Sitte. Wenn zur schlechten Nahrung, zur ungesunden Luft in elenden Wohnungen, auch noch Lüderlichkeit und Unsittlichkeit hinzukommen, dann ist ein Volk auf dem Wege seines größten Verfalles. Dem Zusammenwirken dieser

Factoren kann auf die Dauer der edelste Volksstamm nicht widerstehen. Die tiefe Versunkenheit der Sklaven in den altheidnischen Zeiten hatte hauptsächlich hierin ihren Grund, und die rohe Sinnlichkeit dieser armen Menschen war eine Hauptursache für ihre Herren, sie den Thieren gleich zu behandeln. Es ist vollkommen unbegründet, anzunehmen, daß irgend ein Volk an sich vor solchen Zuständen durch seine Natur geschützt sei, und diese Ansicht ruht im Grunde schon wieder auf der heidnischen Vorstellung, daß die Natur selbst die Menschen unterscheide, und die Einen zum Wohlstand und zur höheren geistigen Cultur, die Anderen aber zur Knechtschaft und zu einem thierischen Dasein bestimme. Armuth und Lüderlichkeit zusammen können in jedem Volke die versunkensten Zustände des Heidenthums wieder hervorrufen; hierfür sind in jeder großen Stadt Europa's die zahlreichsten Beweise aufzufinden. Diese Factoren, die Menschen zu verderben, würden aber im vollsten Maße wirksam werden in dem gesammten ärmeren Arbeiterstande, wenn es gelingen könnte, dem Arbeiter die Familie und die Ehe zu zerstören. Durch die anderen volkswirthschaftlichen Principien ist ein großer Theil des Arbeiterstandes bereits auf die niederste Nothdurft des Lebens herabgedrückt; durch die Auflösung der christlichen Familie würde ihm aber das tödtende Gift der Unzucht mit allen seinen entsetzlichen Wirkungen in das Herz gegossen. Es geht ja doch schon, wie wir alle Tage sehen, ein so unreiner Geist in der Welt um. Wie viele Blätter dienen ihm, natürlich noch in dem Maße, das einem Volke gegenüber geboten ist, welches noch wesentlich christlich ist. Entsittlichende Vergnügungen werden täglich dem Volke angeboten, ja in den Organen der liberalen Partei als die Mittel des höchsten und wahrsten Lebensgenusses demselben angepriesen. Die Erzählungen, die sie bringen, sind vielfach Verherrlichungen der Sittenlosigkeit und aller jener sittlichen Vergehungen, die insbesondere die christliche Ehe und die christliche Familie zerstören. Vom Theater in den großen Städten, wo angeblich die Bildung gepflegt wird, und den eleganten Romanen, die für diese Stände geschrieben werden, bis herab zu den kleinen Volksblättern, die man verbreitet und colportirt, ist es ja vielfach Frivolität, Sinnlichkeit und selbst Ehebruch, die in zahllosen Wendungen und Schilderungen dargestellt werden. Dagegen ist die christliche Kirche eben deßhalb Gegenstand des Hasses, weil sie ihrem göttlichen Gebote nach verpflichtet ist, gegen die Sittenlosigkeit anzukämpfen. Und wo deßhalb irgend ein Mensch, der die Religion übt, sich eines sittlichen Vergehens schuldig macht, wird dies mit höhnischer Freude von der sittenlosen Presse zu einer Waffe gegen die Religion gebraucht. Sie verkündet mit Triumphgeschrei jeden ähnlichen Fehltritt und raubt damit dem Volke und der Welt immer mehr den Glauben an wahre hohe Sittlichkeit und Keuschheit des Lebens. Die Annoncen vieler Blätter bieten eine Art Chronik der täglichen Liederlichkeit und geben dem Volke die genaueste Kenntniß von allen verborgenen Wegen, auf denen dieses Laster einherschleicht. In England hat diese Richtung bereits eine solche Höhe erreicht, daß Blätter, die ausschließlich diese unselige Seite des Menschenlebens in Erzählungen, Romanen und in der Art einer öffentlich geführten Heirathsvermittelung für das Volk, für die Arbeiter, für die dienende Classe darstellen, in Hunderttausenden von Exemplaren abgesetzt werden. Ich zweifle nicht, daß diese Zustände in England unter der arbeitenden Bevölkerung wesentlich dazu mitgewirkt haben, in einigen Classen und Gegenden die Lebensdauer bis auf das durchschnittliche Lebensalter von fünfzehn Jahren herabzubringen. Was hätten wir aber erst zu erwarten, wenn unter solchen Verhältnissen die unbedingte Freiheit, Ehebündnisse zu schließen und zu lösen, eingeführt würde, und die Civilehe zugleich im Geiste der Aufklärerei Herrschaft über das Volk gewinnen könnte! Es liegt in der Natur der Sache, daß die Arbeiter sich vielfach in großen Massen zusammenfinden. Sie ziehen in großen Schaaren zur Arbeit und kehren so von der Arbeit zurück; sie leben zusammen in großer Menge in den Arbeitshäusern; auch die verschiedenen Geschlechter sind bei allen diesen Gelegenheiten durcheinander geworfen. Was würde aus diesen Arbeitern werden, wenn das Christenthum seine Lehre über Sittenreinheit, über Keuschheit, über Sünde nicht mehr geltend machen könnte, und wenn unter allen reizenden Gelegenheiten und Gefahren man dieser Volksmasse zurief: Es gibt kein festes Eheband mehr, ihr dürft heirathen und auseinanderlaufen, wie ihr wollt! Die Unzucht ist eine Gefahr, die früh an den Menschen herantritt und die oft in früher Zeit ihre allerfürchterlichsten Einflüsse übt, so daß sie sich jeder verhütenden Aufsicht fast entzieht. Nur ein christliches Mutter- und Vaterherz, ausgerüstet mit der ganzen Feinheit des Gefühles, die das Christenthum gewährt, vermag in Verbindung mit denjenigen Mitteln, welche die Religion bietet, die zarte Menschenpflanze vor diesem

Pesthauche zu bewahren und ein reines, keusches Geschlecht heranzuziehen. Leichtsinnig geschlossene und leichtsinnig aufgelöste Ehen können dem armen Kinde, das diesen Gefahren hilflos gegenübersteht, weil es sie nicht kennt, diesen Schutz nicht entfernt gewähren. Was müßte aus allen diesen Arbeiterkindern aus solchen leichtfertig geschlossenen und leichtfertig getrennten Ehebündnissen, die täglich allen Gefahren der Verführung und des bösen Beispiels ausgesetzt sind, endlich werden? Physisch auf den elendesten Nothbehelf angewiesen, ohne liebevolle Elternpflege und Elternaufsicht, würden sie in der Unzucht eine Entschädigung für ihr elendes Erdendasein finden wollen, und um so gewisser und schneller geistig und physisch zu Grunde gehen. Solche Zustände sind keine Hirngespinnste, sondern vielmehr schon überall in gewissen Verhältnissen in der Entwickelung begriffen, wo die modernen Grundsätze in die Arbeitermassen eingedrungen und die Reinheit des ehelichen und Familienlebens zu beschädigen angefangen haben. Man kann ohne tiefe Wehmuth nicht daran denken, daß diese Richtung tiefer in unseren deutschen Arbeiterstand eindringen könnte. Die Macht des Christenthums wird das verhindern und Gott, der seiner Kirche mit seiner Allmacht zur Seite steht. Die christliche Ehe mit ihrer hohen Idee der Unauflösbarkeit und Heiligkeit wird diesem Gifte in dem Menschengeschlechte einen siegenden Widerstand entgegenstellen. Die Kirche wird dem Arbeiterstande die Ehe und den Arbeiterkindern die christliche Familie, das christliche Vater- und Mutterherz retten. Das aber ist die erste und nothwendigste Bedingung, die Arbeiterfrage zu lösen. So lange noch unsere Arbeiter die christliche Familie haben, der Mann das christliche Weib, das Weib den christlichen Mann, die Kinder christliche Eltern, die Eltern gute christliche Kinder, die das vierte Gebot noch kennen, so lange hat die Zerrüttung im Arbeiterstande eine feste Schranke, die sie nie überschreiten kann.

Auch selbst der geringe Lohn des Arbeiters wird in der christlichen Familie gewissermaßen vervielfältigt, und das ist der dritte Vortheil, den sie ihm bietet. Der Arbeiter hat dadurch freilich noch keinen höheren Lohn, aber sein Lohn erhält einen durchaus anderen und erhöhten Werth. Der Gulden, den der Arbeiter einem christlichen Weibe gibt, erhält durch ihre Pflege einen ganz anderen Werth und Nutzen, als der Gulden, den ein leichtsinniges Weib für den Hausstand von ihrem Manne empfängt; und der Gulden, den ein guter christlicher Mann verdient, hat einen ganz anderen Werth zur Befriedigung der Bedürfnisse, als jener, den der leichtsinnige Arbeiter einnimmt, und den er durch ein lüderliches Leben im Wirthshaus am Abend wieder verschleudert. Dies tritt noch viel mehr in den Zeiten der Noth, der Arbeitslosigkeit, der Krankheit ein. Welchen Werth hat da die christliche Familie mit ihrer festen inneren Einrichtung, mit ihrer unerschöpflichen Opfer- und Liebeskraft für den Arbeiter und seine Kinder!

Das sind die Wirkungen der christlichen Ehe, der christlichen Familie für die wirthschaftlichen Verhältnisse des Arbeiterstandes; sie gewährt ihm, zum Schutze seines Daseins, die beste und nothwendigste, die von Gott gegründete Genossenschaft, ohne welche alle anderen, sie mögen heißen wie sie wollen, für ihn keinen Werth haben, — sie hält von dem

Arbeiter, schon vor der Geburt im Leben der Eltern und dann die Jugend und das Leben hindurch, die Folgen der Unzucht ab und stellt ihn unter den Schutz der Tochter des Himmels, der Sittenreinheit, — sie vermehrt ihm endlich den armen Lohn durch die Liebe und sorgfältige Sparsamkeit eines guten christlichen Weibes. Im Hinblick auf diese Wahrheiten nehme ich daher keinen Anstand, zu behaupten, daß die christliche Familie und die christliche Ehe mit ihren Grundlagen in der Lehre und in den Gnadengaben der katholischen Kirche schon für sich einen unendlich größeren Werth für die Lösung der Arbeiterfrage habe, als alle Vorschläge und Bemühungen der liberalen und radikalen Partei.

Das dritte Hilfsmittel, wodurch das Christenthum dem Arbeiterstande hilft, besteht in seinen Wahrheiten und Lehren, die dem Arbeiterstande zugleich die wahre Bildung geben. Wenn die liberale Partei dem Arbeiterstande in ihrer Lehre von der Selbsthilfe und in ihren Arbeiterbildungsvereinen eine höhere Ausbildung verspricht, so ist das, in wieweit dabei von den Bildungsmitteln des Christenthums abgesehen wird, leerer Schein und eitle Täuschung. Nur das Christenthnm bietet ihm die wahre Bildung. Wie ein Brodkörnlein, das von einem Tische auf die Erde herabgefallen ist, sich verhält zu der reichbesetzten Tafel, so verhalten sich alle diese Bildungsmittel einer rationalistischen Weltanschauung zu denen des Christenthums. Das Christenthum mit seinen unermeßlichen Heilkräften kennen sie nicht, und wenn sie dann einige vom Christenthum gleichsam herabgefallene Brosamen finden, so preisen sie diese der Welt an, als ob sie ein neues unbekanntes Heilmittel gefunden hätten, während das, was sie haben, nur ein kleines verkümmertes Theilchen ist von dem, was das Christenthum den Menschen anbietet.

Das Christenthum gibt dem Menschen den bewußten Besitz und den vollen Gebrauch aller seiner Kräfte. Das Christenthum hat ihm allein seine volle Persönlichkeit wiedergegeben. Das Heidenthum kannte nicht den Werth des einzelnen Menschen. Den Griechen und Römern war das ganze übrige Menschengeschlecht in seinem Werthe unbekannt. Aber auch in ihrem eigenen Volke kannten sie nicht den Werth des Menschen. Die ganze eine Hälfte des Volkes, die Weiber, standen bei den Griechen auf einer niederen Stufe der Menschenwürde. Auch die Würde des Kindes war ihnen unbekannt. Es durfte aus den verschiedensten Gründen verkauft und getödtet werden. Der Mensch ging auf in dem Bürger, und sein ganzer Werth ruhte in dem Nutzen, den er dem Gemeinwesen brachte. Für sich war der Mensch kaum da. Einen Arbeiterstand mit gleichen ebenbürtigen Menschenrechten kannte das Heidenthum nicht. Das Christenthum hat erst allen Menschen durch seine Lehren ihren persönlichen Werth wiedergegeben. „Bei uns," sagt der Apostel, „ist kein Fremdling, kein Jude, keine Beschneidung, kein Barbar, kein Scythe, kein Knecht, kein Freier, sondern Alles und in Allem Christus [1])." Das sagte der Apostel in Bezug auf die Würde, die Alle im Christenthum empfangen. Aehnliches hätte er auch schon von jener Würde sagen können, die alle

1) Col. 3, 11.

Menschen dadurch besitzen, daß sie das natürliche Bild Gottes in ihrer Seele tragen. Das war aber eine erhabene, wunderbare, weltumgestaltende Lehre, im vollendetsten Gegensatz zu allen Vorstellungen, die bei Juden und Heiden, bei Griechen und Barbaren, bei Freien und Sklaven bestanden. Diesen Gedanken hat das Christenthum über die Welt ausgebreitet. Er ist in Millionen Seelen der Unfreien und der Sklaven, die in ihrer Erniedrigung sich daran gewöhnt hatten, ihr Dasein fast dem der Thiere gleichzustellen, eingedrungen wie ein lichter Strahl von Oben. Sie erwachten dadurch gleichsam wie aus einem tiefen Schlafe und die Ahnung der Seele von ihrer Menschenwürde und ihrer hohen Bestimmung kam wieder zu ihrem vollen Bewußtsein. Das Christenthum hat aber seine Lehre von der Menschenwürde nicht durch hohle Redensarten verkündet, sondern in vollen Wahrheiten, die ihnen diese Würde verständlich machten. Das ist der große Unterschied auch jetzt noch zwischen dem Christenthum und dem Humanismus. Dieser redet auch von Menschenwürde, aber ohne Ideen, ohne Wahrheiten, die den Grund dieser Würde klar machen. Das Christenthum, wenn es dem Menschen seine Würde vor Augen stellt, sagt ihm, wenn er auch auf der untersten Stufe des menschlichen Daseins steht: Tief in deinem Innern, verborgen unter dieser äußeren elenden Hülle, die dich bekleidet, besitzest du ein Bild in deiner Seele von wunderbarer Schönheit und unendlichem Werthe; einen Abglanz des ewigen, unendlichen Wesens, ein Gleichniß seiner ewigen Schönheit und Herrlichkeit. Dieses Bild in dir ist der Grund der tiefen Sehnsucht, die du auch im tiefsten Elend wie ein dir unerklärliches Heimweh in dir fühlst. Es gibt deiner Seele jene unbegreifliche Unersättlichkeit, die deine Wünsche immer weiter trägt und dich nicht ruhen läßt, wenn du auch Flügel hättest und von einem Stern zum anderen hinaufsteigen und jedes Gestirn dein eigen nennen könntest. Diese deine Würde ruht in dir, wie ein Edelstein tief im Schachte eines Gebirges, mit hohen Erdschichten bedeckt, unter allem menschlichen Elend, aller Noth und Verkommenheit. Deßhalb ist der Sohn Gottes vom Himmel auf die Erde herabgestiegen, weil er diesen Edelstein von unendlichem Werth tief in der Erde vergraben gesehen hat, um dieses Bild Gottes in dir aus der Sklaverei dieses irdischen Daseins zu befreien und es durch seine Lehren und seine Gnade wieder zur Herrlichkeit und Glorie der Kindschaft Gottes zu erheben. So redete das Christenthum von der Würde des Menschen zu dem Juden wie zu dem Fremdling, zu dem Griechen wie zu dem Barbaren, zu dem Herrn wie zu dem Knechte, und so geschah es denn, daß auf der ganzen Erde erfüllt wurde das Wort des Apostels: „Kein Fremdling, kein Jude u. s. w., sondern Christus Alles in Allem." Wenn das Christenthum also zu allen Menschen von ihrer Würde sprach, so hatte seine Lehre einen vollen Inhalt. Auch der Humanismus und die große vom Christenthum abgefallene liberale Partei redet von Menschenwürde. Wenn wir sie aber fragen, worin ihre Menschenwürde bestehe, so können sie uns keine Antwort geben. Im Sinne des Materialismus, Pantheismus, des Atheismus ist die Rede von Menschenwürde hohles Gerede, das den Menschen weder selbst erheben, noch ihn bestimmen kann, seinen Mitbruder aus Achtung vor seiner Würde zu ehren.

Mit der Lehre von der Menschenwürde hat aber das Christenthum allen Ständen, insbesondere aber dem in der Sklaverei schmachtenden Arbeiterstande zugleich das Bewußtsein der persönlichen Pflicht zur Ausbildung aller seiner Fähigkeiten gegeben. In der Lehre von der Unsterblichkeit der Seele, insbesondere aber in der durch das Christenthum so fest eingeprägten Lehre von dem Gewissen, die mit jener von der persönlichen ewigen Fortdauer so innig verbunden ist, ruht der tiefste und mächtigste Beweggrund zur Entwickelung aller seiner Fähigkeiten und zum Gebrauch aller seiner Kräfte. Die Selbsthilfe der liberalen Partei ist wieder jenes vom Tische des Christenthums herabgefallene Stücklein Brod. Gewiß muß der Mensch sich selbst auch helfen. Das gilt nicht nur von seiner materiellen Existenz, sondern weit mehr noch von seinem geistigen Leben. Es ist ein Grundgesetz seiner Natur, daß er an allem Großen und Guten nur insoweit Antheil hat, als er auch in entsprechender Weise in allen seinen Thätigkeiten sich entwickelt und entfaltet. Die Trägheit ist deßhalb nach der Lehre des Christenthums eine der sieben Hauptsünden, und nach dem alten Sprüchworte ist „Müßiggang aller Laster Anfang.“ Zur wahren Selbsthilfe, oder um es besser zu sagen, zum wahren Gebrauch seiner Kräfte und Fähigkeiten an Leib und Seele kommt aber der Mensch nicht dadurch, daß das Wort Selbsthilfe in Arbeiterbildungsvereinen bis zur äußersten Langeweile immer wiederholt wird, sondern durch Leben schaffende Beweggründe, die ihn antreiben, seine Trägheit zu überwinden und alle seine Kräfte in Bewegung zu setzen. Die liberalen und radikalen Parteien haben aber hierzu keine anderen Beweggründe, als entweder den Hunger oder, wie die Radikalen vorschlagen, eine möglichste Reizung des Arbeiterstandes zu allen denkbaren Genüssen, damit dann dieser künstliche Hunger nach Befriedigung dieser Genüsse ihn zu dieser Anstrengung der Arbeit antreibe. Wie sind doch alle diese gebildeten Menschen niedrig geworden, die sich vom Christenthum und seinen ewigen Ideen losgesagt haben!

Das Christenthum verleiht aber nicht nur dem Arbeiter eine tiefe Einsicht in seine Menschenwürde, und den höchsten Beweggrund, sich auf Antrieb des Gewissens nach allen Kräften auszubilden, sondern es gibt ihm zugleich auch jene Gedanken, die seine Vernunft und sein Herz bei einer verhältnißmäßig niederen Stellung, unter mancherlei Entbehrungen glücklich machen können. Pascal hat so schön gesagt, daß Derjenige, der die Grundlagen des Glaubens verwirft, weil er sie nicht vollkommen begreift, damit zugleich auf den wahren und klaren Begriff für alle anderen Dinge, die ihn täglich umgeben, verzichten muß; er verwirft das erste Glied einer Kette von Gedanken, weil dieses erste Glied ihm ein Geheimniß ist, und indem er dieses erste Glied verwirft, macht er sich damit die ganze Welt zu lauter unbegreiflichen Geheimnissen. Umgekehrt: der Gläubige geht von einem Geheimniß aus und nimmt es an, weil ja Gott selbst, von dem wir unser Wesen und Dasein haben, uns in seinem unendlichen Wesen ein Geheimniß ist. Indem er aber das erste Geheimniß demüthig annimmt, ist ihm die ganze Welt klar und offen. Der Ungläubige, weil er kein Geheimniß will, verwirft das erste und hüllt dadurch sein ganzes Leben, seinen Ursprung, sein

Dasein sein Ende in tiefe geheimnißvolle Finsterniß. Der Gläubige nimmt das erste Geheimniß demüthig von Gott an — und sein Ursprung, sein Wesen, seine Bestimmung werden ihm dadurch licht, hell und klar. So geht es auch dem Arbeiterstande mit seinem Dasein. Wer das erste Glied, die Offenbarung, das Wort Gottes verworfen hat, der muß als Arbeiter sich in einen unaufhörlichen, unauflöslichen, immer quälenden Widerspruch verwickelt finden. Alles spricht ihm von Natur und natürlich und nimmt den Schein an, als ob sich das Menschenleben in so einfacher natürlicher Weise entwickelte, wie die Bäume wachsen und vergehen, und doch findet er in seiner ganzen Existenz mit seiner angeblich so begreiflichen Natur lauter Unbegreiflichkeiten. Christus hat gesagt: „Ihr werdet immer Arme bei euch haben.“ So ist es; wir werden immer Arme und viele Armen bei uns behalten und der größte Theil des Menschengeschlechtes wird in Mühe und Arbeit sein Brod verdienen müssen, und von den sinnlichen Genüssen des Lebens mit wenigen Ausnahmen ausgeschlossen bleiben. Alle anderen Verheißungen sind eitle Phantasieen oder Betrügereien am Volke. Diese arme Existenz, wie sie der Antheil des Arbeiterstandes fast immer bleiben wird; diese mühevolle Arbeit im Schweiße des Angesichtes vom Morgen früh, wo der Arbeiter aufsteht, bis zum Abend, wo er sich müde zu Bette legt; dieses sich täglich begnügen müssen, selbst bei guten Verhältnissen, mit dem, was der Mensch an Nahrung, Kleidung und Wohnung zu einer gesunden und ausreichenden Existenz im wahren Sinne des Wortes bedarf — und über dieses Maß wird es die große Masse des Menschengeschlechtes nie hinausbringen, — diese Existenz, die ihm an den eigentlichen irdischen Lebensgenüssen nur hie und da in ganz beschränktem Maße Antheil gibt, ist aber ein unerträglicher Widerspruch mit dem innersten Verlangen nach Glückseligkeit, wenn in der That das Dasein des Menschen auf sein irdisches Dasein beschränkt ist, und wenn sein ganzer Durst nach Glück und Zufriedenheit nur durch irdische Dinge befriedigt werden soll. Und das ist ja doch der Standpunkt, den der ungläubige Liberalismus einnimmt, und für den er unseren Arbeiterstand erziehen will. Was helfen da dem Arbeiter die Versammlungen mit schönen Redensarten, was helfen ihm die Arbeiterbildungsbibliotheken, Concerte, Theater, Familienfeste u. s. w.? Der Arbeiterstand hat in seinem Innern denselben Drang nach Glückseligkeit, wie die reichen Kapitalisten, Fabrikanten und Geldmänner, die diesen Durst alle Tage mit den raffinirtesten Genüssen, die die Welt bieten kann, zu befriedigen suchen. Mit Concerten, Familienfesten und Bibliotheken läßt sich aber dieser Durst nicht stillen. Wenn es keine anderen Genüsse gibt, wie die irdischen, und kein anderes Dasein, als das irdische, so sind die vielen Arbeiter, die große Mehrzahl aller Menschen elende, unglückliche, jammervolle Menschen, die nicht einen einzigen Gedanken haben, mit dem sie ihr Dasein und diesen Widerspruch in ihrem Dasein sich erklären können. Sie sind Menschen, wie die Reichen; sie haben das Bedürfniß, glücklich zu sein, wie sie, und dennoch sind sie von allen diesen Genüssen mit Ausnahme von einer Stunde in jeder Woche zu einem Familienfeste und zu einem Vortrag ausgeschlossen, und sollen außerdem im

Schweiße des Angesichtes das Gegentheil der sinnlichen Genüsse, die mühevolle Arbeit betreiben, um einer kleinen Minderzahl der Menschen den Ueberfluß zu bereiten, den sie entbehren müssen. Das ganze Leben eines solchen Arbeiters muß ihm als ein Räthsel, eine Unbegreiflichkeit, eine Ungerechtigkeit seiner Mitmenschen erscheinen, die ihn mit Haß und Abneigung gegen Alle erfüllen muß, die Antheil an jenen Gütern haben. Da arbeiten einige hundert Fabrikarbeiter, um einem reichen liberalen Fabrikanten, der sie vielleicht um ihren Glauben betrogen hat, alle Genüsse des irdischen Daseins zu verschaffen, und der an einem Tage zur Befriedigung seines inneren Glückseligkeitsdranges sich mehr irdische Genüsse verschafft, als alle seine Arbeiter mit demselben Drange das ganze Jahr hindurch. Denken wir uns endlich einen solchen Arbeiter am Ende seines Lebens. Was muß er da von der Natur denken, wenn er alle diese Arbeitstage, diese Mühen, diese Leiden, diese hundert und hunderte von Stunden mühevoller Arbeit, diesen Hunger auf die eine Seite der Wage legt und auf die andere Seite diese paar Brocken sogenannter irdischer Freuden, die er unter Trunkenheit und Schelten genossen hat, und nun sich sagen muß: Mein Dasein ist zu Ende; ich hatte in mir mein Leben lang ein unaussprechliches Verlangen nach Glück, Friede und Ruhe, ich muß annehmen, daß die Natur mir diesen Drang gegeben hat, ich glaube, daß es keine anderen Güter gibt, als diese irdischen Güter, um diesen Seelendrang zu befriedigen; ich bin aber von allen diesen Gütern, die allein Güter sind, ausgeschlossen gewesen; ich habe mein ganzes

Dasein deßhalb verfehlt und mein Dasein selbst ist mir ein unerklärliches Räthsel. Das ist die Arbeiterbildung, die der Unglaube dem Arbeiterstande bietet.

Wie ganz anders ist das Alles für den Arbeiter, dem das Licht des Christenthums leuchtet. Das Christenthum ist zwar für alle Stände, und Gott will, daß alle Menschen vollkommen und selig werden durch Christus. Dadurch aber, daß der Sohn Gottes Arbeiter geworden, hat er zu erkennen gegeben, daß er zu dem Theile der Menschheit, der von allen irdischen Genüssen ausgeschlossen ist, in einem ganz besonderen Verhältnisse steht. Der gläubige Arbeiter glaubt, was Christus ihm sagt, wenn er auch die Geheimnisse Gottes nicht begreifen kann, denn er weiß ja, daß sein Geist nicht Gottes Geist ist. Dafür aber ist ihm Alles licht und klar bei seiner Arbeit alle Tage seines Lebens bis zur Sterbestunde. Er hat lichte Gedanken und Grundsätze, die ihn begleiten, die ihm den Drang seiner Seele nach Glück und Ruhe, wie die Last und Mühe des Lebens mit seinen Arbeiten und Entbehrungen erklären und ausgleichen; Gedanken, die er in seiner innersten Lebenserfahrung für wahr findet und in denen er bei allen Leiden Ruhe und Frieden findet. Er glaubt an die Parabel vom reichen Prasser und armen Lazarus; er glaubt an ein persönliches ewiges Leben; er glaubt an einen hohen Werth dieser mühevollen täglichen Arbeit, abgesehen von jenem täglichen Werth, der bezahlt wird vom Lohnherrn; er lernt aus der Erfahrung innere Seelengüter kennen, die nicht in Essen und Trinken, Theatern und Concerten oder liberalen Festen bestehen, und die ihm die Vorboten der ewigen Güter sind. Er lernt aus der Erfahrung die Hand einer liebevollen Vorsehung kennen, die ihm mitten in seiner Entbehrung Zeichen seiner göttlichen, väterlichen Liebe darreicht; er findet in jedem Worte des Evangeliums Trost, Friede und Freude; er findet in den Gnadenmitteln des Christenthums Stärke und Kraft; er lernt, wenn er den Gottessohn in Armuth und in Arbeit sieht, selbst die Armuth und die Arbeit mehr schätzen, als den Reichthum und die Ruhe. Er glaubt endlich an einen ewigen, unendlich gerechten Gott, der einst auf einer gerechten Wagschale das ganze Menschengeschlecht mit allen seinen Gedanken, Worten und Thaten abwägen und dann ohne Rücksicht auf die Person das Loos eines Jeden für die Ewigkeit bestimmen wird. Das ist der reichbesetzte Tisch der Wahrheiten, zu dem das Christenthum den Arbeiterstand einladet; und das sind, dem entgegen, jene von diesem Tische abgefallenen Brocken, die die liberale und radikale Partei dem Arbeiterstande hinreichen.

Das Christenthum gewährt endlich dem Arbeiterstande jene **Tugenden** zu seiner Ausbildung, die ihm auch für seine materielle Existenz so nothwendig sind, und gleichfalls dazu beitragen, seinen elenden Taglohn gleichsam zu vermehren und zu versüßen; es gibt ihm eine innere Freudigkeit des Herzens und einen inneren Frieden, die die Arbeit erleichtert; es leitet ihn an zur Mäßigkeit, Sparsamkeit und Enthaltsamkeit, die den Wohlstand vermehrt; es bietet ihm Familienfreuden, die ihm das Wirthshaus entbehrlich machen; es bewahrt ihn vor dem Einfluß böser Leidenschaften und erhält ihn dadurch gesund und kräftig, daß ihm die Arbeit um so viel leichter werde.

So gewährt das Christenthum dem Arbeiter die

wahren Mittel zur Selbsthilfe, indem es die ganze Persönlichkeit des Menschen zur Entfaltung aller seiner Kräfte anleitet, und gewährt ihm die wahre Bildung, indem es ihm Wahrheiten und Tugenden verkündet, die allein bilden können.

Das vierte Hilfsmittel des Christenthums zur Verbesserung der materiellen Lage des Arbeiterstandes besteht in den socialen Kräften desselben.

Der Arbeiter kömmt zuerst in seiner Persönlichkeit, in seinen individuellen Kräften und Fähigkeiten in Betracht. Der göttliche Lehrmeister vergleicht den Menschen mit einem Verwalter, der von seinem Herrn Talente empfangen hat, der eine fünf Talente, der andere zwei Talente, der andere ein Talent. Jeder hat die Pflicht, nach dem ganzen Umfang der ihm anvertrauten Mittel sie anzuwenden und nutzbar zu machen. Der träge Knecht aber, der das Talent unbenützt läßt, wird dafür endlich von seinem Herrn zur Rechenschaft gezogen. So hat das Christenthum seit achtzehnhundert Jahren alle Menschen und alle Arbeiter ermahnt und aufgefordert, alle ihnen anvertrauten Kräfte an Leib und Seele zu gebrauchen und anzuwenden. Die liberale Partei nennt das Selbsthilfe und preist unter diesem neuen Namen dies der Welt als neue Erfindung an. Hiervon haben wir im vorigen Punkte gesprochen.

Der Arbeiter kömmt aber auch in seiner Verbindung mit den Mitmenschen in Betracht. Sein Leben entfaltet sich in dieser doppelten Beziehung, in der Entwickelung und Entfaltung seiner eigenen Kräfte und in dem Geben und Nehmen der Hilfe bezüglich seiner Mitmenschen.

Das ist die sociale, die genossenschaftliche Seite seines Daseins, die ihm ebenso wesentlich ist, als die individuelle persönliche. Nur wenn beide Factoren zusammenwirken, erhält der Mensch nach dem ihm von Gott für seine Ausbildung gegebenen Gesetze seine volle Entwickelung. Die liberale Partei nennt das sociale Selbsthilfe, ein, wie wir schon bemerkten, sehr wenig zutreffender Ausdruck. Wenn damit gesagt sein soll, daß der Arbeiter, in Genossenschaften vereinigt, sich mit Ausschluß jeder fremden Hilfe selbst helfen soll, daß also die Genossenschaften als solche jede fremde Hilfe ablehnen müssen, so ist das eine Willkührlichkeit, die durch Nichts motivirt ist und mit dem ganzen Wirken der liberalen Partei, die ja ihre moralische und intellectuelle Hilfe ohne Unterlaß den Arbeiter-Associationen anbietet, im vollen Widerspruch steht. Wenn der Arbeiter und wenn die Genossenschaft sich selbst hilft, so viel sie kann, die fremde Hilfe also nicht als Vorwand der persönlichen Trägheit in Anspruch nimmt, dann haben sie auch ein natürliches und vernünftiges Recht, überall und von allen Seiten Hilfe anzunehmen, wo sie ihnen rechtmäßig angeboten und der Förderung ihrer Interessen dienlich ist. Nun ist aber das ganze genossenschaftliche Wesen ein Natur- und Grundgesetz des Menschenwesens, und das Christenthum kann daher allen Bestrebungen der Gegenwart, durch Pflege der Genossenschaften dem Arbeiterstande zu helfen, nur die freudigste Unterstützung gewähren. Es wäre eine große Thorheit, wenn wir uns diesen Bestrebungen fremd gegenüber verhalten wollten, weil in diesem Augenblick die Anregung zu denselben vielfach von Männern ausgeht, die dem Christenthum entfremdet sind. Die Luft bleibt doch Gottes Luft, wenn sie auch der Gottesläugner einathmet, und das Brod, das wir genießen, bleibt doch die von Gott uns gewährte Nahrung, wenn der Bäcker, der es backt, auch ein Gottloser ist. So geht es auch mit dem Vereinswesen; es ruht auf der göttlichen Ordnung und ist wesentlich christlich, wenn auch die Männer, die es pflegen, den göttlichen Willen nicht darin erkennen und es sogar vielfach mißbrauchen.

Das Vereinswesen ist aber nicht nur an sich berechtigt und deßhalb unserer Unterstützung würdig, sondern das Christenthum hat überdies allein die höheren Kräfte, die erforderlich sind, um es zu seiner Vollendung zu bringen und für den Arbeiterstand wahrhaft segensreich zu machen. Es verhält sich auch hier wieder so, wie wir es vorher bei der Arbeiterbildung durch den Liberalismus betrachteten. Das, was uns die große liberale Partei in dieser Hinsicht anbietet als ihr eigenthümlich, sind Brosamen, die vom Tische des Christenthums herabgefallen sind. Wie die großen Wahrheiten, die den Arbeiter bilden (seine Individualität und Persönlichkeit), im Christenthum liegen, so hat auch das Christenthum die wahren und großen Ideen und die lebendigen Kräfte, die die Genossenschaften zu lebendigen und lebenskräftigen Corporationen oder Körperschaften ausgestalten. Es ist ein sinnreiches Wort, wenn wir gewisse Genossenschaften Körperschaften nennen. Der Körper ist ja die vollendetste Vereinigung der Theile, die durch das höchste Lebensprincip, durch die Seele verbunden sind. Wir nennen daher solche Genossenschaften Corporationen, die gewissermaßen eine Seele in sich tragen und dadurch die Theile der Genossenschaft vereinigen.

Das ist aber das Eigenthümliche an dem ganzen christlichen Genossenschaftswesen. Mag auch der unmittelbare Zweck der Genossenschaft ein ganz irdischer, dem gewöhnlichen Leben zugewendet sein, so empfängt sie doch einen höheren bindenden Geist, wenn sie durch christliche Elemente gebildet ist. Auf dem socialen Gebiete zeigt sich recht eigentlich das Wesen des Christenthums. Seine Aufgabe ist es, das, was uns der Liberalismus in dem modernen Genossenschaftswesen zum Heile des Volkes bietet, in einer viel höheren Weise auszuführen. Wir wollen diesen Gedanken noch etwas näher erklären.

Das göttliche Gebot: Du sollst Gott über Alles lieben und deinen Nächsten wie dich selbst, enthält, wie der heilige Augustinus sagt, drei Grundgebote, das Gebot der Liebe Gottes, das Gebot der Selbstliebe und das Gebot der Nächstenliebe. Wer Gott wahrhaft über Alles liebt, sagt derselbe Heilige, der braucht nie zu befürchten, daß seine Selbstliebe eine verkehrte werde; denn die Selbstliebe, die in ihrer Entartung der Grund aller Uebel ist, wird dann durch die Gottesliebe so geordnet, geregelt und geleitet, daß sie sich ganz in den Schranken bewegt, die ihr die göttliche Ordnung, die ja für alle Dinge die vollendete Harmonie bestimmt hat, anweist. Die durch die Gottesliebe bestimmte, geordnete Selbstliebe wird dann aber auch das vollkommenste Maß der Nächstenliebe. Wie nämlich der Mensch, der mit allen seinen Kräften das an sich und unendlich Gute über Alles liebt, in dieser Liebe den vollkommensten Maßstab für die Selbstliebe hat, und Nichts mehr in dem eigenen Selbst anerkennt, duldet und liebt, was nicht mit diesem Maßstabe übereinstimmt; so hat er auch in dieser, in der Gottesliebe geläuterten, gereinigten und verklärten Selbstliebe den höchsten Maßstab für die Nächstenliebe. Etwas Vollkommeneres gibt es nicht und etwas Höheres kann kein Menschengeist erdenken, als in dieser Ordnung das Gebot erfüllen: „Du sollst deinen Nächsten lieben wie dich selbst;“ oder mit anderen Worten desselben göttlichen Lehrmeisters: „Was du willst, das dir die Menschen thun, das sollst du ihnen auch thun,“ und dieses Gebot auf alle Menschen ohne Ausnahme anwenden. Das ganze Christenthum mit allen seinen Lehren ist nur eine Erklärung dieses Einen Gebotes, und alle Gnadenmittel des Christenthums sind nur Hilfsmittel, deren die durch Selbstsucht tief verdorbene Menschennatur bedarf, um zu dieser Höhe reiner Gottesliebe wieder emporzusteigen. Das ist aber auch die belebende Kraft, das ist das höhere Lebensprincip, welches das Christenthum allen Genossenschaften, die von ihrem Geiste getragen sind, mittheilt. Mag der Zweck noch so verschieden sein, der Viele zu einer Genossenschaft zusammenführt; mögen sich die Arbeiter verbinden, um sich durch gegenseitige Hilfe in ihrer materiellen Noth zu unterstützen; mögen sich Andere zu geselligen, zu wissenschaftlichen Zwecken zusammenfinden; sobald sie als Christen zusammentreten und im Geiste des Christenthums, ist neben diesem Zwecke ein *höheres*, *ein geistigeres*, *ein heiligeres Band vorhanden*, *das die Glieder umfaßt und sie unvermerkt*, *wie eine Seelenkraft*, *die in ihnen wirkt*, *aus einer bloßen Genossenschaft zu einer inneren lebendigen Körperschaft umgestaltet*. Das war mit den Genossenschaften der Fall, in jenen Zeiten, wo das Christenthum mit seinem Geiste alle Verhältnisse durchdrang. Ohne daß die Menschen, die sich zu den verschiedensten Zwecken zusammenfanden, sich dessen bewußt waren, nahm jegliche Verbindung bald eine innerlich lebendige, moralische, geistige Zusammengehörigkeit und corporative Gestaltung an. Das ist der unermeßliche Unterschied zwischen dem Genossenschaftswesen im Christenthum und dem im modernen Geiste. In diesen sind Genossenschaften Vereine, die kein anderes Band haben, als den nächsten Zweck dieser Vereine. Der Consumverein gibt den Mitgliedern das billigere Brod, der Vorschußverein das Kapital zu billigeren Zinsen, der Rohstoffverein den Stoff zu billigerem Preise u. s. w. Dieser Zweck des Vereines ist das ganze Wesen desselben und über das Maß dieses Zweckes besteht unter ihnen kein anderes Band. Die Selbstsucht mit allen ihren Uebergriffen in das Recht des Nächsten bedroht vielmehr in jedem Augenblicke das gemeinschaftliche Erreichen dieses gemeinschaftlichen Zweckes. Wo dagegen Menschen im Geiste des Christenthums sich vereinigen, da besteht unter ihnen bewußt oder unbewußt, unabhängig von diesem nächsten Zweck der Verbindung, ein anderes hohes, hehres Band, das wie eine leuchtende und erwärmende Sonne sein Licht über alle Mitglieder ausströmt. Die Quelle des Lichtes, die Quelle des Lebens, die Quelle aller Kraft ist unter ihnen in dem Glauben und in der Liebe gegenwärtig. Vor der neuen Verbindung, die sie schließen, sind sie verbunden in diesem Lebensbaume, den Gott auf Erden gepflanzt hat; und aus dieser höchsten Verbindung nimmt dann auch die zu bildende Genossenschaft eine innere Lebenskraft, ein inneres lebendiges Princip in sich auf. Die

Genossenschaften des Christenthums sind mit Einem Worte lebendige Organismen, getragen von einem inneren Lebensprincip; die Genossenschaften des modernen Liberalismus dagegen mechanische Zusammenfügungen von Menschen, zusammengefügt lediglich nach einem äußeren Nützlichkeitsgrund. Die Zukunft dieser ganzen Bewegung auf dem Gebiete des genossenschaftlichen Wesens gehört daher dem Christenthum an. Man hat die alten christlichen Genossenschaften niedergerissen und ist noch damit beschäftigt, die letzten Reste, den letzten Stein dieses herrlichen Baues zu beseitigen; man will einen Neubau aufführen. Dieser ist aber eine elende Hütte, — ein Bau auf Sand. Das Christenthum muß diesen Bau von Neuem beginnen und dadurch den Arbeitergenossenschaften ihre wahre Bedeutung, ihre wahre Lebenskraft, ihren wahren Nutzen wiedergeben.

Da wir bisher von den Versuchen, dem Arbeiterstande durch Bildung von Genossenschaften zu helfen, nur diejenigen der liberalen Partei, welche fast ausschließlich in den von Schulze-Delitzsch in's Leben gerufenen bestehen, erwähnt haben, so müssen wir noch zwei andere hier berühren, die für den Theil der Arbeiter, der sich dem Handwerk widmet, unternommen sind. Sie können große Bedeutung gewinnen und verdienen deßhalb auch die Unterstützung aller christlich Gesinnten im höchsten Grade.

Wir meinen hier erstens das Unternehmen des Handwerkervereins, der seit einigen Jahren entstanden ist und den Handwerkerstand wieder in eine zusammenhängende Genossenschaft vereinigen will. Der Gedanke, der diesem Versuche zu Grunde liegt, ist gewiß ein tief berechtigter, der eine Lösung finden muß. Wir wünschen von ganzem Herzen, daß schon der jetzt gemachte Versuch zu einem Resultate führen möge. Wenn die Regierungen, nicht im Dienste der liberalen Partei, von der ich auf keinem Gebiete Gutes erwarte, sondern mit Selbstständigkeit und Sachkenntniß dem Handwerkerstande eine Ordnung bieten würden, in der er sich wieder zur nöthigen Selbstständigkeit und zu einer lebenskräftigen Genossenschaft entfalten könnte, so würden wir das für eine der weitgreifendsten und segensreichsten Maßregeln halten, deren Resultate sich gar nicht vorher bestimmen ließen. Es scheint aber fast, als ob wir ein- für allemal auf eine schöpferisch entwickelnde Thätigkeit der Regierungen in der Gegenwart verzichten müßten. Um so wichtiger ist es aber, daß alle schöpferischen und schaffenden christlichen Kräfte dieses Bestreben, den Handwerkerstand wieder zu einem Stande zu machen, so viel sie vermögen, unterstützen.

Das zweite Unternehmen, das wir an dieser Stelle noch erwähnen müssen, sind die Gesellenvereine. Da sie hauptsächlich auf katholischem Gebiete entstanden sind, so dürfen wir sie mit allem Rechte einen katholischen Beitrag zur Lösung der Arbeiterfrage nennen. Schon das bisherige Resultat derselben übertrifft alle Erwartung und zeigt uns zugleich, was aus diesen Gesellenvereinen werden kann, wenn ihre ganze Entwickelung bis zum vollen Abschluß gebracht wird. Gott hat sich eines Gesellen bedient, um dieses Werk in Angriff zu nehmen, und nachdem er ihn in den Priesterstand erhoben, hat er den hochwürdigen Herrn Kolping, diesen alten Gesellen, zu einem wahren Vater des Gesellenstandes gemacht. Möge Gott ihn forthin als Werkzeug gebrauchen, um dieses Werk zu befestigen. Das wird mehr und mehr geschehen, wenn das genossenschaftliche Princip, getragen vom Geiste des Christenthums, sich immer mehr in diesen Vereinen entfaltet und sie Alle zu lebendigen Gliedern eines Körpers macht.

Als fünftes Hilfsmittel, dem Arbeiterstande durch das Christenthum zu helfen, nennen wir endlich die Förderung der Produktiv-Associationen, durch die besonderen Mittel, die eben nur dem Christenthum zu Gebote stehen.

Das Wesen der Produktiv-Associationen haben wir in der Theilnahme der Arbeiter am Geschäftsbetriebe selbst erkannt. Der Arbeiter ist in ihnen zugleich Geschäftsunternehmer und Arbeiter, und hat daher einen doppelten Antheil an dem Einkommen, den Arbeiterlohn und seinen Antheil an dem eigentlichen Geschäftsgewinne.

Es ist nicht nöthig, hier den großen Werth der Produktiv-Associationen für die Verbesserung der Lage des Arbeiterstandes weiter zu begründen. Wir wissen nicht, ob es jemals gelingen wird, allen Arbeitern oder auch nur dem größten Theil derselben die Vortheile dieser Genossenschaften zu bieten. Es liegt aber in ihnen eine herrliche Idee, die unsere Theilnahme und Unterstützung im allerhöchsten Grade verdient. Sie bietet, so weit sie ausführbar ist, die unmittelbarste und handgreiflichste Lösung des gestellten Problems, da sie ja außer dem durch den Marktpreis auf die niedrigste Stufe herabgedrückten Arbeiterlohn, den der Arbeiter jetzt erhält, dem Arbeiter noch eine neue Quelle des Einkommens eröffnet. Lassalle will diesen Plan verwirklichen durch Kapitalvorschüsse aus der

Staatscasse. Wir haben die Ansicht ausgesprochen, daß wir diese Hilfe wenigstens als allgemeines Princip, d. h. als eine Zwangspflicht für die wohlhabenden Classen, in Weise einer aufzubringenden Steuer aus ihrem Vermögen dem Arbeiterstande die nöthigen Kapitalien zu geben, für einen Eingriff in das Eigenthumsrecht und eine Ueberschreitung der rechtmäßigen Grenzen des staatlichen Besteuerungsrechtes ansehen müssen, und daß wir ferner auch die Ausführbarkeit dieser Maßregel in der Art, daß damit eine friedliche, geordnete, staatliche Entwickelung bestehen konnte, bezweifeln müssen. Der verdienstvolle Professor Huber will deßhalb denselben Gedanken theils durch Anstrengung der Arbeiter selbst, theils durch freiwillige Unterstützungen verwirklichen und schlägt vor, überall in ganz kleinen Verhältnissen mit diesen Associationen zu beginnen. Die Schwierigkeit, die Produktiv-Associationen zu gründen, liegt hiernach in der Beschaffung der nöthigen Kapitalien. Die großen Geschäftsunternehmer sind die reichen Kapitalisten oder jene Gesellschaften, die Millionen zusammenschießen. Diese reichen Gesellschaften oder Kapitalisten machen aber die Concurrenz anderer Geschäfte derselben Art unmöglich, wenn ihnen nicht auch bedeutende Kapitalien zu Gebote stehen. Geschäftsunternehmungen armer Arbeiter mit geringem oder gar keinem Kapital werden ja von diesen Riesengeschäften, die überall entstehen, in immer wachsenden kolossalen Verhältnissen, förmlich zertreten und erdrückt. Woher sollen deßhalb die Arbeiter die Kapitalien nehmen? Wenn der Lassalle'sche Plan unberechtigt und unausführbar ist, wie wir unbedingt glauben, und wenn es daher keine anderen Mittel gibt, als die Herr Professor

Huber vorschlägt, so wäre man versucht, den ganzen herrlichen Gedanken der Produktiv-Associationen als eine schöne unfruchtbare Phantasie aufzugeben oder jedenfalls darauf zu verzichten, ihn in einer solchen Ausdehnung zu realisiren, daß dadurch doch wenigstens einem namhaften Theile der armen Arbeiter geholfen werde. Es behält immer seinen Werth, wenn von Tausenden, die dem Ertrinken nahe sind, auch nur Einer gerettet wird. Die Rettung des Einen ist aber im Vergleich zur Noth aller Ertrinkenden immer nur eine sehr schwache und ungenügende Hilfe. Vom bloß natürlichen Standpunkt aus möchte ich dies auf den Arbeiterstand anwenden bezüglich der Gründung der Produktiv-Associationen. Ich fürchte, daß es mit den Mitteln, die die Welt aufzubieten hat, nimmermehr gelingen wird, den herrlichen Gedanken der Produktiv-Associationen in einer Ausdehnung auszuführen, der mit der Masse des Arbeiterstandes und mit der Größe der Arbeiternoth in irgend einem Verhältniß steht. Was wird es aber der unermeßlich großen Masse des Arbeiterstandes helfen, wenn es hie und da unter besonders glücklichen Verhältnissen einigen Wenigen unter ihnen glückt, eine solche Genossenschaft zu Stande zu bringen, und während ihre Arbeitsbrüder mit dem elenden Arbeitslohne verkümmern, sich durch Theilnahme am Geschäftsgewinne eine etwas behaglichere Existenz zu verschaffen?

So oft ich aber diese Verhältnisse und Schwierigkeiten überlegt habe, so oft ist auch die Zuversicht und die freudige Hoffnung in mir aufgelebt, daß die Kräfte, die im Christenthum die Herzen bewegen, auch auf diesem Gebiete dem Arbeiterstande zu Hilfe eilen und die Idee der Produktiv-Associationen im größeren Umfange verwirklichen werden. Es gehören dazu große Kapitalien, und ich bin weit von dem Gedanken entfernt, daß sich diese Hilfe für den Arbeiterstand wie auf einmal und plötzlich und überall verwirklichen werde; ich sehe aber diese Verwirklichung wie von ferne und hoffe, daß die Fundamente hierzu von christlichen Seelen bald hier, bald dort in Angriff genommen werden. Das Christenthum ist bei allen seinen Unternehmungen eine Kraft, die von innen herauswirkt, langsam voranschreitet, dann aber auch unfehlbar die allererhabensten und unerwartetsten Dinge zum Heile der Menschen vollbringt. Es mögen noch viele Zwischenfälle eintreten, bis dieses Wirken des Christenthums die nöthige Ausdehnung gewinnt. Der Geist des Christenthums hat auch Jahrhunderte gearbeitet, bis die großen alten römischen Familien ihre Sklaven zu Tausenden entließen und ihnen die Freiheit gaben. Vielleicht wird noch mancher Schulze-Delitzsch auftreten und dem Arbeiterstande Rettung und Heil verkünden, bis auch der Thurm, den der Letzte von ihnen aufbaut, zusammenstürzt und dem armen Arbeitervolke die neue traurige Erfahrung bietet, daß es getäuscht ist und seine Hoffnungen eitel waren. Vielleicht muß sogar die Welt auch das Lassalle'sche Programm praktisch durchprobiren und nach allen großen Trübsalen, die aus diesem gefährlichen Manöver, namentlich wenn es in die Hände schlechter Demagogen übergehen sollte, entstehen können, an sich selbst erfahren, daß auch die Demokraten ihnen nicht zu helfen vermögen, wenn sie ihre philanthropischen Ideen auf den bloßen Flugsand menschlicher Ansichten, statt auf den Fels des Christenthums bauen. Wie und wann daher das Christenthum auch in dieser Weise dem Arbeiterstande helfen wird, können wir nicht wissen. Dagegen zweifeln wir nicht, daß, was immer Wahres und Gutes und Ausführbares in der Idee der Produktiv-Associationen liegt, durch das Christenthum vollbracht werden wird. Freilich steht in diesem Augenblicke jener Stand, der hier Großes wirken könnte, der Stand der reichen Kaufleute, der reichen Industrie und der großen Kapitalisten in seiner Mehrzahl dem Christenthum ziemlich ferne; er bildet ja jetzt vor Allem die bewegende, bezahlende, besoldende Macht der großen liberalen Partei. Doch hat auch hier noch das Christenthum seine treuen Anhänger, und was Anderen abgeht, braucht nicht immer so zu bleiben. Es war eine Zeit, da auch die alten reichen römischen Patricierfamilien, in denen die römische Matrone nur zum Putze ihres Körpers sich von einigen hundert Sklavinnen bedienen ließ, dem Christenthum sehr ferne standen, und doch kam die Zeit, wo die Kinder dieser Familien die Sklaven entließen, mit ihrem ganzen Vermögen Italien mit Wohlthätigkeitsanstalten für die armen Sklaven bedeckten und selbst aus Liebe für Christus ihr Leben dahingaben. Das Christenthum ist so wunderbar! Wer heute sein Feind ist, fällt morgen vor dem Kreuze anbetend nieder, und der Sohn des Mannes, der Christum verflucht hat, gibt aus Liebe zu Christus sein Blut dahin. Doch dem sei, wie ihm wolle; das Christenthum ist so überreich an Mitteln, daß es, wenn es so Gottes Wille ist, die Herzen der Christen auf dieses Gebiet hinzulenken, nicht schwer fallen wird, nach und nach auch die größten Kapitalien zusammenzubringen, die zur Schaffung der Produktiv-Associationen nöthig wären. Es sind zwei

Systeme der Besteuerung, das eine übt der Staat, das andere das Christenthum. Der Staat besteuert durch äußeren Zwang nach Steuergesetzen, Steuerlisten und durch Steuerboten, das Christenthum besteuert durch das innere Gesetz der Liebe und der Steuerzwang und die Steuertaxe und der Steuerbote sind da der freie Wille und das Gewissen. Alle großen Staaten Europa's gehen fort und fort mit ihren Steuersystemen zu Grunde, und aus diesen Geldverlegenheiten ist jenes Geheimniß der Iniquität und Corruption, jenes weltumspinnende Netz der Börsenspeculation mit aller sittlichen Corruption, die aus diesem Sumpfe entsteht, hervorgegangen. Das Christenthum dagegen mit seinem Steuersystem hat noch für alle seine großen Unternehmen immer den reichsten Ueberfluß aller denkbaren Mittel gefunden. Welche Kapitalien hat das Christenthum durch seine freiwilligen Besteuerungen im Gewissen und im Herzen guter Christen schon zusammengebracht? Wenn wir an alle diese Kirchen, alle diese Klöster, alle diese Anstalten der christlichen Liebe, für jede denkbare menschliche Noth und Gebrechlichkeit, alle die in der ganzen Welt gegründeten Pfarreien und Bisthümer, alle die in der ganzen Welt angesammelten Armenfonds, alle die durch das Christenthum gegründeten Schulen und Lehranstalten, alle diese alten Universitätsfonds denken und uns vorstellen, daß fast das Alles ohne Ausnahme durch freiwillige Gaben geschaffen und gegründet ist, welche Vorstellung müssen wir uns dann von der Lebenskraft des Christenthums machen? Und so war das Christenthum nicht nur in alten Tagen, ganz so ist es ja heute noch. Wenn wir die Wohlthätigkeitsanstalten, die in der Dauer unseres Lebens durch freiwillige Gaben geschaffen wurden, zusammenrechneten, welche Summe würde sich ergeben? Hat doch diese freiwillige Besteuerung des christlichen Geistes in den letzten fünf Jahren allein dem hl. Vater dreiundzwanzig Millionen dargereicht. Mögen unsere Gegner von dem Nutzen der Verwendung dieser Gaben denken, was sie wollen; sie müssen doch wenigstens zugeben, daß eine Kirche, die eine solche Realität zu Tage bringt, eine entsprechende innere Kraft besitzt, die sie nicht haben. Wie sollten da dem Christenthum die Mittel vorenthalten bleiben zur Schaffung der nöthigen Anstalten für den Arbeiterstand?

Das, was die Herzen angeregt hat zu allen Werken der Barmherzigkeit im Christenthum, ist das übernatürliche Feuer, das Jesus, der Sohn Gottes, auf die Welt gebracht hat, und von dem er selbst gesagt hat: „Ich habe ein Feuer auf die Welt gebracht, und was will ich anders, als daß es brenne.“ So kommen die christlichen Werke zu Stande. Aus diesem göttlichen Feuermeer der Liebe fällt ein zündender Funke bald in dieses, bald in jenes Christenherz, und wenn es sich dort zur Flamme entzündet, dann wirkt es die großen Werke und die großen freiwilligen Opfer, die nöthig sind, um große und wunderbare Dinge in's Leben zu rufen. Das ist meine Hoffnung und mein Vertrauen für die Zukunft. Je mehr die Welt mit allen ihren Unternehmungen, dem Arbeiterstande zu helfen, Bankerott macht, desto gewisser naht die Zeit, wo Gott durch das Christenthum dem Arbeiterstande wieder helfen wird.

Möge daher Gott in seiner Gnade bald die Männer erwecken, die diese fruchtbare Idee der Produktiv-Associationen im Namen Gottes auf dem Boden des Christenthums in Angriff nehmen und zum Heile des Arbeiterstandes zur Ausführung bringen. Ein großer Theil der Arbeiter in den zahlreichsten Fabrikbezirken ist jetzt in Händen glaubensloser Männer und an ihren Lohn angewiesen; ihre Existenz ist doppelt gefährdet. Sie hängen nicht nur mit ihrer Lebensnothdurft von dem Tagelohn, der ihnen täglich entzogen werden kann, ab; sie sind überdies in Gefahr, daß ihre reichen Fabrikherren ihnen für diesen elenden Lohn auch noch ihren Glauben und ihr Gewissen abkaufen. Das ist ja so überaus betrübend und empörend bei dieser neuen Sklaverei unserer Tage. Wie manche reiche Fabrikherren benutzen den ganzen Einfluß, den sie dadurch haben, daß diese armen Leute ihnen dienen müssen, um ihnen ihren Christenglauben aus der Seele zu reißen. Ich sage, dadurch, daß sie ihnen dienen *müssen*; denn wenn man mir antwortet, daß der Fabrikarbeiter freiwillig arbeite, so antworte ich, daß diese Freiwilligkeit eine Täuschung ist. Hier verhält es sich wieder wie mit der Concurrenz und wie mit diesem ganzen liberalen volkswirthschaftlichen System, es ist voll Schein und Widerspruch mit der Wirklichkeit. Der arme Arbeiter lebt da in seiner Heimath, in der Nähe des Geschäftes. Man sagt ihm, es besteht Freizügigkeit, du kannst dir wo anders dein Brod suchen. Wie kann aber dieser Mann mit Frau und Familie auf Reisen gehen, um diesen Versuch zu machen! Er kann nicht einen Tag den Tagelohn entbehren, ohne zu hungern; wie kann er auf den Zufall hin, ob er Arbeit findet, Wochen lang auf Reisen gehen und nicht nur den Lohn entbehren, sondern auch die Reisekosten bestreiten! Er würde dem offenbaren Bettel und Hungertode entgegengehen; für ihn besteht keine Freizügigkeit, denn er kann keinen Gebrauch davon machen; er ist durch Naturgesetze an den Platz seiner Heimath gebunden. Die liberale Partei sagt ihm ferner: es besteht Gewerbefreiheit, wähle dir auf der ganzen weiten Welt ein anderes Gewerbe, du brauchst dich mit dem Tagelohn des Fabrikherrn nicht zu begnügen; wenn du es thust, ist es deine Sache. Das ist aber Alles wieder unwahr. Der arme Arbeiter, von dem wir reden, ist Familienvater; er hat die ersten zehn besten Jahre seiner Jugend in der Fabrik gearbeitet; er hat dort schon den besten Theil seiner Gesundheit zugesetzt; er hat auch bei der Theilung der Arbeit in der Fabrik keine andere Geschicklichkeit erlangt, als diese eine kleine mechanische Verrichtung, dieses eine Stück einer Gesammtarbeit, das für sich gar keinen Werth hat. Seine Fabriklebensdauer ist vielleicht höchstens vierzig Jahre, und er fängt jetzt schon an, kränklich zu werden, da, wo er zugleich die meisten Bedürfnisse hat. Mag die liberale Partei noch so viel von Gewerbefreiheit reden, für diesen Mann (und das ist fast der Zustand aller Arbeiter in der Welt in einem gewissen Alter) gibt es weder Gewerbefreiheit noch Freizügigkeit; er ist, wenn er nicht verhungern will, mit seiner Familie an diesen bestimmten Ort und an dieses bestimmte Geschäft angewiesen; er muß bei diesem reichen Fabrikherrn arbeiten, und dieses m u ß ist für ihn ebenso zwingend, als für jeden Sklaven, dem man das m u ß mit der Peitsche und Kette beibringt. So sind zahllose Arbeiter in den Fabrikbezirken, und die Noth dieser armen Menschen, die so von dem Willen ihres Fabrikherrn abhängen und von dieser Abhängigkeit das tiefste Bewußtsein haben, mißbraucht man oft noch, während man zugleich von Humanität und Toleranz in Redensarten überfließt, um sie religiös und sittlich zu ruiniren. Wer kennt nicht solche Fabrikherren, deren große Arbeitshäuser nichts mehr sind, als Anstalten, wo unser armes, armes Christenvolk, namentlich unsere christliche Jugend, Lüderlichkeit, Religionsspötterei und jede schlechte Leidenschaft lernt? Was würde es nun für eine Wirkung haben, wenn man beginnen könnte, in diesen modernen Sklavenbezirken der weißen Sklaverei, wo das arme christliche Volk von unchristlichen Fabrikherren mißbraucht wird, auf christlicher Basis eingerichtete Produktiv-Associationen zu gründen? Wenn die christliche Liebe die nöthigen Hilfsmittel zusammenbrächte, die zu einer Geschäftseinrichtung nöthig sind, und nun die Arbeiter aufforderte, bei diesem Geschäft unter der Bedingung zu arbeiten, daß ein Theil des Gewinnes, der nicht zum Geschäftsbetrieb und nöthigen Reservefonds nothwendig ist, ihnen von der christlichen Liebe als Eigenthum zufließen solle? Der Erfolg würde groß sein, und dieser fluchwürdige Einfluß einer von Gott abgefallenen Industrie auf unsern Arbeiterstand wäre vielleicht damit bleibend gebrochen. Möge die Aufmerksamkeit aller christlichen Denker, die durch den christlichen Geist angetrieben sind, über die Noth des Arbeiterstandes und die Mittel, ihnen zu helfen, nachzudenken, sich diesem Gegenstande zuwenden; möge Gott die Menschen erwecken, die Einsicht und Mittel haben, für diesen Zweck zu arbeiten. Wenn man mit solchen Industriezweigen begänne, welche kein sehr bedeutendes Kapital erfordern, und dem Unternehmen am Anfang keine allzu große Ausdehnung geben würde, so müßte die Ausführung nicht gar zu schwer sein. Es gibt auch Stände in unserer Zeit, die den Drang haben, für ihre Mitmenschen Gutes zu wirken. Der Adel hat in früherer Zeit einen Theil der großen Klosterstiftungen der Kirche als Opfer dargebracht. Mir scheint, es könnte kaum etwas Christlicheres und Gottgefälligeres geben, als wenn eine Corporation zusammenträte, um für diesen Zweck an einer Stelle, wo die Noth der Arbeiter besonders groß ist, eine derartige Produktiv-Association der Arbeiter auf christlicher Grundlage zu begründen.

Zur Förderung dieser großen Angelegenheit ist es vor Allem nothwendig, daß der Gedanke der Produktiv-Associationen selbst und die Art und Weise der möglichen Ausführung derselben nach allen Seiten hin besprochen und klar gemacht werde. Nur wenn die Einsicht in die Wichtigkeit dieser Verbindungen für den Arbeiterstand, sowohl im Arbeiterstand selbst, wie außerhalb desselben, eine große und allgemeine Verbreitung findet, wenn recht Viele von ihrem großen Nutzen lebhaft überzeugt sind, wenn sie zugleich sehen, in welcher Weise und durch welche Mittel ihre Ausführung möglich ist, können wir hoffen, daß sich die Versuche mehren werden, sie in's Leben zu rufen.

VIII. Schlussbemerkungen.

Der Zweck dieser Schrift ist, den Arbeitern und Allen, die sich mit Liebe um die Verhältnisse des Arbeiterstandes bekümmern, nachzuweisen, daß nur das Christenthum die Mittel bietet, um die Verhältnisse des Arbeiterstandes mit Erfolg zu bessern, und daß ohne diese Hilfe die Zustände des Arbeiterstandes trotz aller vielfachen Bemühungen unaufhaltsam abwärts gehen und sich wieder den Zuständen annähern, in denen der Arbeiterstand sich im Heidenthum befand.

Die Geschichte ist ein unwiderlegbarer Zeuge für die Wahrheit dieser ganzen Ausführung. Alles das, was ich gesagt habe, wird durch sämmtliche Thatsachen der Geschichte verkündigt und bezeugt.

Das hochgebildete Volk der Griechen, dessen Cultur uns heute noch als Muster vorgehalten wird, verachtete die Handarbeit. Der Betrieb eines Gewerbes wurde für den freien Griechen für schimpflich und erniedrigend gehalten. Die Idee der sogenannten Selbsthilfe durch Arbeit war den Griechen unbekannt. Handarbeit war ihnen Sache des Sklaven. Die Götter Griechenlands, die uns der beliebteste deutsche Dichter hochgepriesen hat, hatten kein Herz für den Sklaven-, für den Arbeiterstand. In Attika lebten nach der Bevölkerungsaufnahme des Demetrius Phalereus 20,000 griechische Bürger und 400,000 Sklaven, die Sklavinnen nicht mitgerechnet; in Sparta 36,000 Bürger, 244,000 Heloten und 120,000 Periöken, die im Grunde Alle Sklaven waren; in Corinth waren 460,000, in Aegina sogar 470,000 Sklaven. Die griechischen Philosophen lehrten, daß die Sklaverei eine von der Natur gegründete Institution sei, die unabänderlich und immer fortbestehen müsse. Eine Erhebung des gesammten Arbeiterstandes zu der Stellung, die er im Christenthum hat, davon hatten sie auch nicht einmal eine Ahnung. Der Sklave war ihnen eine Sache, wie jede andere Sache, die zu ihrem Eigenthum gehörte, lediglich ein Instrument, um dem Freien zu dienen. Die größten und edelsten Philosophen unter den Griechen stimmten der Ansicht bei, daß jeder Sklave grundverdorben und schlecht sei und keine anderen Triebfedern für sein Thun habe, als Furcht und Sinnlichkeit. Selbst der ideale Plato gibt den Rath, sie strenge zu behandeln, sie fleißig zu züchtigen und stellt es als Kennzeichen eines wohlerzogenen Menschen auf, seine Sklaven zu verachten. Das war die Ansicht vom Arbeiterstande, als die Götter Griechenlands ihre Herrschaft übten.

Aehnlich war es in Rom. Die Römer hatten dieselbe Ansicht von der Sklaverei und von der Arbeit. Anfänglich stand wenigstens noch der Landbau und der Betrieb einiger Handwerke bei ihnen in Ehren. Später hörte auch dies auf und endlich war jede Handarbeit, Landbau und Gewerbebetrieb Sache der Sklaven. Alles das, was in unseren christlichen Ländern der gesammte Arbeiterstand treibt, war den Sklaven überlassen. Die Behandlung der Sklaven war aber noch grausamer und entsetzlicher, als bei den Griechen. Grausamkeiten, die im Römerreich täglich in allen Theilen der Welt unter der Herrschaft des heidnischen Geistes zu tausenden vorkamen, würden in unseren Tagen, wo der Geist des Christenthums das Gefühl gebildet hat, die ganze Welt in Aufregung bringen. Der einzige Zweck des Daseins der Sklaven war die Befriedigung der Lüste der Römer. So konnte es denn endlich geschehen, daß die Römer keine größeren Freuden kannten, als bei jenen entsetzlichen Spielen anwesend zu sein, wo die Sklaven bald hungerigen Löwen und Tigern vorgeworfen wurden, und es ihre Lust war, diese unglücklichen Menschen von den wilden Bestien zerreißen zu sehen; bald, als Gladiatoren ausgebildet, zu Tausenden miteinander kämpfen mußten, und der Jubel und die Freude des Volkes darin bestand, ihre klaffenden Wunden, ihr Röcheln, ihr Hinsterben zu sehen. Das war der Arbeiterstand unter den Göttern Roms.

Ganz so stand es um den Arbeiterstand und die Arbeit bei allen anderen heidnischen Völkern, selbst bei unseren deutschen Vorfahren. Auch bei den Germanen war die Arbeit Sache der Sklaven. Auch unsere germanischen Voreltern verachteten die Arbeit. Ihre Arbeit war der Krieg, die Jagd und außerdem träge Ruhe oder Theilnahme am Spiele und Trinkgelagen. Merkwürdig ist es, daß selbst jene Arbeit, die bei den Römern noch im Anfange in besonderer Achtung stand, der Landbau, der später in allen germanischen Ländern eine so große Wichtigkeit erlangt und unserem Bauernstande, dem Mark des deutschen Volkes, das Dasein gegeben hat, dem heidnischen Germanen verächtlich war. Die Sklaven und die Weiber mußten den Acker bebauen. Dagegen hatten die germanischen Sklaven, die zum Landbau verwendet wurden, eine vielfach bessere Stellung, als die römischen.

Nur allein im Judenvolke war es anders, und schon hierin erkennen wir seine providentielle Stellung. Zwar bestand auch dort dem Namen nach eine gewisse Art der Sklaverei. Wie aber das Judenthum selbst in der Mitte aller Völker als ein Zeugniß und Denkmal der göttlichen Erbarmungen dastand und wie mit dem Finger auf den Erlöser der Welt hinwies, der die geistige Sklaverei der Menschen und damit auch die leibliche aufheben sollte, so war auch in dem, den Erlöser vorbildenden Volke Gottes die Sklaverei bereits im Vorbilde aufgehoben und ihres heidnischen Charakters der Menschenverachtung und Grausamkeit entkleidet. Die jüdische Sklaverei steht einzig in der ganzen alten Welt da, wie auch der Begriff der Juden von der Arbeit. Der Jude arbeitete neben seinem Sklaven, er gewährte ihm die Sabbathruhe, wie dem eigenen Volke und war verpflichtet, gewisse menschliche Rechte bei demselben anzuerkennen [1]).

Von all diesen jammervollen Zuständen hat nun Christus die Welt befreit. Er hat nicht nur die Seelen der Menschen von den Fesseln der Sünde und der Lüge erlöst; er hat auch zugleich dem ganzen Arbeiterstande ein neues und menschliches Dasein auf Erden gegeben. Die erhabene Wahrheit der heiligen Schrift: „Gott erschuf

1) Wir können nicht unterlassen, hier folgenden Gedanken auszusprechen: Im ganzen Alterthum war nur der jüdische Sklave, der unter dem Einfluß der übernatürlichen Offenbarung und der Vorbereitung auf den Erlöser stand, an einem Tage in jeder Woche von der schweren Sklavenarbeit befreit; alle Anderen trugen ohne Unterbrechung, einen oder den anderen Tag im Jahre ausgenommen, ihr ganzes Leben hindurch das schwerste Joch der Arbeit. Im Christenthum wurde dann die Feier der Sonn- und Feiertage ein Hauptmittel, um die Härte knechtlicher Arbeit zu mildern. Mehrere Kirchenversammlungen verpflichteten Alle bei schwerer Kirchenstrafe, von den Vorabenden dieser Tage an, den Knechten ebenso die Feier und Ruhe dieser Tage zu gewähren, wie sie für alle Christen vorgeschrieben waren. Mit welchem Jubel mögen damals diese kirchlichen Bestimmungen von dem ganzen Theile der Menschen begrüßt worden sein, der bis dahin eine Ruhe von der schwersten Arbeit gar nicht gekannt hatte. In unseren Tagen erleben wir dagegen, wie überall da, wo der Einfluß des Christenthums abnimmt, sofort auch wieder diese wohlthätige Einwirkung auf den Arbeiter zu verschwinden beginnt und altheidnische Zustände, wenigstens in den Anfängen, wieder aufzuleben beginnen. Wie viele Dienstboten, Fabrikarbeiter, Gesellen, Angestellte an den Eisenbahnen kennen fast schon keine Ruhe von der Arbeit mehr. Der Zusammenhang zwischen den Ursachen und den Wirkungen ist hier offenbar.

den Menschen nach seinem Bilde; nach seinem Bilde und Gleichnisse erschuf er ihn," war im Heidenthum so tief in der Erniedrigung, dem Jammer und Elend des größten Theiles aller Menschen, der Sklaven, begraben, daß die letzte Erinnerung daran geschwunden schien. Christus hat sie wieder allen Menschen, auch dem ärmsten und elendesten Knechte, verkündet. Er hat mit göttlicher Macht die Sklavenketten, die so fest geschmiedet waren, daß man sie für Naturgesetze hielt, mit denen der Mensch geboren werde, zerschlagen, so daß sie überall anfingen, sich von den gefesselten Menschengliedern zu lösen. Aber noch wunderbarer, als diese Befreiung selbst, ist die Art und Weise, wie dies geschehen ist. Der tiefsinnige Möhler bemerkt so wahr, daß das vielleicht die wunderbarste That des Christenthums sei, daß bei Aufhebung der Sklaverei von christlichen Sklaven nicht ein einziger Versuch gemacht worden ist, die Freiheit gewaltthätig zu erlangen. Die Kirchengeschichte erwähnt nicht eines Falles, wo durch die Lehren des Christenthums die Sklaven mit Aufruhr und Gewalt die Ketten der Knechtschaft gesprengt oder gar ihre Herren ermordet hätten. Schon der Apostel Paulus zeigt uns an einem Beispiele, mitten aus dem Leben gegriffen, wie das Christenthum diese Frage zu lösen habe. Der Sklave Onesimus war seinem Herrn entflohen, kam nach Rom und wurde dort Christ. Der heil. Paulus schickte ihn nun zwar seinem Herrn zurück, aber das Begleitungsschreiben an Philemon ist so abgefaßt, daß es zugleich als der anticipirte Freiheitsbrief für alle Sklaven in der christlichen

Weltordnung angesehen werden kann. Wenn die Christen die Sklaven so behandeln sollten, wie es hier der heil. Paulus von Philemon verlangt, dann mußte die Sklaverei bald und zwar ein friedliches Ende nehmen. „Wenn du mich also für einen Mitgenossen hältst,“ schreibt der große Apostel, „so nimm ihn auf, wie mich; nicht mehr als Sklaven, sondern an der Stelle des Sklaven, einen vielgeliebten Bruder, der mir vorzüglich lieb ist, wie viel mehr aber dir“ (17, 16.). Und das waren keine vergeblichen Worte: „In der Zuversicht auf deine Folgsamkeit,“ so konnte der heil. Paulus sagen, „habe ich dir geschrieben, denn ich weiß, daß du mehr thun wirst, als ich sage.“ Dieses Mehr haben auch die Christen im Großen und Ganzen geleistet; sie behandelten die Sklaven nicht bloß als Brüder in Christo, sondern haben nach und nach Allen die Freiheit geschenkt. So hat Christus die Sklaverei durch die Verkündigung ewiger Wahrheiten überwunden. Wie der Körper, der innerlich gesundet, nach und nach auch die äußeren Zeichen der Krankheit, die Beulen und den Aussatz auf der Haut, verliert, so ist es mit allen Verhältnissen des Menschengeschlechtes und der Wirkung des Christenthums in ihnen. Es ist ein von Gott in die Menschheit hineingelegter geistiger, göttlicher Sauerteig, der nach und nach die ganze Masse mit seiner göttlichen, erlösenden Kraft durchsäuert. Es heilt die Menschen von Innen heraus, weil auch alle äußeren unseligen Zustände im Innern ihren Grund haben; es heilt zuerst die Seele, weil die Seele der Sitz aller äußeren Krankheiten ist, die

die Menschen an sich tragen. So lösten sich allmälig im Laufe der Jahrhunderte die Ketten der Sklaverei durch einen inneren, wunderbaren, geistigen Prozeß. Im Mittelalter war er in allen christlichen Ländern fast vollendet. Von da an sehen wir an der Stelle der Sklaven des Heidenthums den christlichen Arbeiterstand, den christlichen Gewerbestand heranwachsen und zugleich die Werthschätzung der Arbeit sich so gänzlich umgestalten, daß das, was den Heiden eine Schande war, bei den Christen eine Quelle der Tugend und der Ehre wird.

Wenn aber die Geschichte die Wahrheit unserer ganzen Ausführung beweist, daß nur Christus und das Christenthum dem Arbeiterstand geholfen haben, und daß deßhalb auch in Zukunft nur mit Hilfe dieser göttlichen Kraft die Arbeiterfrage gelöst werden kann, so muß ich noch eine Zweideutigkeit beseitigen, die in diesen Worten liegen kann. Man möchte es jetzt mit Christus machen, wie die Römer es mit den Göttern machten. In Rom war ein großer Tempel, das Pantheon, d. h. für alle Götter, und in diesem Tempel wurden auch die Götter jener Völker aufgenommen, die die Römer nach und nach ihrer Weltherrschaft unterworfen hatten. So erlangten diese Götzen der unterworfenen Völker die hohe Ehre, in die Gemeinschaft der Götter Roms aufgenommen zu werden, und dadurch erst den wahren Götteradel zu empfangen. Die falsche Aufklärung baut jetzt auch an einem solchen Pantheon und dort soll Christus unter den Göttern aller Völker seinen Platz haben. Man will ihn ehren, aber unter der Bedingung, daß man ihn neben die Götter Griechenlands und neben die Götter Roms, neben Zoroaster, Confucius, Cakya-Muni und Sokrates und die Götzen und falschen Propheten unserer Tage stellen darf. In diesem Sinne redet man von Christus und vom Christenthum. Alle Weisen der Welt sollen seines Gleichen sein. Wenn wir Christen uns dies gefallen lassen, so will man uns gestatten, ihn für den Weisesten unter den Weisen zu halten. Das ist die große Lüge der Gegenwart, die an der Christenheit geübt werden soll. Unter diesem Schafspelz soll der Wolf ins Christenvolk eindringen. Jede Lüge wird jetzt behängt mit dem Worte christlich und Christenthum. Man hat ein Mittel gefunden, dieses heilige Wort in jedem beliebigen Sinne zu gebrauchen. Seitdem das Christenthum in die Welt eingetreten ist, hat es viele Feinde gehabt, und für die Reinheit seiner Lehre, für seine Einrichtungen, für seine Gesetze und Sacramente einen Kampf bis auf das Blut gekämpft; in dem modernen heuchlerischen Wortsinne kann es keinen Gegner des Christenthums mehr geben; jeder Irrlehrer und jeder Prediger eines neuen Wahnes hat das Recht, sich für einen wahren Christen auszugeben; selbst jene Henkersknechte, die Christum gekreuzigt haben, können in diesem Sinne behaupten, Christen, Christenfreunde und Christenverehrer gewesen zu sein. Das ist der große Betrug, der jetzt am Volke und auch am Arbeiterstande geübt wird. Die Welt ist voll von jenen Menschen, die Christum geistigerweise kreuzigen; und wenn Jene, die an Christus glauben, gegen sie auftreten, so antworten sie ihnen, daß eben sie die wahren Vertreter des wahren und ächten Christenthums seien.

Das ist unsere wahrhaft unglückselige Lage, das ist die beklagenswertheste Anfeindung, die das Christenthum je erlitten hat. Wenn die Namen so Vieler bekannt wären, die unter dem Worte Christus die christliche Kirche anfeinden, so würden wir eine große Schaar Juden und eine ebenso große Schaar frecher Gottesläugner finden, die sich für die wahren Vertreter des Christenthums täglich dem Volke anpreisen. Wenn ich daher in dieser Schrift von den Segnungen des Christenthums für die Arbeiter geredet habe, so hatte ich nur jenes wahre Christenthum im Auge, das da auf den Glauben an die Gottheit Christi gegründet ist, das von ihm seine göttliche Kraft und seine göttliche Weihe, das in dieser Kraft die Welt umgestaltet hat. Jenes Allerwelts-Christenthum ist ein Truggebilde, das weder die alte Sklaverei gebrochen hat, noch im Stande ist, in der Zukunft den Arbeiter vor gefühlloser Macht der Selbstsucht zu bewahren. Hätten die ersten Christen Christus in das Pantheon aufstellen lassen, so wären sie nicht blutig verfolgt worden; man hätte sie im römischen Reiche geduldet, wie die Diener aller anderen Nationalgötter. Vom ersten Augenblicke an ist das Christenthum mit dem Anspruch aufgetreten, die allein wahre Religion zu sein und diesen Anspruch gründet es ganz und ausschließlich auf den Glauben an die Gottheit Jesu Christi. Für diese Wahrheit ist Christus selbst gestorben; für diesen Glauben haben die Christen den Haß der Welt auf sich geladen. Alle Anderen, die sich für Christen ausgeben, gleichen den Henkern, die Christum kreuzigen, und bei dieser That das Gewand eines Jüngers des Herrn umhängen. Nur Jesus Christus, der Sohn des lebendigen Gottes, kann auch in Zukunft dem Arbeiterstande helfen. Wenn der Glaube an ihn und an seinen Geist die Welt durchdringt, dann ist die Arbeiterfrage gelöst. Wenn dagegen der Glaube an ihn und an seine Gottheit aus der Welt verschwinden, wenn der Geist sich weiter verbreiten sollte, den die liberale Partei vertritt, dann werden alle großen Unternehmungen für den Arbeiterstand scheitern, der Arbeiterstand selbst aber wieder in jene Lage gerathen, in der er sich befand, als die Götter des Pantheons über die Welt regierten. Möchte der Arbeiterstand das erkennen, möchte er sich von den Freunden abwenden, die ihm den Glauben an die Gottheit Jesu Christi rauben wollen. Das sind seine größten und gefährlichsten Feinde, das sind die ersten Sendlinge jenes Geistes, der für ihn Ketten schmiedet.

Dieser Gedanke, daß nur das Christenthum, das in seiner Verbindung mit Christus, in dem, wie der Apostel sagt, die Fülle der Gottheit wohnt, übernatürliche und göttliche Kraft besitzt, dem Arbeiterstand helfen kann, würde mich, wie von selbst, zu dem Anderen führen, der den Gegenstand erst zum Abschluß brächte, daß nämlich nur die katholische Kirche die von Gott gesetzte Anstalt ist, die diesen wahren, vollen Christenglauben mit der Anbetung der Gottheit Jesu Christi und allen unermeßlichen Segnungen, die aus diesem Glauben über das ganze Menschengeschlecht sich ergießen, zu tragen und zu erhalten im Stande ist. Alles aber, was ich bisher geschrieben habe, habe ich nicht nur an katholische Christen, sondern an Alle gerichtet, die ein Herz für den Arbeiterstand haben und den Glauben an Christus, den Sohn Gottes, mit uns theilen. Ich müßte daher befürchten, durch diese Ausführung meinen Leserkreis zu beschränken. Ich verzichte deßhalb darauf mit der schmerzlichen Erinnerung an die unseligen Folgen dieser Trennung und mit der Ueberzeugung, daß eben in dieser Trennung der Hauptgrund liegt, weßhalb viele Fragen der Welt jetzt so schwer zu lösen sind. Die Arbeiterfrage ist eine von den vielen großen Fragen, von deren Lösung das Heil des Menschengeschlechtes abhängt. Ich zweifle nicht, daß sie leicht zu lösen wären, wenn die Spaltungen nicht vorhanden wären, welche die Christenheit trennen. Möge Gott uns wieder geben, was wir Alle noch im apostolischen Glauben bekennen, wenn wir noch an allen Orten zusammen beten: „Ich glaube an Eine heilige katholische Kirche."

Ich hätte noch schließlich den in dieser Schrift wiederholt berührten Gedanken näher begründen können, eine wie merkwürdige Aehnlichkeit in der Entwickelung der politischen und socialen Verhältnisse in der Gegenwart, theils mit den politischen Zuständen des Heidenthums, theils mit den Lehren des modernen Materialismus besteht; wie verderblich beide Systeme auf die Stellung des Arbeiterstandes einwirken müßten, wenn sich diese Wechselwirkungen vollkommen entwickeln könnten; und wie daher auch deßhalb weder ein allgemeiner und vager Humanismus, noch ein allgemeiner und vager Christianismus, sondern nur die positiven Glaubenslehren, Dogmen und realen Kräfte des Christenthums, die übernatürlichen klaren Wahrheiten des Christenthums dieser Entwickelung einen Damm entgegenzustellen vermögen. Alle Maßregeln der modernen liberalen Partei für den Arbeiterstand sind genau formulirt nach der materialistischen Lehre von Stoff, Stoffwechsel und mechanischer Stoffgesetze als Urgrund alles Seins, während alle politischen Bestrebungen des modernen Staates ganz genau formulirt sind nach der Idee des antiken Staates, der weder individuelle und corporative Freiheit und Selbstständigkeit, noch persönliches Gewissen, noch persönliche Menschenwürde kannte, sondern lediglich den Werth des Menschen nach seiner politischen Stellung und nach seiner Theilnahme am Staatswesen und an der Staatsgewalt beurtheilt. An der Hand dieser beiden Gedanken kann man alle Geheimnisse der modernen Volkswirthschaft wie des modernen fortschrittlichen Staates mit voller Sicherheit ergründen und sich wieder ein klares Bild davon machen, was alle unsere falschen liberalen Bestrebungen für den Arbeiterstand zu Wege bringen würden. Ich verzichte aber auf die Ausführung, um nicht zu weitläufig zu werden und begnüge mich damit, diese Gedanken bloß angedeutet zu haben.

Statistische Notizen.

Da die Ergebnisse der Statistik für die richtige Beurtheilung des in dieser Schrift behandelten Gegenstandes von so wesentlicher Bedeutung sind, so habe ich einen sehr genauen Kenner derselben gebeten, mir über einige einschlägliche Verhältnisse, die ich näher bezeichnet hatte, aus den besten statistischen Werken eine Anzahl der betreffenden Daten zusammenzustellen. Aus der sehr freundlichen Gewährung dieser Bitte sind die nachfolgenden Anlagen hervorgegangen. Da der geehrte Verfasser weder meine Arbeit, noch den Standpunkt kannte, von dem ich bei derselben ausging, sondern ihm nur die in den Ueberschriften der folgenden Anlagen bezeichneten Themata vorlagen, so sind sie durchaus selbstständig ausgearbeitet und schliessen sich deßhalb nach Inhalt und Umfang nicht so genau an meine Schrift an, wie es der Fall sein würde, wenn beide aus derselben Feder geflossen wären. Der Umstand aber, daß diese Anlagen ganz für sich bearbeitet sind, vermehrt nur ihre Beweiskraft, da um so gewisser jeder Verdacht ferne liegt, daß die statistischen Nachrichten lediglich nach einem bestimmten Standpunkte und für das Interesse desselben zusammengesucht worden seien. Sie sind durchaus das objective Ergebniß einer genauen Forschung in den statistischen Quellen. Wenn hie und da bezüglich der Ausgaben und Einnahmen der Arbeiter etwas günstigere Verhältnisse sich herausstellen, so widerspricht das in keiner Weise meinen Aufstellungen. Ich habe die Gesetze der wirthschaftlichen Entwickelung des Arbeiterstandes aus den Principien der modernen Volkswirthschaftslehre dargelegt, ohne irgend zu behaupten, und im Gegentheil mit ausdrücklicher Verneinung, daß sie überall schon mit ihren letzten Consequenzen in's Leben eingetreten seien. Dagegen bieten diese Anlagen überall ein überreiches Material, um zu erkennen, in einer wie unseligen Lage sich der Arbeiterstand bezüglich seiner Nahrungsverhältnisse jetzt schon befindet, und um sich ein Bild von dem Elende zu entwerfen, dem er entgegen geht, wenn der Arbeiter seinen unseligen Kampf um sein tägliches Brod mit Kapital und Maschinen unter den Principien der modernen Freiheit und Volkswirthschaft bis zur letzten Grenze fortsetzen soll.

Es bedarf übrigens wohl keiner Entschuldigung für meine Leser, wenn ich diese Anlagen in voller Ausdehnung mittheile. Viele derselben sind nicht in der Lage, aus den Quellen selbst sich so eingehende Kenntniß über diese höchst interessanten Verhältnisse zu verschaffen. Es wird ihnen daher zur Bildung ihrer Ansicht dieses Material um so erwünschter sein, als sie in der angegebenen Literatur zugleich die Möglichkeit haben, die Quellen selbst aufzufinden. Dem verehrten Verfasser sage ich aber für seine so überaus freundliche Gewährung meiner Bitte öffentlich meinen herzlichsten Dank.

Anlage I.

Numerisches Verhältniß der Arbeiterclassen zur Gesammtbevölkerung.

Nach der Volkszählung von 1851 belief sich die Bevölkerung Großbritanniens auf 21,121,967 Seelen. Darunter befanden sich, abgesehen von der Fabrikbevölkerung, welche schon früher 15 Procente der Gesammtbevölkerung ausmachte:

Ländliche Taglöhner, Ackerknechte und Hirten	1,460,896
Dienstboten	1,038,791
Handarbeiter ohne weitere Bezeichnung	376,551
Schuhmacher	274,451
Putzmacherinnen und Näherinnen	267,791
Zimmerleute und Schreiner	182,696
Schneider	152,672
Maurer und Pflasterer	101,442

London zählte damals 632,545 männliche und 762,418 weibliche Personen über 20 Jahre. Unter jenen waren:

Arbeiter ohne weitere Bezeichnung mehr als	40,000
Schuhmacher	26,639
Dienstboten und Hausknechte	25,708
Zimmerleute	21,174
Schneider	20,257
Kutscher und Fuhrleute aller Art mehr als	17,000
Bäcker	9,841
Metzger	7,428

Unter der angegebenen Zahl weiblicher Personen befanden sich:

Dienstboten	118,855
Arbeiterinnen aller Art	73,620
Wäscherinnen, Taglöhnerinnen	45,754

Ueberhaupt solche, welche lediglich auf ihre Händearbeit angewiesen sind 330,000

(Aus dem companion Almanac in dem annuaire de l'économie politique für 1855. S. 520—539.)

Bezüglich deutscher Verhältnisse läßt sich nach den Mittheilungen des statistischen Bureau's in Berlin B. IV. S. 252 ff., B. V. S. 212 ff., B. VII. S. 328 ff., von den handarbeitenden Volksclassen folgendes Bild entwerfen.

Bei einer Bevölkerung von 16,112,938 Seelen in Preußen, 4,504,874 in Bayern, 1,836,664 in Sachsen, 1,374,285 in den thüringischen Staaten, 1,360,764 in Baden, 852,679 im Großh. Hessen, 726,883 in Kurhessen und 418,627 in Nassau gab es 1846

1) An Arbeitern in Fabriken aller Art:

in Preußen	656,592	oder	4,08	Procente d. Bevölkerung.
in Sachsen	218,955	„	11,92	„ „ „
in Thüringen . . .	53,691	„	3,91	„ „ „
in Bayern	177,805	„	3,95	„ „ „
in Baden	45,543	„	3,35	„ „ „
im Großh. Hessen . .	26,018	„	3,05	„ „ „
in Kurhessen . . .	22,023	„	3,04	„ „ „
in Nassau	7,496	„	1,79	„ „ „

2) An eigentlichen Handarbeitern:

		Es kam daher Ein Handarbeiter auf
in Preußen	1,470,091	11 Einwohner.
in Sachsen	131,714	14 „
in Thüringen	31,724	43 „
in Bayern	205,019	22 „
in Baden	39,921	34 „
im Großh. Hessen	51,102	17 „
in Kurhessen	34,942	21 „
in Nassau	15,294	27 „

3) An Gesinde aller Art:

		Es kam daher Ein Dienstbote auf
in Preußen	1,271,708	13 Einwohner.
in Sachsen	134,098	14 „
in Thüringen	26,948	51 „
in Bayern	498,904	8 „
in Baden	89,756	15 „

		Es kam daher Ein Dienstbote auf
im Großh. Hessen	42,856	25 Einwohner.
in Kurhessen	40,391	18 „
in Nassau	19,935	21 „

4) Ein Handwerksgeselle und Handwerkslehrling kam

in Preußen	auf	44 Einwohner
in Sachsen	„	23 „
in Thüringen	„	67 „
in Bayern	„	31 „
in Baden	„	43 „
im Großh. Hessen	„	42 „
in Kurhessen	„	48 „
in Nassau	„	77 „

Was von obigen Staaten insbesondere Preußen betrifft, so zählte es, bei einer Bevölkerung von 16,331,187 in 1849 und 16,869,786 in 1852, in dem erstgenannten Jahre

1) An Arbeitern in Fabriken aller Art 515,551 Individuen oder 3,16 Procent der Bevölkerung, nämlich

unter 14 Jahren		über 14 Jahre	
männlich	weiblich	männlich	weiblich
15,972	13,177	423,676	62,726

Die Untervierzehnjährigen machten nur etwa $^{1}/_{6}$ Procent, die Uebervierzehnjährigen beiläufig 3 Procent der Gesammtbevölkerung aus. Von den letzteren waren

weiblichen Geschlechts 1,17 } Procent aller Einwohner
männlichen „ 8 } über 14 Jahren.

2) An eigentlichen Handarbeitern:

männliche	934,233
weibliche	679,719
zusammen	1,613,952,

indem gegen 1846 bei 1,470,091 Individuen eine Vermehrung von 9,79 Procent stattfand, so daß die Handarbeiter 9,89 Procent der Gesammtbevölkerung ausmachten.

3) An Gesinde aller Art:

männliches:	a) Zur persönlichen Bequemlichkeit	40,186
	b) Knechte und Jungen bei der Landwirthschaft und bei Gewerben	552,489
weibliches:	a) Zur persönlichen Bequemlichkeit	136,530
	b) Mägde und Mädchen bei der Landwirthschaft und bei Gewerben	577,709
	zusammen	1,306,914

so daß zum Gesinde 8 Procent der Gesammtbevölkerung gehörten.

4) An Gehilfen bei mechanischen Künstlern und Handwerkern:

1849: 407,141, 1852: 446,035,

deren Zahl mithin um 9,44 Procent gestiegen ist. Auch im Verhältniß zu den Meistern hat ihre Zahl seit 1849 und zwar um 5 Procent zugenommen: auf 100 Meister kamen nämlich 1849 76 und 1852 81 Gehülfen. Unter den am stärksten besetzten Gewerben zählten im letzten Jahre an

	Meistern:	Gehilfen:	Es kam sonach Ein Gewerbtreib. auf
Schuhmacher	90,841 . .	53,583 . .	117 Einwohner.
Schneider	72,325 . .	38,535 . .	152 "
Leinengarnspinner	56,308 . .	22,417 . .	214 "
Schreiner	44,540 . .	31,236 . .	223 "
Maurer	6,019 . .	60,462 . .	238 "

In der neueren Zeit ist, ausweislich der Bevölkerungsaufnahmen von 1855, 1858 und 1861, in den obigen einzelnen Kategorieen der handarbeitenden Classen eine weitere absolute und relative Steigerung eingetreten.

So viel von den oben erwähnten deutschen Staaten. Was das Großh. Hessen betrifft, so gab es nach der Zählung vom 3. December 1858

	Taglöhner männl.	Taglöhner weibl.	Dienstboten männl.	Dienstboten weibl.	Fabrikarb. männ.	Fabrikarb. weibl.	Handw.-gesellen	Lehrjungen
in Starkenburg	15,680	10,349	5448	10,776	5234	2427	6102	2721
in Oberhessen	10,995	7810	6956	9733	1356	495	4176	1909
in Rheinhessen	8828	4615	3350	8972	1943	670	6867	1909
im Großherzogthum	35,503	22,774	15,754	29,481	8533	3592	17,145	6539

Diese verschiedenen Contingente der sog. arbeitenden Classe — an sich schon von großer Bedeutung — haben seitdem und besonders in neuerer Zeit außerordentlich an Ausdehnung gewonnen. Denn abgesehen von den männlichen und weiblichen Taglöhnern, welche zusammen in Starkenburg 8, in den beiden anderen Provinzen 6 und im ganzen Großherzogthum 7 Procent der respectiven Bevölkerung ausmachten, abgesehen von den männlichen und weiblichen Dienstboten, deren Gesammtzahl in den verschiedenen Provinzen und im ganzen Lande 5 Procent der Population war, wurden am 3. December 1861 gezählt:

	Fabrikarbeiter			Handwerksgesellen und Lehrlinge.
	männl.	weibl.	zusam.	
in Starkenburg	7715	2109	9824	10,736
in Oberhessen	3304	1134	4438	7831
in Rheinhessen	5430	958	6388	9607
im Großherzogthum	16,449	4201	20,650	28,174

Die Fabrikarbeiter machten daher in Starkenburg 3, in Oberhessen $1^1/_2$, in Rheinhessen und im Großherzogthum $2^1/_2$ Procente, die Handwerksgesellen und Lehrlinge in Starkenburg und im ganzen Lande über $3^1/_3$, in Oberhessen mehr als $2^1/_2$ und in Rheinhessen über 4 Procente der respectiven Bevölkerung aus.

In dem Vorstehenden ist hauptsächlich das Verhältniß des eigentlichen Arbeiterstandes zur Gesammtbevölkerung angegeben. Dazu kommen nun noch alle Jene, die nicht lediglich Lohnarbeiter sind, aber doch vorwiegend von dem Arbeiterlohn leben; wozu also fast der ganze unbemittelte Theil der Bevölkerung gehört. Dieses Verhältniß in Zahlen anzugeben, ist kaum möglich. Doch bietet die Besteuerung einen Anhalt zu dieser Beurtheilung.

In dieser Hinsicht gewähren die Nachweisungen des Einkommens aus der Classen- und classificirten Einkommensteuer, wie solche nach dem Gesetze vom 1. Mai 1851 im preußischen Staate nach Maßgabe des Einkommens seiner Bewohner erhoben werden, einen höchst interessanten Einblick in die pecuniäre Lage und Verhältnisse der Angehörigen dieses Staates. Von dem vormaligen Director des preußischen statistischen Büreau's Dieterici in den Mittheilungen desselben, Band 7, Jahrgang 1854, S. 172 ff., für 1853 veröffentlicht, ersehen wir aus den desfallsigen Listen Folgendes:

1) Von der damaligen Gesammtbevölkerung des preuß. Staates: 16,869,786 Seelen zahlen nur 44,407 Personen classificirte Einkommensteuer, besitzen also ein jährliches Einkommen von mehr als 1000 Thlrn. Da nach allgemeiner Annahme eine jede dieser Personen eine Familie oder einen Hausstand von 5 Personen repräsentirt, so gibt es nur 222,035 Seelen oder nur 1,31 Procent der Gesammtbevölkerung des Staates, welche als wohlhabend bezeichnet werden können.

2) Nach den Motiven, welche dem Entwurfe obigen Gesetzes beigefügt sind, umfaßt die niedrigste Hauptclasse der Classensteuer Alle, welche von dem durch ihr Besitzthum oder Gewerbe gewährten Einkommen nicht selbstständig bestehen können und sich daher noch Nebenverdienst, namentlich durch Taglohn oder diesem ähnliche Lohnarbeit suchen müssen, außerdem die gewöhnlichen Lohnarbeiter, die Handwerksgesellen und die Taglöhner. Nach Maßgabe der von ihnen zu zahlenden Steuer von $\frac{1}{2}$—3 Thlrn. per Jahr gibt Dieterici die jährlichen Einnahmen dieser Steuerpflichtigen zu 100—250 Thlr. an. Die Bevölkerung, auf welche die Classensteuer Bezug hat, bestand Ende 1852 aus 14,823,356 Seelen. Von diesen zahlten 5,077,842 überhaupt Classensteuer und darunter gehörten 4,521,989 der erwähnten niedrigsten Hauptclasse an. Die Zahl Derjenigen, welche von ihrem Besitzthum oder Gewerbe allein nicht leben können, sondern sich noch einen Nebenverdienst verschaffen müssen, um jährlich 100—250 Thlr. Einnahme zu haben, macht sonach 89,06 Procent aller überhaupt Classensteuer Zahlenden aus. (Hierbei ist freilich auf Diejenigen keine Rücksicht genommen, welche Schlacht- oder Mahlsteuer zahlen, weil es hierzu genauerer, detaillirterer Zahlenangaben bedürfte, als sie von Dieterici geboten werden. Aber auch unter Benutzung desfallsiger Zahlen dürften die angegebenen Verhältnisse keine solche Veränderung erleiden, daß die von der pecuniären Stellung der Bevölkerung gemachte Schilderung wesentlich geändert würde.)

Anlage II.

Einnahmen und Ausgaben der arbeitenden Classen.

Zwischen Erwerb und Bedarf der handarbeitenden Classen der Bevölkerung besteht seit langer Zeit vielfach ein Mißverhältniß. Wenn auch in den meisten Zweigen der Beschäftigung der Verdienst — wenn es daran nicht fehlt — im Allgemeinen zureichen mag, die Bedürfnisse des Lebens zu bestreiten, in manchen Fällen sogar etwas davon zurückzulegen, so ist es doch leider vielfach auch vorgekommen und kömmt noch tagtäglich vor, daß die Einnahmen von Handarbeitern der verschiedensten Classen nicht zureichen, die Bedürfnisse zu bestreiten, wie sie das Leben in der bescheidensten Weise stellt. Als Belege für das Gesagte theilen wir nachstehend eine Reihe von Daten über Einnahmen und Ausgaben der verschiedensten Arten von Handarbeitern in den einzelnen Ländern Europa's mit. Wir bedauern dabei nur, daß wir wegen Mangels deßfallsiger Angaben hin und wieder die neuere Zeit unberücksichtigt lassen mußten.

Für England hat eine im Jahre 1833 zur Untersuchung der Lage der handarbeitenden Classen niedergesetzte königliche Commission den Verdienst eines Feldarbeiters und seiner Familie — Frau und vier Kinder von 14, 11, 8 und 5 Jahren — zu 41 Pfund Sterling 17 Schilling 8 Pence per Jahr angegeben und davon auf den Mann 27 Pf. 17 Sch. 10 Pence, auf Frau und Kinder 13 Pf. 19 Sch. 10 Pence gerechnet. Obige Summe soll gerade zugereicht haben, um der Familie den unumgänglich nöthigen Unterhalt, wobei öfter Fleisch und Ale, woran der englische

Arbeiter gewöhnt ist, zu verschaffen. (Senior statement of the provision for the poor and of the condition of the labouring classes. London 1835. S. 206 u. 208.)

Diese Verhältnisse änderten sich einige Jahre später, namentlich in Folge der eingetretenen Handelscrisis und Stockung in den Gewerken; der Verdienst der ländlichen Taglöhner fiel von Jahr zu Jahr, bis zu 6 Schilling per Woche im Jahre 1844, und ihre Lage, namentlich die der Irländer, war die traurigste, die man sich denken kann. (Man sehe Engels a. a. O. S. 314 ff. S. 323, 324.) Später hob sich der Taglohn wieder bis zu 3 Schilling durchschnittlich per Tag, womit der Arbeiter um so eher bestehen konnte, als die Fruchtpreise herabgingen und damit das tägliche Brod wohlfeiler wurde. Im Jahre 1846 war der niedrigste Lohn solcher Arbeiter auf dem Lande, welche dauernd in Dienst waren, 14 Schilling, während vorübergehende Dienste mit 16 und 18 Schill. per Woche bezahlt wurden. (Hildebrand, Nationalöconomie S. 210.)

In den Gewerben waren in der Mitte der 1840er Jahre die Wochenlöhne der Gesellen

bei den	Schuhmachern	6	Thlr.	20	Sgr. bis	10	Thlr.	—	Sgr.
„ „	Schneidern	10	„	—	„ „	14	„	—	„
„ „	Schreinern	6	„	20	„ „	13	„	10	„
„ „	Maurern	6	„	—	„ „	10	„	—	„
„ „	Goldarbeitern	10	„	—	„ „	13	„	10	„

(Hildebrand a. a. O. S. 207.)

In dem Hauptgewerbe Englands, in der Baumwollen-Industrie, bezogen die Arbeiter nachstehende Wochenlöhne, denen zu besserer Würdigung ihres Werthes eine Reduction derselben in Lebensmittel beigefügt ist. Es betrug der Wochenlohn:

	Schll. Pen.	Weizenmehl Pfund	Kartoffeln Pfund	Fleisch Pfund	Butter Pfund
1) eines Feinspinners					
von 1810—1817 . .	33. $4\frac{1}{2}$	$111\frac{11}{13}$	$717\frac{2}{3}$	$54\frac{1}{4}$	$31\frac{3}{8}$
„ 1819—1825 . .	20. 8	$148\frac{1}{3}$	$1084\frac{1}{3}$	55	$32\frac{7}{8}$

	Sch. Pen.	Weizenmehl Pfund	Kartoffeln Pfund	Fleisch Pfund	Butter Pfund
2) eines Indiennedruckers					
von 1810—1817 . .	26.—	$86\frac{1}{4}$	$511\frac{1}{4}$	$44\frac{1}{2}$	$24\frac{1}{2}$
„ 1819—1825 . .	25. $6\frac{3}{4}$	$106\frac{1}{4}$	$997\frac{1}{4}$	$50\frac{3}{8}$	30
3) eines Bleichers und Ausrüsters					
von 1810—1817 . .	18. 6	$62\frac{1}{4}$	$389\frac{1}{4}$	30	$17\frac{1}{2}$
„ 1819—1825 . .	18. 9	90	708	$35\frac{3}{4}$	$21\frac{1}{2}$
4) eines Nanking-Handwebers					
von 1810—1817 . .	12.$10\frac{1}{2}$	$43\frac{3}{8}$	$379\frac{3}{4}$	$20\frac{11}{32}$	$14\frac{1}{2}$
„ 1819—1825 . .	8. $4\frac{1}{2}$	$43\frac{3}{8}$	$316\frac{1}{4}$	$16\frac{1}{8}$	$9\frac{7}{8}$
5) eines Calico-Handweb.					
von 1810—1817 . .	10. $7\frac{1}{4}$	$27\frac{1}{4}$	161	$12\frac{7}{8}$	$7\frac{1}{2}$
„ 1819—1825 . .	6. 4	34	$235\frac{3}{4}$	$13\frac{3}{8}$	$7\frac{1}{4}$

(Baine's Geschichte der Baumwollen-Manufactur, übersetzt von Bernoulli. S. 181.)

In der zweiten Periode hat sonach überall der Lohn der Arbeiter, in Geld angeschlagen, abgenommen, der Sachpreis des Lohnes aber bei den drei ersten zu- und bei den Handwebern im Allgemeinen abgenommen, so daß diese, die etwa $\frac{1}{4}$ Million Menschen ausmachten, der öffentlichen Unterstützung anheimfielen. Bessere Zeiten sind für die Handweber, welche mit Maschinen concurriren müssen, nicht gekommen, ihre Lage ist im Laufe der Zeit noch trostloser geworden, wenn auch in ihren Lohnverhältnissen von Zeit zu Zeit eine Besserung eintrat; sie gehören seit langer Zeit zu den ärmsten und unglücklichsten unter den Arbeitern. (Man vergleiche die Schilderung ihres Lebens bei Engels a. a. O. S. 174.)

Zur Zeit der Handelskrisis von 1842 und 1843 waren die Löhne in den Fabriken und im Bergbau sehr heruntergedrückt, später hoben sie sich wieder, und so fand Hildebrand (a. a. O. S. 210.) 1846 den niedrigsten Lohnsatz in den Baumwollen-Manufacturen und Kohlenbergwerken, wo er bei Einzelnen bis zu 10 Schilling per Woche herunterging, während die Meisten 14 bis 25 Schilling und mehr erhielten, so daß man den Wochenlohn mindestens zu 18 Schill. annehmen konnte. In den Eisenwerken und Maschinenfabriken wurden die niedrigsten Arbeiter mit 18 Schill. und viele mit 30—40 Schill. bezahlt.

Was die Dienstboten betrifft, so erhalten männliche (Kutscher, Bediente u. s. w.) 20—50 Pf. St. Lohn per Jahr nebst Wohnung und Beköstigung; weibliche jährlich 5—14 Pf. und wöchentlich 2—8 Schillinge.

In Frankreich haben sich die gegenwärtigen Verhältnisse der Handarbeiter gegen das vorige Jahrhundert außerordentlich verändert, sowohl was die Größe des Geldlohnes, als was Wohnung, Nahrung und Kleidung betrifft. (Man vergleiche den Gegensatz von jetzt gegen den Anfang des vorigen Jahrhunderts in der höchst interessanten Darstellung in den comptes rendus de l'Académie française vom Juli 1848, im Auszug in Dingler's polytech. Journal B. 110. S. 143 ff. Man sehe ferner über die Größe des gewöhnlichen Taglohns in Frankreich überhaupt vor 1789, 1832 und 1848, sowie über die Ausgaben einer Taglöhnerfamilie zu Nantes den Moniteur universel vom 31. August 1848. S. 2233.). Ch. Dupin (im I. Bande seiner forces productives de la France S. 165.) schätzt 1827 den Arbeitslohn eines Mannes im Norden von Frankreich auf 2 Fr. 26 Cent., im Süden auf 1 Fr. 89 Cent. per Tag. De Morogues dagegen gibt 1832 den Taglohn niedriger an und verzeichnet die einzelnen Posten der Einnahme und Ausgabe einer Arbeiterfamilie — Mann, Frau und 3 Kinder, oder 2 Kinder und 1 älterer Mann — in nachstehender Weise:

I. In einer größeren Stadt.

Einnahme.

1) Taglohn des Mannes zu 1½ Fr., in 300 Arbeitstagen .	450 Fr.
2) „ der Frau zu 90 Ct., in 200 Arbeitstagen . .	180 „
3) Tägl. Verdienst der Kinder ½ Fr., in 260 Arbeitstagen	130 „
Zusammen	760 „

Ausgabe.

1) Für Lebensunterhalt	570 Fr. 15 Ct.
2) „ Wohnung, Heizung und Beleuchtung . . .	130 „ — „
3) „ Kleidung	140 „ — „
4) „ sonstige Ausgaben	19 „ — „
Zusammen	859 „ 15 „

Wie angegeben ist die Einnahme, wenn es nicht an Arbeit fehlt, keine Krankheit u. s. w. vorkömmt. Aber auch dann schon muß sich der Arbeiter, um auszukommen, einschränken, und da er das an Nahrung und Wohnung nicht kann, so muß er an Kleidung, Mobiliar und Getränke zu sparen suchen, was ihm mit 100 Fr. sehr schwer fallen dürfte, so daß er nur zu leicht in Elend geräth und die Wohlthätigkeit in Anspruch nehmen muß.

II. Auf dem Lande.

Einnahme.

1) Taglohn des Mannes zu 1 Fr. 25 Ct., in 300 Arbeitstagen	375 Fr.
2) „ der Frau zu 75 Ct., in 200 Arbeitstagen . .	150 „
3) Tägl. Verdienst der Kinder zu 38 Ct., in 250 Arbeitstagen	95 „
Zusammen	620 „

Ausgabe.

1) Für Lebensunterhalt	421 Fr. 27 Ct.
2) „ Wohnung, Feuer und Licht	70 „ — „
3) „ Kleidung	100 „ — „
4) „ sonstige Ausgaben	18 „ 73 „
Zusammen	620 „ — „

Der Verdienst der Familie reicht daher, wenn nichts dazwischen kömmt, gerade aus, das Leben durchzuschlagen.

Zur Zeit der Handelskrisis im Jahre 1832 verdienten die Arbeiter in Metz und Nancy nicht über 75 Ct. per Tag. Ebenso schlimm war es in den Vogesen, in Ronen bei den Webern, in Lyon und Orleans, wo es für sehr viele Arbeiter an aller Beschäftigung fehlte, während sie sonst, in gewöhnlichen Zeiten, $1^1/_2$—2 Fr. in der Stadt und 1 Fr. 25 Ct. bis 1 Fr. 50 Ct. auf dem Lande verdienen. In den Landgegenden du Maine und der Bretagne übersteigt der Taglohn nicht leicht 90 Ct. bis 1 Fr., während er für Paris $2\frac{1}{2}$—3 Fr. und mehr beträgt, wenn anders die Geschäfte gut gehen. (De Morogues de la misère des ouvriers et de la marche à suivre pour y rémedier. Paris 1832. S. 49 ff.)

Im Jahre 1834 war der tägliche Verdienst in den Tuchfabriken von Elboeuf für einen Mann 35 Sous bis 2 Fr., eine Frau 25 Sous, ein Kind 15 Sous, in jenen von Abbeville für einen Mann 32 Sous, eine Frau 15—25 Sous, ein Kind 10—15 Sous, in Louviers für einen Mann 1 Fr. 60 Cent., eine Frau 1 Fr., ein Kind 70—80 Ct. Der Verdienst solcher Wollenweberfamilien reichte hin, ihre nothwendigen Ausgaben zu bestreiten.

Im Jahre 1833 war der Taglohn nach Senior a. a. O. S. 210 ff., de Gerando, de la bienfaisance publique in der ersten Abtheil. liv. 1. chap. 2. und Schmidt über Bevölkerung, Arbeitslohn und Pauperismus S. 312 ff.:

In Frankreich überhaupt

der Arbeiter auf dem Lande	sonstig. Taglöhner	der Handwerker	von Frauen	von Kindern	der Frau und 4 Kinder
70 Ct. bis 1 Fr.	70 Ct., je nach der Arbeit auf dem Lande oder in der Stadt.	1 Fr. 50 Ct. bis 3 Fr., je nach d. Arb. a. d. Lande oder in d. Stadt.	30—60 Ct. auf d. Lande, 50—90 Ct. in d. Stadt.	20 Ct. auf dem Lande, 25—60 Ct. in d. Gewerben.	1—$1\frac{1}{2}$ Fr. auf d. Lande, $1\frac{1}{2}$—3 Fr. in der Stadt.

Dabei ist die Nahrung sehr frugal, kein oder wenig Fleisch, gewöhnlich aber Wein für die Männer.

In der Gegend von Havre

2 Schillinge in der Stadt, auf dem Lande 1 Schill. 6 Den. im Sommer, 1 Schill. 2 Den. im Winter.		10 Den. mit Kost.	—	—

Die Familie kann bestehen. Ihre Nahrung besteht aus Brod, Vegetabilien und Aepfelwein; Fleisch selten oder nie.

Im Departement der unteren Loire mit vorherrschender Industrie

$7\frac{1}{2}$—10 Den. Jährl. 12 Pf. bis 12 Pf. 10 Sch., oder mit Kost 5—8 Pf. 6 Sch. 8 Denars.	1 Sch. $\frac{1}{2}$ Den. bis 1 Sch. 3 Den.	1 Schill. 8 Den. bis 2 Sch. 6 Den.	4—8 D. auf d. Lande, 6 bis 10 Den. in d. Gewerken.	unter 16 J. 3—6 Den. in Nantes, auf d. Lande weniger.	Jährl. in Nantes 15—16 Pfd. 13 Sch. 4 D., auf d. Lande bedeutend weniger.

Bei voller Arbeit und wenn Frau und Kinder jährlich 200 bis 300 Fr. verdienen, kann zuweilen etwas Fleisch und Speck gekauft werden und die Familie ohne Unterstützung des Wohlthätigkeits-Büreaus bestehen; aber es bleiben nur 70 Fr. für Kleider und kleine Bedürfnisse.

In der Bretagne mit Ackerbau und Industrie

der Arbeiter auf dem Lande	sonst. Taglöhner	der Handwerker	von Frauen	von Kindern	der Frau und 4 Kinder
10 D. im Sommer, 7 D. im Winter, jährlich 11 Pf.	—	15 Denar, jährlich 18 Pfund.	3—6 Den. beim Ackerbau, 5—7 b. den Gewerben.	2½ D. bei d. Gewerb., beim Landbau währ. d. Herbstes 2 Den., sonst sehr wenig.	Jährl. b. Ackerbau 8 Pf., bei den Gewerben 10 Pfund.

Der Landmann lebt von Buchweizen (Brei und Kuchen), Gerstenbrod, Kartoffeln, Kohl, wöchentlich ungefähr 6 Pfund Schweinefleisch, etwas Fett zur Kohlsuppe, welche mit Gerstenbrod genossen wird. Die feineren Handwerker können leben. Ihre Nahrung besteht aus Brod, wöchentlich etwa 5 Pfund Fleisch, Vegetabilien und Fischen, welche sehr wohlfeil sind.

In der Gegend von Bordeaux, wo Ackerbau und Industrie

1 Sch. 4½ D., jährl. 17 Pf. an Geld und 4 Pf. 12 Sch. an Naturalien.	—	1 Sch. 7½ Den. bis 2 Sch. 5 Den.	Wöchentl. 3 Sch. 4½ Den., im Herbst 4 Sch. 2½ D.; in den Weingegenden außer im Herbst 2 Sch. 10 Den.	Jährl. 12 Pfd.

In den Haidegegenden, ⅓ des Departement der Gironde, besteht die Nahrung in Roggenbrod, Hirsebrei, Maiskuchen, Vegetabilien und eingesalzenem Fleisch, selten oder nie kömmt frisches Fleisch vor. Man trinkt Wasser, welches vielfach sumpfig ist. In anderen Theilen des Departements ist die Nahrung verschieden.

In der Gegend von Bayonne mit vorherrschendem Ackerbau

1 Schill. auf dem Lande u. in der Stadt.	Im Durchschnitt 1 Sch. 3 D. bis 1 Sch. 6 Den.	—	—	—

Die Nahrung besteht in Vegetabilien, Kartoffeln, eingesalzenen Fischen, Speck, Schweinefleisch und hausbackenem Brod aus Mais.

In der Gegend von Marseille mit vorherrschender Industrie

der Arbeiter auf dem Lande	sonst. Taglöhner	der Handwerker	von Frauen	von Kindern	der Frau und 4 Kinder
15—18 Denars, jährlich 7—8 Pfd. mit Kost und Wohnung, ohne diese 16—20 Pfund.			7—9 Den. das ganze Jahr hindurch.	unter 11 J. nichts, von 11—16 Jah. ebenso viel wie d. Frau.	—

Der Gesammtverdienst der Familie reicht zum Unterhalt hin, welcher im Allgemeinen in Vegetabilien, Brod, Mehlbrei und einmal wöchentlich in Fleisch besteht.

Im **Departement des Oberrheins**, wo neben der Industrie auch Ackerbau betrieben wird, war etwa der wöchentliche Lohn

	1780	1843
der Taglöhner	4—6 Fr.	7 Fr. 20 Ct. bis 9 Fr. — Ct.
„ Zeugdrucker	6—8 „	13 „ 80 „ „ 16 „ 80 „
„ Graveure in Holz	10—12 „	18—24 Fr.

In diesen 60 Jahren ist sonach der Wochenverdienst auf das Doppelte gestiegen. 1780 kostete das Kilogramm Brod 25 Ct., das Kilogramm Fleisch 50 Ct., die Wohnung einer Familie jährlich 50 Fr. 1843 wurde das Kilogramm Brod zu 30 Ct., das Kilogramm Fleisch zu 1 Fr. verkauft, Wohnung und Feuerung sind theurer geworden, dagegen haben sich die Preise aller Kleidungsstücke sehr vermindert. Die Lage des Arbeiters hat sich sonach seit 1780 im Allgemeinen gebessert. (Statistique générale du Haut-Rhin für 1827. S .340. und **Penot**, recherches statistiques sur Mulhouse. S. 168.)

Was insbesondere von diesem Departement Mülhausen betrifft, so gibt **Penot** (a. a. O. S. 157.) an absolut nöthigen Ausgaben folgende an:

	für Nahrung täglich Fr.	C.	jährlich Fr.	C.	für Wohnung pr. Mon. Fr.	pr. Jahr Fr.	f. Kleidung jährlich Fr.	Zus. per Jahr Fr.
Bei einem Arbeiter .	—	60	219	—	7	84	70	373
Bei einer Frau . . .	—	45	164	25	7	84	60	308¼
Bei einer Familie von 5 Personen . . .	1	50	547	—	12	144	150	841¼

Schlägt man das Jahr zu 300 Arbeitstagen an, so muß zur Aufbringung obiger Jahresbeträge ein Arbeiter 1 Fr. 25 Ct., eine Frau etwas über 1 Fr., eine Familie 2 Fr. 80 Ct. mindestens täglich verdienen und keine Krankheit, sowie kein sonstiger Umstand diesen täglichen Verdienst schmälern, weil sonst die Wohlthätigkeit Anderer in Anspruch genommen werden müßte. Der Taglohn betrug aber damals (1843), je nach der Arbeit und Geschicklichkeit, in den Maschinenfabriken für einen Lehrling 60 Ct. bis 1 Fr. 25 Ct., für einen gewöhnlichen Arbeiter 1½ Fr. bis 1 Fr. 75 Ct., für einen Gießer, Schreiner u. s. w. 3 Fr., — in Baumwollen-Spinnereien 40—70 Ct. mindestens, 2 Fr. bis 3 Fr. 75 Ct. höchstens, — in Woll-Spinnereien 55 Ct. bis 1 Fr. mindestens, 3—5 Fr. höchstens, — in Flachsspinnereien für Knaben oder Mädchen von 12—16 Jahren 60 Ct. bis 1 Fr., für Erwachsene 1 Fr. bis 1 Fr. 10 Ct., — in Baumwoll-Webereien 75 Ct. bis 1 Fr. mindestens, 2½ Fr. bis 3 Fr. 40 Ct. höchstens, — in Indienne-Fabriken für ein Kind von 12—16 Jahren 75 Ct. bis 1 Fr., für einen gewöhnlichen Arbeiter 1 Fr. 20 Ct. bis 1½ Fr., für Druckerinnen 1 Fr. 30 Ct. bis 1 Fr. 80 Ct., für Drucker 2 Fr. 30 Ct., 2 Fr. 80 Ct. bis 3 Fr., für Graveurs 5—10 Fr., — in Bleichereien für einen gewöhnlichen Arbeiter 1 Fr., für geschicktere 3 Fr. 35 Ct. bis 4 Fr., — in Tuchfabriken für Kinder von 12—14 Jahren ½ Fr., für ältere Mädchen 90 Ct., für Weber 2 Fr. 25 Ct. (Interessante Details über die Nahrung der Fabrikarbeiter gibt Penot a. a. O. S. 155 und 156.)

Aehnliche Aufstellungen über die Arbeitslöhne in den Fabriken Mülhausens, sowie über die absolut nöthigen Ausgaben der Fabrikbevölkerung für 1835 und 1850 enthält die Tübinger Zeitschrift für Staatswissenschaft. Jahrg. 1851. S. 148 ff.

In einer anderen Fabrikstadt, Lille, mußte eine Arbeiterfamilie jährlich wenigstens 1051 Fr. verdienen, um leben zu können, und dabei durfte kein altersschwacher Verwandter mitzuernähren sein. Ein gewöhnlicher Fabrikarbeiter verdient dort aber nicht leicht mehr als 1 Fr. 75 Ct. per Tag, seine Frau 60 Ct. und die arbeitsfähigen Kinder 53 Ct., was zusammen 2 Fr. 88 Ct. macht. Bei 300 Arbeitstagen verdient sonach die Familie nur 864 Fr., also nicht einmal so viel, als zum Leben absolut erforderlich, und ist auf Unterstützung oder Noth und Entbehrung angewiesen. Für Erziehung und Unterricht der Kinder, für Krankheits- und sonstige unvorhergesehene Fälle fehlt es an aller und jeder Reserve. (De Villeneuve-Bargemont, Economie politique chretienne. B. I. S. 293.)

Wir theilen schließlich für die neuere Zeit und zur Vergleichung nach der Zeitschrift des sächsischen statistischen Büreau's 1857, S. 163 bis 165 einige Jahresbüdgets französischer Arbeiterfamilien aus dem Werke von Le Play: Les ouvriers européens, Paris 1855, mit, für deren Richtigkeit wir jedoch nicht einstehen möchten.

I. Einnahmen.

	Von unbeweglichem und beweglichem Eigenthum.	Von Subventionen [1]).	Lohn beim Hauptgewerbe.	Verdienst durch Nebenerwerbszweige.	Zusammen.
	Francs.	Francs.	Francs.	Francs.	Francs.
1. Landwirthschaftlicher Taglehner aus Armagnac	7,15	163,05	386,55	140,56	697,31
2. Desgl. aus Morrau (Nièvre) .	4,54	46,98	403,80	115,93	571,25
3. Desgl. aus Maine (Sarthe) .	1,34	28,18	537,35	31,48	598,35
4. Desgl. a. der unteren Bretagne	34,14	32,00	356,10	38,86	461,10
5. Landmann u. Erntearbeiter aus dem Soissonais.	117,52	46,45	536,30	276,84	977,11
6. Schmelzer der Eisenhütten aus Nivernois.	13,32	88,00	742,00	40,67	883,99
7. Bergmann aus der Auvergne .	63,47	25,00	554,03	75,86	718,36
8. Weber von Mamers	2,25	76,75	461,15	3,75	543,90
9. Lumpensammler aus Paris . .	0,11	174,30	795,28	—	969,69

1) Nämlich von Aehrenlesen, Futterschneiden in Straßengräben, durch Benutzung der Gemeindeweiden, Sammeln von Dünger auf den Wegen u. s. w.

II. Ausgaben.

	Nahrung.	Kleidung.	Wohnung.	Heizung und Beleuchtung.	Erziehung 2c.	Oeffentliche Sicherheit 2c.	Gesundheitspflege 2c.	Zusammen.
	Fres.	Fres.	Fres.	Fres.	Fres.	Fres.	Fres.	Fres.
1. Landwirthschaftl. Taglöhner aus Armagnac	484,06	108,92	41,28	39,30	5,50	2,25	16,00	697,31
2. Desgl. a. Morrau (Nièvre)	399,67	98,66	38,19	17,98	9,00	5,25	2,50	571,25
3. Desg. a. Maine (Sarthe)	444,10	80,40	31,25	28,10	9,50	—	5,00	598,35
4. Desgl. a. d. unteren Bretagne	248,81	45,00	55,25	10,00	5,50	0,50	—	365,06
5. Landmann u. Erntearbeiter aus dem Soissonais. . .	527,80	137,90	54,40	34,45	17,00	16,50	6,00	794,05
6. Schmelzer der Eisenhütten aus Nivernois	500,63	219,66	48,30	28,70	16,00	8,00	15,00	836,29
7. Bergmann aus der Auvergne	436,81	148,16	68,44	38,70	2,25	6,00	18,00	718,36
8. Weber von Mamers. . .	374,80	56,10	59,00	29,00	8,00	—	17,00	543,90
9. Lumpensammler aus Paris.	523,49	184,75	91,00	85,50	49,45	—	35,50	969,69

In **Belgien** war (nach Senior in dem angeführten statement etc. und nach Schmidt in seinen bereits citirten Untersuchungen 2c. S. 310 ff.) im Jahre 1833 der Taglohn:

Im Lande überhaupt

der Arbeiter auf dem Lande	sonst. Taglöhner	der Handwerker	von Frauen	von Kindern	der Frau und 4 Kinder
Für d. Sommer 4 Pf. 14 Schll. 6 Den., für den Winter 1 Pf. 19 Schill. 4½ D., sonach f. d. ganze Jahr 6 Pf. 13 Sch. 10½ Den. nebst Kost.	5 Sch. 8¾ D. p. Woche nebst Kost.	—	Im Sommer wöchenlich 3 Sch. 1½ D.	Unter 16 J. im Sommer wöchenlich 2 Sch. 9½ D.	—

Die Nahrungsmittel waren Brod, Milch und Kartoffeln.

In der Gegend von Ostende

der Arbeiter auf dem Lande	sonst. Taglöhner	der Handwerker	von Frauen	von Kindern	der Frau und 4 Kinder
Im Sommer 1 Sch., im Winter 10½ Den. Bei Verköstig. werden 5½ D. abgezogen.	—	Geschickte Arbeit. im Sommer 1 Sch. 2 D. bis 1 Sch. 5 Den., im Winter 10 Den. bis 1 Schill. 2 Den. Ungeschickte Arb. im Sommer 7 Den. bis 1 Sch., im Winter 5½ bis 8 Den.	Auf d. Lande im Sommer 8½ D., im Winter 7½ Denar ohne Kost, oder 4¼, resp. 3½ Denar mit Kost. In Städt. 10½ D. mit und 1 Sch. 5 D. ohne Kost.	Im Sommer 1½ Den. u. Kost, i. Winter nichts.	Per Jahr 6 Pf. 8 Schill. bis 7 Pf. 4 Sch., im Sommer auch Beköstigung.

In der Stadt kann die Familie, wenn der Vater nicht geschickt ist oder sich keine Fabriken daselbst befinden, nur Kartoffeln und Roggenbrod essen. Auf dem Lande kann sie sich dazu noch ein wenig Butter, einige Vegetabilien und zuweilen etwas Schweinefleisch verschaffen.

In der Landgemeinde Gaesbeek bei Brüssel

der Arbeiter auf dem Lande	sonst. Taglöhner	der Handwerker	von Frauen	von Kindern	der Frau und 4 Kinder
6 Denars, Bier u. zuweilen Kaffee mit Butterbrod. Nur zeitweise Beschäftigte erhalten 1 D. mehr.	—	—	Im Winter 5, im Sommer 6 Den. ohne Kost.	Wie die Frauen.	—

Die Nahrung besteht in Roggenbrod, Käse, Butter oder Fett, Speck, Vegetabilien, Kaffee und Dünnbier.

Graf Arrivabene stellt in seiner Broschüre sur la condition des laboureurs et des ouvriers belges. Bruxelles 1845. S. 64. bezüglich einer Taglöhnerfamilie aus dem eben erwähnten Gaesbeek von 6 Personen (Mann, Frau, einer Tochter von 18, 2 Söhnen von 17 und 13, sowie einem Kind von 6 Jahren) nachstehendes Jahres-Büdget auf:

I. Einnahmen.

1) Arbeitsverdienst	. . . .	350 Fr.
2) Erlös aus Feld- und Gartenerzeugnissen	. . .	290 „
	Zusammen	640 „

II. Ausgaben.

1) Brodfrucht	. . . .	295 Fr.
2) Kaffee, Salz, Seife 2c.	. . . .	31 „
3) Hausmiethe, Pacht von Garten und Feld	. .	80 „
4) Kleidung	. . . .	190 „
5) Holz und Steinkohlen	. . . .	70 „
6) Steuern	. . . .	32 „
	Zusammen	698 „

Wollte man etwa die geernteten Kartoffeln, Milch, ein halbes Schwein u. dgl. mit in Einnahme bringen, so müßten diese Gegenstände mit dem entsprechenden Betrage auch in Ausgabe erscheinen; immerhin übersteigen die nothwendigen Ausgaben die Einnahmen.

Ducpetiaux hat in Folge der Beschlüsse des statistischen Congresses zu Brüssel von 1853 zwei Jahre später ein höchst interessantes Werk veröffentlicht: Budgets économiques des classes ouvrières en Belgique, worin er Einnahmen und Ausgaben der Handarbeiter aus allen Theilen des Königreichs angibt und bis in's kleinste Detail specificirt. Ducpetiaux und, bei Mittheilung seiner Angaben, die Zeitschrift des sächsischen statistischen Büreau's, Jahrg. 1857. S. 167. unterscheiden hierbei zwischen 1) ganz unbemittelten und dürftigen Arbeiterfamilien, welche zum Theil durch öffentliche Wohlthätigkeit unterhalten werden müssen, und 2) wenig bemittelten Arbeiterfamilien, welchen keine öffentliche Unterstützung zufließt. Unter Zugrundlegung dieser Eintheilung geben Beide die durchschnittlichen jährlichen Einnahmen und Ausgaben einer belgischen Arbeiterfamilie folgendermaßen an:

I. Einnahmen.

	Arbeitslohn des Familienhauptes	Arbeitslohn der Mutter	Arbeitslohn der Kinder	Aus anderen Quellen.	Zusammen.
	Frcs.	Frcs.	Frcs.	Frcs.	Frcs.
Einer Familie unter 1)	316,79	61,31	117,94	68,93	564,97
" " " 2)	431,36	83,93	187,37	94,05	796,71

II. Ausgaben.

	Nahrung.	Kleidung.	Wohnung.	Heizung und Beleuchtung.	Geräthe ꝛc.	Erziehung ꝛc.	Oeffentliche Sicherheit ꝛc.	Gesundheitspflege ꝛc.	Pers. Dienstleistungen.	Zusammen.
	Fr.	Fr.	Fr.	Fr.	Fr.	Fr.	Fr.	Fr.	Fr.	Fr.
Einer Familie unter 1)	459,85	76,21	56,54	36,48	4,15	2,37	0,96	10,92	1,20	648,68
Einer Familie unter 2)	569,55	111,25	70,41	46,60	9,80	9,02	3,94	23,52	1,35	845,44

Die jährlichen Ausgaben einer Arbeiterfamilie der ersten Kategorie übersteigen sonach ihre jährlichen Einnahmen um 83 Fr. 71 Ct., während die Ausgaben einer Familie unter 2) um 48 Fr. 73 Ct. höher sind, als ihre Einnahmen.

Der Grund dieses Mißverhältnisses zwischen Einnahmen und Ausgaben liegt vorzugsweise in den zu niedrigen Arbeitslöhnen, die mit der Steigerung der Preise der Lebensmittel und aller sonstigen Bedürfnisse nicht gleichen Schritt gehalten haben, indem sie auch jetzt, obwohl der Arbeitslohn vielfach eine Erhöhung erfahren hat, immer nicht im Verhältnisse stehen zu den absoluten Anforderungen des Lebens. Das ist es, was auch im Gemeinderathe der Stadt Brüssel am 2. October 1854 mit folgenden Worten ausgesprochen worden ist: „In den größeren Industriezweigen richten sich die Arbeitslöhne nach Angebot und Nachfrage; sie setzen sich übrigens mit den Bedürfnissen in's Gleichgewicht, indem sie beständigen Schwankungen unterworfen sind. Anders verhält es sich beim Handwerk. Seit langer Zeit erhalten Maurer, Zimmerleute, Dachdecker, Tapezierer u. s. w. unverändert denselben Arbeitslohn, welcher unzureichend ist und sie nöthigt, die öffentliche Wohlthätigkeit in Anspruch zu nehmen. Sollten sich unsere Besorgnisse verwirklichen und das Leben des Arbeiters fortfahren theurer zu werden, so müßten wir wünschen, die Arbeitslöhne erhöht und mit den Preisen der Lebensmittel in Einklang zu sehen." Auf den Wunsch des Gemeinderathes setzte sich der Bürgermeister von Brüssel mit den verschiedenen Meistern der Baugewerbe: den Maurern, Zimmerleuten, Dachdeckern, Schreinern u. s. w. in's Benehmen und konnte schon zu Anfang des folgenden Jahres dem Gemeinderathe mittheilen, daß sich die Meister bereit erklärt hätten, die Arbeitslöhne, welche seit 1804 keine Veränderung erfahren, angemessen zu erhöhen. (Ducpetiaux, des subsistances, des salaires etc. im bulletin de la commission centrale de statistique. Bd. 6. 2. Thl. S. 521 u. 580 bis 585.)

Was Deutschland betrifft, so ist die Statistik daselbst lange nicht so ausgebildet, wie in England, Frankreich und Belgien, namentlich aber sind die vielfachen Verhältnisse des socialen Lebens bei uns noch so wenig gründlich untersucht und dargestellt worden, daß wir wegen Mangels an zuverlässigen detaillirten Angaben über die materiellen Zustände der handarbeitenden Volksclassen nur einzelne Staaten behandeln können und auch bezüglich dieser manches Unvollständige geben werden.

So sehen wir uns gleich für Oesterreich vergebens nach einer Reihe verläßiger Nachrichten über Verdienst und Lebensbedürfnisse der Handarbeiter um, und müssen uns auf nachstehende Mittheilungen beschränken.

Nach dem bereits erwähnten Werke von Le Play, (wozu zwar die Materialien mit großem Fleiße und scrupulöser Genauigkeit gesammelt worden, deren Richtigkeit wir aber doch dahingestellt sein lassen) und der gleichfalls angeführten Zeitschrift des sächsischen statistischen Bureau's 1857, S. 163—165 gestalten sich die Jahresbüdgets einzelner Arbeiterfamilien folgendermaßen:

I. Einnahmen:

	Von unbeweglichem und beweglichem Eigenthum.	Von Subventionen. (siehe oben.)	Arbeitslohn beim Hauptgewerbe.	Verdienst durch Nebenerwerbszweige.	Zusammen.
	Francs.	Francs.	Francs.	Francs.	Francs.
1. Eines Köhlers in den Kärnthner Alpen	—	417,86	6,02	—	423,88
2. Eines Bergmanns und Schmelzers in den Quecksilbergruben von Krain	0,60	163,40	363,78	31,00	558,78
3. Eines Schreinergesellen zu Wien	8,44	71,17	811,65	126,59	1017,85
4. Eines Bauern aus d. Theißgegend	203,29	110,73	454,82	410,14	1178,98

II. Ausgaben:

	Nahrung.	Kleidung.	Wohnung.	Heizung und Beleuchtung.	Geräthe ꝛc.	Erziehung ꝛc.	Oeffentliche Sicherheit ꝛc.	Gesundheitspflege ꝛc.	Zusammen.
	Frcs.	Frcs.	Frcs.	Frcs.	Frcs.	Frcs.	Frcs.	Frcs.	Frcs.
1. Eines Köhlers in d. Kärnthner Alpen .	319,56	55,05	6,62	4,55	—	—	0,50	37,60	423,88
2. Eines Bergmanns und Schmelzers in den Quecksilbergruben von Krain	348,45	76,75	29,50	32,97	—	8,36	—	62,75	558,78
3. Eines Schreinergesellen zu Wien	645,99	111,76	158,05	62,67	14,30	5,66	0,75	18,67	1017,85
4. Eines Bauern aus der Theißgegend .	769,08	154,14	68,01	63,11	—	13,46	103,06	3,12	1178,98

Nach vorstehender Uebersicht würden die angegebenen Arbeiterfamilien ihre Ausgaben genau in deu Gränzen ihrer Einuahmen halten und diese zur Bestreitung aller Bedürfnisse ausreichen.

Nach den Augaben in von Redens Zeitschrift des Vereins für deutsche Statistik, 2. Jahrgang S. 184 ff. verdient ein Seidenzeugmacher in einer Wiener Fabrik, welcher Frau und 3 Kinder hat, welche letztere noch nichts verdienen, im Durchschnitt täglich 50 kr., seine Frau, Seidenwinderin, im Durchschnitt täglich 24 kr. Die Familie nimmt sonach in einem Jahre von 297 Arbeitstagen 366 fl. 18 kr. ein. Damit bestreitet sie:

1.	Wohnung mit . . .	40	fl.	—	kr.
2.	Nahrung mit . . .	231	„	10	„
3.	Kleidung mit . . .	30	„	—	„
4.	Holz, Licht, Seife mit	27	„	13	„
5.	Schule mit	11	„	—	„
6.	Steuer mit	1	„	—	„
7.	Sonstige Ausgaben mit	3	„	—	„
	Zusammen . . .	343	fl.	23	kr.

Es würden von der Jahreseinnahme sonach noch 22 fl. 55 kr. übrig bleiben. Allein abgesehen davon, daß manche Ausgabeposten sehr niedrig angesetzt sind (das Mittagessen für 5 Personen z. B. figurirt mit 16 kr. täglich), ist nichts für Mobiliar, Geräthe u. s. w. gerechnet, und es darf nicht übersehen werden, daß viele Bedürfnisse, z. B. Holz, Licht, nur in kleinen Quantitäten angekauft werden können, was ihren Preis merklich vertheuert. Die gehoffte kleine Jahresersparniß wird daher mit dem Ende des Jahres verschwunden sein, sie wird sich wohl gar in ein Deficit verwandelt haben, wenn die Arbeit in der Fabrik im Laufe des Jahres vermindert worden, wenn sie einen Theil desselben ganz aufgehört, wenn Krankheit, Wochenbett der Frau, irgend ein Unfall den Verdienst des Mannes oder der Frau, worauf der ganze Haushalt berechnet ist, schmälern oder zeitweise ganz wegfallen lassen.

In Preußen hat das Königliche Landes-Oeconomie-Collegium s. Z. Nachrichten über die materiellen Zustände der ländlichen Arbeiterclassen einziehen lassen und die desfallsigen Ergebnisse sind in dem

Werke von Dr. von Lengerke: Die ländliche Arbeiterfrage veröffentlicht worden. Aus diesem höchst interessanten Werke, aus den Mittheilungen des statistischen Büreau's in Berlin, B. V. S. 270—327 und aus einer Abhandlung von Lette in den Verhandlungen des Wohlthätigkeitscongresses von 1857. B. II. S. 80 ff. geben wir nachstehende Mittheilungen über Verdienst und Lebensbedürfnisse der Arbeiter. Wir beginnen mit einer Zusammenstellung der wahrscheinlichen Mittelsätze des auskömmlichen Unterhaltsbedarfs einer ländlichen Arbeiterfamilie in den 8 Provinzen des Staates.

	Wohnung.			Erleuchtung und Feuerung.			Nahrung.			Kleidung.			Unterhaltung der Arbeitswerkzeuge.			Salz und Gewürz.			Abgaben.			Zusammen.		
	Thlr.	Sgr.	Pf.	Thlr.	Sgr.	Pf.	Thlr.	Sgr.	Pf.	Thlr.	Sgr.	Pf.	Thlr.	Sgr.	Pf.	Thlr.	Sgr.	Pf.	Thlr.	Sgr.	Pf.	Thlr.	Sgr.	Pf.
Preußen	7	—	—	6	23	—	49	2	—	17	16	—	2	23	—	3	23	—	2	15	—	89	17	—
Posen	8	—	—	8	—	—	30	22	—	15	—	—	3	—	—	3	17	—	2	15	—	70	24	—
Brandenburg . . .	7	24	—	5	22	6	59	13	6	21	12	9	4	—	—	1	27	3	5	3	—	105	12	—
Pommern	11	21	2	8	28	6	63	11	6	20	27	10	3	8	—	2	21	3	4	12	1	114	19	11
Schlesien	5	6	2	7	19	2	49	29	2	17	15	2	2	24	8	2	7	—	5	—	—	90	11	4
Sachsen	9	3	8	9	5	4	59	15	4	15	17	4	2	24	8	1	28	8	3	24	10	101	29	10
Westphalen	8	3	4	9	14	—	42	23	2	15	9	—	2	4	4	2	24	3	4	15	5	85	3	6
Rhein	12	5	6	14	5	11	73	6	10	21	6	6	4	20	8	2	28	11	4	20	9	133	5	1
Im Staate überhaupt	8	19	3	8	22	4	53	15	4	18	1	10	3	5	8	2	22	2	4	2	—	98	28	3

Was die Befriedigung dieser Bedürfnisse durch das Einkommen der Arbeiter betrifft, so muß man unterscheiden: 1. das s. g. Feldgesinde, welches ohne weiteren Grundbesitz einer Gutsherrschaft im Accord oder gegen Taglohn Dienste leistet, 2. die kleinen Bauern, welche von dem Ertrag ihres geringen Besitzthums nicht leben können, sondern auch noch für Andere arbeiten müssen, 3. die s. g. Einlieger, welche ohne allen Grundbesitz auf Höfen oder in Dörfern zur Miethe wohnen und lediglich vom Taglohn oder von Accordarbeit leben.

Die Lage der ersten, welche mehr den östlichen und mittleren Provinzen angehören, ist im Allgemeinen befriedigend; sie haben, wenn es nicht an Arbeit fehlt, was freilich von Zeit zu Zeit vorkömmt, ihr Auskommen und können ihre nothwendigsten Bedürfnisse bestreiten. In der Provinz Brandenburg ist eine solche bäuerliche Arbeiterfamilie ungünstiger gestellt als anderwärts, noch ungünstiger in Schlesien. Der Mann erhält durchschnittlich 5 Sgr., die Frau $2^1/_2$—3 Sgr. per Tag, halberwachsene Kinder weniger.

Die Lage der zweiten Classe ist je nach den Gegenden, wo die Arbeiter leben, nach ihrem Fleiß, ihrer Geschicklichkeit und nach der Größe ihres Besitzthums außerordentlich verschieden. Im Allgemeinen sind die Verhältnisse befriedigend und der Verdienst genügend zur Beschaffung des Nöthigen.

Dagegen ist die Lage der s. g. Einlieger eine entschieden mißliche, meistens dürftige. Ihr tägliches Einkommen ist an sich schon gering, hört aber häufig wegen mangelnder Arbeit, wie z. B. im Winter, ganz auf. Schlimm sieht es in dieser Beziehung in den Provinzen Preußen und Schlesien aus, wo der Verdienst gar häufig nicht zureicht zur Befriedigung der nothwendigsten Lebensbedürfnisse. Die Taglohnsätze betragen, je nach Verschiedenheit der Gegenden, der Nähe oder Entfernung von Städten, geringerem Bedürfniß oder Angebot von Arbeit u. s. w. 5—10 Sgr., im Sommer auch mehr, für Männer, 3—6 Sgr., in der Ernte sogar bis 7 Sgr., für Frauen, $1^1/_2$—3 Sgr. für Kinder von über 12 Jahren. Bei Accordarbeit zur Besorgung der Frucht- und Kartoffelernte, zur Ausführung von Bauten:

Chausseen, Eisenbahnen u. s. w., stehen sich die Leute, freilich nur vorübergehend, besser.

Die in der Landwirthschaft beschäftigten Dienstboten haben Wohnung und Beköstigung bei der Herrschaft, letztere am Schlechtesten in Schlesien und der Lausitz, am Besten in Westphalen. Hier erhält zugleich der Knecht jährlich 22—30 Thlr., die Magd 16—24 Thlr., ein Dienstjunge 12—16 Thlr.; in anderen Provinzen sind die Lohnsätze geringer.

Die Erwerbsverhältnisse der zahlreichen städtischen Arbeiter, der gewöhnlichen Taglöhner und anderer Hand-, namentlich Fabrikarbeiter, der Handwerksgesellen, Gehülfen und Lehrlinge, so wie der Dienstboten sind weniger nach den einzelnen Landestheilen, als nach den zu verrichtenden Arbeiten außerordentlich verschieden. Darnach und nach manchen anderen einwirkenden Umständen muß denn auch ihr Auskommen überhaupt beurtheilt werden.

In Berlin betrug 1857 der Jahreslohn der weiblichen Dienstboten im geringeren Satze 20 Thlr. und mehr., im mittleren 30—40, im höheren Satze bis 50 Thlr. neben einem Weihnachtsgeschenk und Beköstigung. Der Lohn gewöhnlicher Taglöhner war 12—15 Sgr., der Wochenverdienst stieg aber wohl auch auf 3½—4 und bei Accordarbeiten selbst auf 4—6 Thlr. Bei freier Beköstigung erhielten Näherinnen 5—6 Sgr., Schneiderinnen 15 Sgr. und mehr per Tag, Wäscherinnen bei vorzugsweise guter Kost 20 Sgr. Handwerksgesellen und Gehülfen fehlte es an angemessenem Verdienste nicht, der mittlere Lohn war für Gehülfen beim Bauhandwerk 22½—27½ Sgr. per Tag, in anderen Städten nicht viel darunter, bei besonders geschickter Arbeit und im Accord auch mehr. In Maschinen-Fabriken war der gewöhnliche Wochenlohn der Schlosser, Schmiede, Drechsler, Schreiner u. s. w. früher 3½, zuletzt 4—6 Thlr., in Webereien erhielten Kinder zwischen 14 und 16 Jahren und größere Mädchen wöchentlich 2½ Thlr.

Für Danzig gibt Senfor a. a. O. den Taglohn der Feldarbeiter im Sommer auf 4⅔—7 Den., im Winter auf 3½—4⅔ Den. an nebst freier oder sehr wohlfeiler Wohnung, Weide und etwas Heu für eine Kuh. Gewöhnliche Taglöhner erhalten im Sommer täglich auf dem Lande $8^1/_4$—$11^3/_4$ Den., in der Stadt $8^1/_2$—$10^1/_2$, im Winter dort $4^3/_4$—7, hier 7—12 Den.; der Jahreslohn beträgt auf dem Lande 8 Pf. 10 Sch. — 9 Pf., in der Stadt 10 Pf. — 10 Pf. 10 Sch. Eine Frau verdient täglich im Durchschnitt 3 Den., ein Kind nur 1 Den. Wenn die Eltern öconomisch und enthaltsam zu Werke gehen, so können sie sich mit ihren Kindern ihren Unterhalt erwerben.

In Breslau war in den vierziger Jahren der tägliche Lohn der gewöhnlichen Taglöhner 8 Sgr. im Sommer, 6 Sgr. im Winter, der von Frauen 4 und 5 Sgr. Die Fabrikarbeiter verdienten 1. in Cichorienfabriken täglich 9, 10—15 Sgt., 2. in Tabaksfabriken wöchentlich ein Arbeiter 2—$2^1/_3$ Thlr., eine Arbeiterin $1^1/_5$—$2^1/_5$ Thlr., ein Kind 15—20 Sgr., 3. in Papierfabriken ein Arbeiter wöchentlich $2^1/_6$—$2^1/_2$ Thlr., 4. in Kattunfabriken täglich ein Arbeiter 10 Sgr., eine Arbeiterin 5—6 Sgr., ein Streichkind $2^1/_2$—3 Sgr., ein Drucker per Woche $3^1/_2$—4 Thlr., Formstecher und Coloristen 5—10 Thlr. wöchentlich, 5. in Maschinenwerkstätten ein Arbeiter täglich 10—11 Sgr., ein Handwerker $3^1/_2$—4 Thlr. per Woche. Die Fabrikarbeiter überhaupt, namentlich die in Kattunfabriken, haben nicht fortwährend Beschäftigung, so daß, wenn der Taglohn 10 Sgr. beträgt, derselbe in der That sich auf 5 Sgr. reducirt, wenn sie, wie häufig, nur 3 Tage in der Woche beschäftigt sind.

Die Lohnsätze der Handwerksgesellen waren:

bei Bäckern wöchentlich bei Wohnung und Kost 25 Sgr.—$1^1/_2$ Thlr., nebst Brod- und Bratengeldern für bestellte Weißwaaren,

bei Schuhmachern für Accordarbeit wöchentlich 1 Thlr. 25 Sgr. — 2 Thlr. 15 Sgr.

bei Schneidern: 1. Damenschneidern 12 Sgr. 6 Pf. täglich, bei Accordarbeit wöchentlich 2 Thlr. 15 Sgr. 2. Herrenschneidern bei Accordarbeit wöchentlich 2 Thlr. 20 Sgr. — 3 Thlr.

bei Schreinern wöchentlich bei Wohnung und Verköstigung 1 Thlr. 10 Sgr.

bei Maurern täglich im Sommer 15 Sgr., im Herbst $12^1/_2$ Sgr., im Winter 11 Sgr. 3 Pf., bei Accordarbeit 3 Thlr. im Sommer,

1 Thlr. 25 Sgr. im Winter. Lehrlinge erhalten bei diesem Gewerbe im Sommer täglich 8—11 Sgr.

(Man vergleiche die äußerst gründlich und vortrefflich geschriebene Brochüre von Schneer: Ueber die Zustände der arbeitenden Classen in Breslau, besonders S. 20—42.)

In Oberschlesien war 1855 der Taglohn:

I. In den königlichen Gruben 1. im Gallmei-Revier für einen Häuer höchstens 11 Sgr., für einen Schlepper 7—8 Sgr., für einen Zieher 7 Sgr.

2. Im Kohlen-Revier höchstens für einen Häuer 16—18 Sgr., für einen Schlepper 13—14 Sgr., für einen Zieher 10—11 Sgr. Dazu kam damals noch eine Theuerungszulage von 2 Sgr. für den Häuer, $1^1/_2$ Sgr. für den Schlepper, 1 Sgr. für den Zieher.

Der fleißige Arbeiter konnte bei solchen Lohnverhältnissen und bei mäßigen Lebensansprüchen wohl ganz gut existiren, aber an Ersparnisse nicht denken.

II. In Privatgrubenwerken gewöhnlich für einen Häuer $7^1/_2$ Sgr., für einen Schlepper 6 Sgr., für einen Zieher 5 Sgr.

Diese Löhne stunden mit dem Preise der Nahrungsmittel im grellsten Mißverhältnisse und der Arbeiter verdiente oft nicht einmal so viel, um mit seiner Familie nothdürftig existiren zu können. Bei Auszahlung der Löhnung, welche alle 4 oder 5 Wochen geschieht, haben die Arbeiter meist schon so viel voraus erhalten, daß viele dabei ganz leer ausgehen, anderen nur $^1/_2$ oder 1 Thlr. verbleibt, womit dann 4 Wochen Haus gehalten werden soll. (Näheres in einer eingehenden Schilderung der Verhältnisse der dortigen Grubenarbeiter in den Mittheilungen des Centralvereins für das Wohl der arbeitenden Classen zu Berlin, neue Folge 5. Heft S. 453 ff. Berlin 1855.)

In Niederschlesien erhielten die Arbeiter an den Eisenbahnen Ende 1845 nur 6 Sgr. per Tag, also 1 Thlr. 6 Sgr. per Woche. Leute, welche auf den dortigen Chausseen Steine klopften, standen sich noch schlechter. Die Ausgaben einer armen Familie der dortigen Dörfer, welche aus Mann, Frau und 3 Kindern bestand, betrugen aber damals per Monat: 1. für Miethe (jährlich 8 Thlr.) 20 Sgr.,

2. für Schulgeld 5 Sgr. 4 Pf., 3. für Steuern 2 Sgr., 4. für Gemeindegelder 4 Pf., 5. für Straßenbaugelder 6 Pf., 6. für Brod (täglich eines zu $2^1/_2$ Sgr.) 2 Thlr. 15 Sgr., 7. Kartoffeln (wöchentlich 1 Viertel à 4 Sgr.) 16 Sgr., 8. Butter (wöchentlich 4 Quartierchen à 1 g. Gr.) 20 Sgr., 9. Mehl (wöchentlich 2 Metzen à 2 Sgr.) 16 Sgr., 10. Salz (wöchentlich für 1 Sgr.) 4 Sgr., 11. Mächsel in die Suppe (ebenso) 4 Sgr., 12. Seife (ebenso) 4 Sgr. Zusammen 5 Thlr. 17 Sgr. 2 Pf. Hierbei ist der Ausgaben für Heizung, Beleuchtung, Kleidung und manche andere nothwendige Gegenstände gar nicht gedacht. (Gesellschaftsspiegel. Elberfeld 1846. B. 2. Heft 7. in den Nachrichten und Notizen S. 3 u. 5., Heft 8. in den Nachrichten ꝛc. S. 19.)

In Eilenburg (Provinz Sachsen, Reg.-Bez. Merseburg) war 1847 für die zum Leben absolut nothwendigen Bedürfnisse einer niedrigst bezahlten Handarbeiter-Familie (Mann, Frau und 2 Kinder) per Woche nöthig:

1. Zu Brod und Mehl $^1/_2$ Berl. Scheffel Roggen 1 Thlr. 10 Sgr.
2. Für $^1/_2$ Pf. Butter, Schmalz oder dergleichen 2 Sgr.
3. Für Oel 1 Sgr. 6 Pf.
4. Für Salz 6 Pf.
5. Für Kaffee und Surrogate desselben (per Tag 1 Loth Kaffee à 3 Pf. und für Surrogate per Woche 6 Pf.) 2 Sgr. 3 Pf.
6. Für Milch (täglich 3 Pf.) 1 Sgr. 9 Pf.
7. Für Semmel (wenn ein kleines Kind vorhanden) oder einen entsprechenden Stoff, wie Gries, Grütze u. dgl. nebst etwas Zucker 3 Sgr.
8. Für Fleisch (wöchentlich 2 Mal, je $^1/_2$ Pfund) 3 Sgr.
9. Für Miethe (jährlich zu 10 Thlr. als Minimum gerechnet) 5 Sgr.
10. Für Bier im Sommer oder Branntwein im Winter 3 Sgr.
11. Für Zukost: Grütze, Graupen, Hirse ꝛc. 2 Sgr.

Zusammen also 2 Thlr. 4 Sgr.

Diesen Betrag von der wöchentlichen Einnahme der Familie in der Stadt (wobei der Taglohn des Mannes zu 8 Sgr. 9 Pf. und weiter angenommen ist, daß die Frau an 3 Tagen der Woche à 5 Sgr. Arbeit findet) mit 2 Thlr. 7 Sgr. 6 Pf. abgezogen, bleibt ein Ueberschuß von 3 Sgr. 6 Pf.

Bei diesen Angaben, welche dem Schriftchen von Dr. Bernhardi: Der Handarbeiterstand und sein Nothstand, Eilenburg 1847, entnommen sind, ist wohl zu berücksichtigen, daß unter den Ausgaben weder Kartoffeln, noch Kleidung, Wäsche, Schuhe, Feuerungsmaterial, eine Menge sonstiger häuslicher Bedürfnisse, Schulgeld, Steuern, Communalabgaben figuriren und daß bei der Einnahme die Fest- und unwillkürlichen Feiertage nicht in Anschlag gebracht worden sind. Unter Berücksichtigung dieser Umstände wird wenigstens von einem Ueberschusse keine Rede sein können, also auch nicht von einem s. g. Nothpfennige, da sich die ganze Casse überhaupt nur aus Nothpfennigen recrutirt.

Aus der Rheinprovinz gibt Le Play, a. a. O. die beiden folgenden Büdgets von Arbeiterfamilien:

I. Einnahmen:

	Von unbeweglichem und beweglichem Eigenthum.	Von Subventionen.	Lohn im Hauptgewerbe.	Verdienst in Nebenerwerbszweigen.	Zusammen.
	Frcs.	Frcs.	Frcs.	Frcs	Frcs.
1. Eines Webers	6,85	58,51	420,90	100,92	587,18
2. Eines Schmelzers in einem Eisenwerk auf dem Hundsrück	129,21	56,42	924,72	238,45	1348,80

II. Ausgaben:

	Nahrung.	Kleidung.	Wohnung.	Heizung und Beleuchtung.	Erziehung 2c.	Oeffentliche Sicherheit 2c.	Gesundheitspflege 2c.	Zusammen.
	Frcs.	Frcs.	Frcs.	Frcs.	Frcs.	Frcs.	Frcs.	Frcs.
1. Eines Webers .	406,22	91,81	51,06	24,09	9,00	—	5,00	587,18
2. Eines Schmelzers in einem Eisenw. auf d. Hundsrück	662,01	282,31	66,95	88,05	5,62	83,67	17,50	1206,11

Am Niederrhein und zwar auf dem rechten Ufer verdiente im Herbst 1845 der Taglöhner 7—8 Sgr. per Tag, der Fabrikarbeiter 8, 10—15 Sgr. Da der Letzte aber nicht ständig Arbeit hat, so können wir den durchschnittlichen Taglohn nur zu 10 Sgr. annehmen, was für 300 Arbeitstage 100 Thlr. gibt. Dazu an außergewöhnlichen Einnahmen 20 Thlr., erhalten wir an Gesammteinnahme 120 Thlr. Die allernöthigsten Ausgaben einer Arbeiterfamilie waren aber:

1) Brod (7 Pfund zu 6 Sgr. täglich) 73 Thlr., 2) Kartoffeln (8 Pfd. täglich, zu 1 Thlr. der Scheffel) 26 Thlr. 18 Sgr., 3) Salz (1/4 Pfd. täglich, zu 1 Sgr. das Pfd.), Essig, Weißbrod 2c. für kleine Kinder, Kaffee, Cichorien, Tabak 10 Thlr., 4) Oel zur Lampe und zum Kochen (1/8 Quart. täglich, zu 9 Sgr. per Quart) 13 Thlr. 15 Sgr., 5) Wohnung 10 Thlr., 6) Brennmaterialien (3/4 Scheffel Steinkohlengeries wöchentlich, zu 9 Sgr. per Scheffel), Holz zum Anbrennen ungerechnet, 11 Thlr. 21 Sgr., 7) Kleidung, einschließlich Schuhe (ungefähr 10 Paar) und Leinwand 16 Thlr., 8) Steuern 1 Thlr., 9) Schulgeld 2 Thlr. Gesammtsumme der Ausgaben 163 Thlr. 24 Sgr. Verglichen mit der Einnahme ergibt sich ein Ausfall von 43 Thlr. 24 Sgr. Dabei ist nicht zu übersehen, daß nicht im Entferntesten Fleisch, Speck, Mehl, Gemüse, Bier in die Berechnung aufgenommen worden und fast nichts für außergewöhnliche Ausgaben bei Krankheiten, Kindtaufen, Beerdigungen u. s. w. — die doch vorkommen und immer etwas kosten — vorgesehen ist. (Kölnische Ztg. Nr. 328. vom 24. Nov. 1845. Beilage.)

Was Bayern betrifft, so entnehmen wir von Reden's Zeitschrift des Vereins für deutsche Statistik, Jahrgang 1847, S. 912 f. bezüglich Niederbayerns einige hierher gehörige Zahlenangaben. Damals war auf dem Lande der Lohn eines Hirtenknaben nebst Kost und Wohnung 8—10 fl. per Jahr, einer Magd, eines Knechtes (ebenfalls mit Wohnung und Beköstigung) 18—36 fl., resp. 24—60 fl., eines Taglöhners 21 bis 24 kr. per Tag ohne und 15 bis 21 kr. mit Kost. In Städten und Marktflecken war bei Kost und Wohnung der Jahreslohn einer Magd 12—40 fl., eines Kutschers oder Bedienten 40 bis 60 fl.; der Taglöhner erhielt per Tag 18—24 kr. mit, 24—30 kr. ohne Kost. Die Gesellen hatten in allen Gewerben bei den Meistern Kost und Wohnung und bezogen nach gewissen Gewerbs-Kategorieen verschiedenerlei Wochenlöhne. Die niedrigsten waren bei den Schneidern,

Schuhmachern, Leinwebern, Bäckern und Schreinern, 48 kr. bis 1 fl. 45 kr., während in der zweiten Kategorie, bei Metzgern, Glasern, Müllern und Tünchern 1—2 fl. gezahlt wurden.

Die unumgänglich nothwendigsten jährlichen Lebensbedürfnisse einer Arbeiterfamilie waren: Wohnung 25 fl., Holz (nur 3 Klafter) 20 fl., Getreide (3 Scheffel Korn à 12 fl.) 36 fl., Kartoffeln und andere Nahrungsmittel 28 fl., Salz 2 fl., Kleidung 20 fl., Licht und Seife 4 fl., Steuern 1 fl., zusammen 136 fl. Rechnet man auf das Jahr 260 Arbeitstage, so beträgt der jährliche Verdienst des Taglöhners, zu 30 kr. per Tag, 130 fl., zu 24 kr. nur 104 fl. Darnach können sich die Taglöhner in Städten und Märkten ihre nothwendigsten Bedürfnisse nicht verdienen, noch weniger die Taglöhner auf dem Lande.

Im Landcommissariat Frankenthal in der Pfalz ist der Taglohn in manchen Ortschaften 20—22, in anderen 24—26, wieder in anderen 30 kr. und darüber; durchschnittlich im Bergland über 26, im Hügelland 25, in der Ebene 25$^1/_2$ kr. Die Frau erhält stets 4—6 kr. weniger als der Mann. Nimmt man 300 Arbeitstage, so ist der jährliche Arbeitsverdienst eines Mannes 128 fl., einer Frau circa 40 bis 45 fl., beider zusammen 168—173 fl. Damit allein kann das Paar, besonders wenn Kinder dazu kommen, nur spärlich leben. Müssen die Lebensmittel alle gekauft werden, so bleibt nach Bestreitung der Wohnung, Beleuchtung, Feuerung, Kleidung und Geräthschaften nichts übrig. Besser gestalten sich die Verhältnisse, wenn Ziegen oder eine Kuh gehalten werden; in der Regel gut, wenn auf eigenen oder um mäßigen Preis gepachteten Aeckern der Nahrungsbedarf selbst erzeugt wird. Neben dem Lohn wird mitunter noch Getränke gereicht, auch wohl Brod mit Käse. Wird volle Kost gegeben, so nennt man dies den großen Taglohn, obgleich natürlich weniger baares Geld gezahlt wird; letzteres beträgt 12, 14, 16 kr. für den Mann, 10 kr. für die Frau. Am Besten unter den Arbeitern wird der Weinbergsmann und der Waldarbeiter bezahlt. Der Lohn eines Knechtes ist jährlich gegen 50 fl., mit Trinkgeldern sowie Accidentien (Hemden, Stiefel rc.) 60 fl. Bei größeren Bauern und Gutsbesitzern bekömmt durchschnittlich der Ochsenknecht 60 fl., der Pferdeknecht 70 fl., der Schweizer und

Branntweinbrenner 80—90 fl., mitunter 100 fl. Die Magd erhält 25—40 fl. jährlich. Wochenweise gedungen erhält das Gesinde 1 fl. 24 kr. bis 1 fl. 45 kr. Die demselben zu verabreichende Kost läßt sich durchschnittlich zu 18—20 kr. annehmen. (Ausführlicher bespricht alle diese Verhältnisse Rau in seinen vortrefflichen Studien über süddeutsche Landwirthschaft, S. 109 f., welchen Obiges entlehnt ist.)

In Sachsen wurden 1849 für die Verhandlungen der damals bestellten Commission zur Erörterung der Gewerbs- und Arbeitsverhältnisse sorgfältige Erhebungen über den Stand des Arbeitsverdienstes gemacht. Nach diesen verdiente (ohne Kost und Logis, oder dieses zu Geld angeschlagen) wöchentlich der Geselle

	in den großen Städten Thlr.	in den mittleren u. kleinen Städten Thlr.
eines Bäckers	1¾	1½
„ Böttchers (Küfers)	2	1⅔
„ Buchbinders	2—2½	1⅔
„ Drechslers	2	1⅔
„ Fleischers	1¾	1½
„ Hutmachers	2½	2
„ Gerbers	2½	2
„ Klempners (Spenglers)	2½—3	2
„ Sattlers	2¼—3	2
„ Stellmachers (Wagners)	2—2½	1½—2
„ Schmiedes oder Schlossers	2¾—3½	1½—2
„ Schneiders	1½—3½	1½
„ Schuhmachers	2—3½	1½—2
„ Tischlers (Schreiners)	2½—3	1½—2
„ Maurers oder Zimmermanns	3	2—2½

In Dresden ist durch obrigkeitliche Taxe der Lohnsatz für Hand- oder Tagearbeit auf Einen Tag im Sommer zu 8 Ngr., im Winter zu 7 Ngr. normirt. Dabei berechnet sich der ganze Erwerb im Jahre, nach Abzug der Sonn- und Festtage und wenn der Taglöhner fortwährend beschäftigt ist, — was nicht der Fall — auf 70—75 Thlr. Den Erwerb der Frau eines solchen Taglöhners, die vielfach verhindert ist, für Lohn zu arbeiten, auch nicht immer Beschäftigung findet, wird man in der Regel wohl nicht über 20—25 Thlr. schätzen können, so daß im Ganzen, auch unter günstigen Umständen, für die Familie kaum 100 Thlr. zusammenkommen. Ein Handarbeiter wird aber mit Frau und Kindern in Dresden jährlich 120—150 Thr. bedürfen, wenn er mit den Seinigen menschlich existiren und nicht bei jedem Ungemach, in Krankheitsfällen u. s. w. der privaten oder öffentlichen Wohlthätigkeit anheimfallen soll. (Hansen, über öffentliche Arbeitsnachweisungsanstalten, S. 25 und 26.) Sowie das Jahreseinkommen des Handarbeiters hiernach nicht ausreichend ist, so müssen nach den obigen wöchentlichen Verdiensten der Gesellen auch diese vielfach unzureichend sein.

Aus Sachsen-Gotha gibt Arzberger in seinen „Actenstücken, die Reform des Gewerbewesens betreffend," nachstehende Skizze von dem jährlichen Verdienst und Lebensbedarf einer Handarbeiterfamilie:

1) Für den Mann zur Nahrung 60 Thlr., zu Kleidung und Wäsche 10 Thlr., Wohnung 10 Thlr., Brennmaterial zum Erwärmen und Kochen 5 Thlr., Erhaltung und Ergänzung des Werkzeugs, Krankheit und zeitweilige Arbeitslosigkeit, Taufen, Begräbnisse, Steuern, Abgaben u. s. w. 8 Thlr., Vergnügen, Schulbedürfnisse 3 Thlr., zusammen 96 Thaler.

2) Für die Frau bestehen beiläufig dieselben Bedürfnisse; da sie aber durchschnittlich nur die Hälfte verdienen kann, so muß der Mann für die Frau jährlich circa 45 Thaler erarbeiten.

3) Für die Kinder, einen alten Vater oder eine alte Mutter, zusammen veranschlagt zu 3 Köpfen, sind — unterstellt, die Person könne in Nahrung, Kleidung u. s. w. täglich mit 1½ Sgr. erhalten werden — jährlich mindestens 40 Thlr. erforderlich. Der Handarbeiter muß daher für sich und seine Familie jährlich etwa 180 Thlr. aufbringen. Dazu bedarf er eines täglichen Arbeitsverdienstes von einem halben Thaler, während er sich nicht selten glücklich schätzt, ein festes tägliches Einkommen von nur einem Viertelthaler zu erringen. Bei diesem Etat, der vielleicht im Einzelnen zu hoch oder zu niedrig gegriffen sein mag, ist jedenfalls in Aussicht genommen, daß die Kinder

Freischulen besuchen und durch Holz- und Aehrenlesen, Kartoffelstoppeln rc. zu ihrer Subsistenz beitragen.

In einer städtischen Handwerkerfamilie, welche nicht zu den dürftigen gehört, sich aber durch strenge Eintheilung ihres Einkommens empfiehlt und aus 6 Personen besteht, erhält die Frau wöchentlich 2¼ Thlr. Haushaltungsgeld, was für das Jahr 117 Thlr., für den Tag ohngefähr 9½ Sgr. ausmacht. Davon muß die Beköstigung (außer Brod) und Bekleidung der Familie (mit Ausnahme des Mannes und der Schuhe für Alle) bestritten werden, so daß von jenen 2¼ Thlr. für Beköstigung schwerlich mehr als 7 Sgr. täglich gerechnet werden können. Eine derartige Haushaltung wird in den 50 Procenten der Bevölkerung geführt, welche im glücklichen Falle 200 Thlr. jährliches Einkommen haben. Es wird dabei behauptet, daß in einer Mittelstadt der dortigen Gegend nur ⅕ der Handwerker ein Jahreseinkommen von 250 Thlrn. und darüber habe, ⅖ sich glücklich schätzten, auf 15 Sgr. täglich zu kommen, ⅕ es auf höchstens 12½ Sgr. bringe und der Rest auch diesen Lohn nicht erreiche oder gar zu den Almosenempfängern zu rechnen sei. Einem Schneidermeister, der ohne Geselle und Lehrling allein fleißig arbeitet, bleiben keinen Falls mehr als 15 Sgr. täglich übrig und sein Jahreseinkommen wird 180 Thlr. nicht überschreiten, während der tägliche Verdienst eines Schneiders, der mit 2 Gesellen arbeitet, sich auf 22½ Sgr. und sein Jahreseinkommen sich auf beiläufig 275 Thlr. belaufen dürfte, wenn beide Meister das ganze Jahr Beschäftigung hätten, was nicht der Fall ist. Für Arbeitslosigkeit von 2 Monaten im Jahr müssen daher dem ersten 30 Thlr., dem letzten 45 Thlr. in Abzug gebracht werden, so daß für's Jahr nur 150, resp. 230 Thlr. bleiben. (Specieller, genau in die einzelnen Details eingehend behandelt alle diese Verhältnisse Döll in der preisgekrönten Schrift: Die gewerbliche Association, Gotha 1856, S. 14—19, welchem Werke obige Angaben entnommen sind.) Aus Vorstehendem ergibt sich, daß ein Schneidermeister bei einem Jahreseinkommen von 150 Thlrn. noch nicht einmal so leben kann, wie nach dem Obigen die Familie eines Handarbeiters. Dasselbe wird aber auch von einem Schneidermeister mit 230 Thlr. jährlicher Einnahme gelten, wenn man bedenkt, daß seine Mehreinnahme von 80 Thlrn. schon durch die Beköstigung und Beherbergung der 2 Gesellen, welche er hält, mehr als absorbirt wird.

Bezüglich Holsteins, insbesondere Altona's, gibt Flor in v. Reden's bereits erwähnter Zeitschrift, Jahrgang 1847, S. 900 ff. über die Arbeitslöhne der verschiedenen Classen der handarbeitenden Bevölkerung: Taglöhner, Dienstboten, Gesellen, Gehülfen u. s. w. sehr ausführliche, bis in's kleinste Detail gehende, genaue Nachrichten. Wegen der Umfänglichkeit des desfallsigen Materials müssen wir auf die Originalarbeit selbst verweisen und beschränken uns auf die Mittheilung des uns vorzugsweise Interessirenden: der Einnahmen und Ausgaben einer Arbeiterfamilie von 5 Personen.

I. Einnahmen.

Angenommen, der Verdienst des Mannes betrage 12 Sgr. pro Tag, so beträgt dies für 203 Arbeitstage 81 Thlr. 6 Sgr., und weiter für 102 Arbeitstage zu 6 Sgr. 20 Thlr. 12 Sgr. Die Frau kann an 3 Tagen wöchentlich außer Hause arbeiten, dies macht außer Kost pro Tag 6 Sgr. = 31 Thlr. 6 Sgr. 2 Kinder arbeiten in einer Tabaks- oder Wollgarnfabrik und verdienen im Ganzen wöchentlich 1 Thlr. = 52 Thlr. Gesammteinnahme 184 Thlr. 24 Sgr.

II. Ausgaben.

	Thlr.	S.
1) Für Nahrung 12½ Sgr. täglich oder für's Jahr	150 Thlr.	24 S.
2) Für Feuerung und Beleuchtung	8 „	15 „
3) Für Reinigen der Wäsche, Instandhaltung der Hausgeräthe, Schornsteinfeger-, Nachtwächtergeld, Beitrag zur Kranken- und Sterbecasse .	4 „	15 „
4) Bekleidung, Bettzeug, niedrig angesetzt . . .	16 „	17¼
5) Wohnung, zu dem allerniedrigsten Preise berechnet	14 „	— „
6) Abgaben: Kopf-, Stadtsteuer, Wacht-, Kirchen-, Schulgeld	7 „	— „
Gesammtausgabe	201 Thlr.	11¼ S.

Darnach übersteigt die Ausgabe den jährlichen Verdienst um 16 Thlr. 17¼ Sgr. Dabei ist die Einnahme auf den günstigsten Fall berechnet, daß der Mann für das ganze Jahr Beschäftigung hat. Da aber nicht selten Mangel an Arbeit entsteht oder Krankheiten eintreten, welche ein Verdienen unmöglich machen und wo die Unterstützung aus der Krankencasse nicht ausreicht, so ist die Familie in solchen Fällen gezwungen, die Privatwohlthätigkeit oder die Hülfe der Armencasse in Anspruch zu nehmen.

In Betreff des Herzogthums Lauenburg beschränken wir uns darauf, auf einen Aufsatz in v. Reden's angegebener Zeitschrift, Jahrgang 1847, S. 658 und 659 zu verweisen. Es finden sich dort mancherlei Angaben über die Taglöhne für landwirthschaftliche und andere Arbeiten, sowie über die Ausgaben der Arbeiter. Diese Angaben sind aber nicht mit derjenigen Vollständigkeit, Sorgfalt und Genauigkeit gemacht, welche der uns beschäftigende Gegenstand erheischt, weshalb wir für den vorliegenden Zweck davon absehen.

Um so gründlicher und umfassender sind die Mittheilungen, welche v. Reden in seiner Zeitschrift, Jahrgang 1847, S. 1038—1046, über die materiellen Zustände der handarbeitenden Volksclassen in den freien Städten Hamburg, Bremen, Lübeck und Frankfurt a. M. macht. Bezüglich der außerordentlich verschiedenen Arbeitslöhne, der jährlichen Einnahmen und Ausgaben, namentlich bezüglich der Einzelnheiten des Lebensbedarfs der Arbeiterfamilien verweisen wir auf jene gediegene Abhandlung selbst, die in diesem Betreff für gegenwärtige Arbeit zu ausgedehnt ist. Wir resümiren die desfallsigen Detail-Angaben aber dahin, daß

1) die durchschnittliche Jahreseinnahme einer Handarbeiterfamilie geringster Classe, unter Voraussetzung unausgesetzter Beschäftigung sowie des Mitarbeitens der Frau oder eines anderen Gliedes der Familie, in Hamburg zu 160 Thlr., in Bremen zu 155 Thlr., in Lübeck zu 140 Thlr. und in Frankfurt zu 185 Thlr. angenommen werden kann;

2) die durchschnittliche Jahresausgabe bei mittleren Preisen beträgt:

	in Hamburg.		in Bremen.		in Lübeck.		in Frankfurt.	
	Thlr.	Sgr.	Thlr.	Sgr.	Thlr.	Sgr.	Thlr.	Sgr.
1) Für Brod und Kartoffeln	75	—	69	—	54	—	78	—
2) Für sonstige Gegenstände der Ernährung	37	15	34	15	27	—	39	—
3) Für Miethzins	30	—	20	—	10	—	36	—
4) Für Feuerung und Beleuchtung 7—9 Thlr. 15 Sgr.								
5) Für Bekleidung von 15 bis 20 Thaler.								
6) Für Ausgaben an Staat, Kirche, Schule, Gemeinde .	—	—	1	14	8	23	3	14
7) Für verschiedene kleine Bedürfnisse: Instandhaltung des Mobiliars, Waschen, Schornsteinfegergeld, Kranken- und Sterbecasse u. s. w.	3	15	3	15	3	15	3	15
Zusammen	168	—	150	14	125	8	181	29
bis	175	15	157	29	132	23	189	14

Die Einnahmen werden sonach durch die absolut nöthigen Ausgaben überschritten oder stehen sich ihnen so ziemlich gleich und dabei wird auf unausgesetzte Beschäftigung des Mannes und fortlaufenden Mitverdienst der Frau gerechnet, während das Eine und das Andere nur zu oft wegen Geschäftsstockungen, Krankheit des Mannes oder der Frau, Wochenbett, Sorge für die Kinder u. dgl. wegfällt.

Was Kurhessen betrifft, so verdiente im Kreise Marburg 1847 ein Taglöhner auf dem Lande durchschnittlich 6—7 Sgr. den Tag oder 60—70 Thlr. das Jahr, ein städtischer Tagarbeiter mit seiner Frau im Durchschnitt 90 Thlr., ein Zimmermann täglich 8 Sgr. oder jährlich 80 Thlr., ein Maurer im Sommer 1 Thlr. 24 Sgr., im Winter höchstens 1 Thlr. 17 Sgr. die Woche, also jährlich 75—90 Thlr., ein Leinenweber wöchentlich 1 Thlr. 27 Sgr. oder jährlich 97 Thlr., ein Schuhmacher- oder Schneidermeister durchschnittlich 100 Thlr. Schlägt man so den Jahresverdienst der zahlreichen unbemittelten Handwerksmeister an, so wird man eher zu hoch, als zu niedrig greifen, zumal da die meisten oft Tage und Wochen lang arbeitslos sind und das Jahr nur zu 300 Arbeitstagen angenommen werden kann. Von diesen 100 Thlrn. kommen durchschnittlich 12 Thlr. auf Wohnung, 10 Thlr. auf Holz und Licht, 65 Thlr. auf Nahrung, 13 Thlr. auf Kleidung,

Wäsche und alle übrigen Bedürfnisse. Auf die tägliche Kost der Familie werden daher durchschnittlich $5^1/_3$ Sgr. oder im günstigsten Falle — wenn keine Kinder zu ernähren sind — für die Person 2 Sgr. 8 Pf. verwendet. Hieraus kann man auf die Art der Nahrung schließen. Die tägliche Kost solcher Handwerkerfamilien besteht meist in Brod, Fett, Kaffee und Kartoffeln, nur zu guten Zeiten sind sie im Stande, an 2 bis 3 Wochentagen $^1/_4$ Pfund Fleisch für 2 Personen zum Mittagsmahle zu verwenden. Besitzen sie Kinder, so ist an Fleischnahrung nur selten zu denken, und in theuren Zeiten, wie im Winter 1846/47, erreicht die Noth eine kaum zu glaubende Höhe. (Hildebrand's Nationalöconomie, S. 180—183.)

Der Lohn städtischer Tagearbeiter war im Durchschnitt der Jahre 1841—1847

	für männl. Taglöhner	für weibl. Taglöhner
in der Provinz Niederhessen . .	$8^{10}/_{12}$ Sgr. . . .	$5^6/_{12}$ Sgr.
„ „ „ Oberhessen . .	$8^1/_2$ „ . . .	6 „
„ „ „ Fulda . . .	8 „ . . .	$5^1/_2$ „
„ „ „ Hanau . . .	$9^7/_{12}$ „ . . .	$7^1/_2$ „
im Kurfürstenthum	$8^7/_{12}$ „ . . .	6 „

Nach den letzten Angaben betrug sonach der Jahreslohn männlicher Taglöhner 88 Thlr. 23 Sgr., der von Taglöhnerinnen 61 Thlr. $28^7/_{12}$ Sgr.

Auf dem Lande war, ebenfalls nach jenem Durchschnitt, der Lohn gemeiner Tagearbeit

	für männl. Taglöhner	für weibl. Taglöhner
in der Provinz Niederhessen.	6 Sgr. 7 Pf. . .	5 Sgr. — Pf.
„ „ „ Oberhessen .	7 „ 3 „ . .	5 „ 7 „
„ „ „ Fulda . .	6 „ 8 „ . .	5 „ 5 „
„ „ „ Hanau . .	8 „ 1 „ . .	5 „ 9 „
im Kurfürstenthum	6 „ 10 „ . .	5 „ 5 „

In der Unterstellung, daß die Arbeiter auf dem Lande das ganze Jahr hindurch beschäftigt sind, wäre nach den letzten Angaben der Jahreslohn von männlichen Taglöhnern 69 Thlr. 23 Sgr. 5 Pf., von weiblichen 55 Thlr. 9 Sgr. 7 Pf. Der Lohn der Knechte und Mägde auf dem Lande besteht theils in Geld, theils in Stoffen zur Kleidung. Reducirt man diese auf Geld und berechnet man auch den täglichen Unterhalt bei der Herrschaft in Geld, so läßt sich der Jahreslohn eines

Knechtes im Kurfürstenthum durchschnittlich auf 56 Thlr., der einer Magd auf 46 Thlr. anschlagen. Der Lohn der Dienstboten ist in kleineren Städten so ziemlich derselbe, wie auf dem Lande. In den größeren steigert er sich. In Hanau erhält ein gewöhnlicher Knecht 40 fl. jährlich nebst Kost und Neujahrsgeschenk, eine Magd 30—36 fl., Verköstigung und Neujahrsgeschenk. In Cassel ist der Lohn ziemlich derselbe, nur bei den männlichen Dienstboten steigt er bedeutend, wenn diese vorzugsweise der persönlichen Bequemlichkeit wegen gehalten werden.

Die Lohnsätze der industriellen Arbeiterbevölkerung Kurhessens, theils der Berg- und Hütten-, theils der Fabrikarbeiter sind zu mannigfaltig und zu verschieden, als daß wir sie hier verzeichnen möchten. Wer sich näher dafür interessirt, findet eine reiche Zusammenstellung dieser Arbeitslöhne in Hildebrand's statistischen Mittheilungen über die volkswirthschaftlichen Zustände Kurhessens, welcher fleißigen Schrift wir auch obige Angaben entnommen haben. Leider finden sich darin aber nur spärliche Angaben über die Lebensverhältnisse, namentlich über die Ausgaben, welche die Arbeiter zur Bestreitung der Bedürfnisse des materiellen Lebens machen. Es wird unter Anderem bezüglich der Arbeiter in den Eisengewerken von Schmalkalden erwähnt, daß der Arbeitslohn dort sehr niedrig stehe, so daß es ein Meister bei 15 Stunden Arbeit selbst in günstigen Zeiten selten über 10 Sgr. täglich bringe, oft nur bis zu 5 und 6 Sgr. Die Hauptnahrung dieser Arbeiterclasse sei daher auch Brod und sog. Brühe (eine Abkochung von Rüben oder Eichorien mit Milch), welche um 6 Uhr frühe und Mittags 1 Uhr genossen werde und der um 9 und 4 Uhr Branntwein folge. Erst Abends nach vollbrachter Arbeit werde die Hauptmahlzeit des Tages: Suppe oder einfaches Gemüse eingenommen, Fleisch selten. In den Cigarrenfabriken von Hanau verdient ein gewöhnlicher Arbeiter nach Abzug dessen, was ihn der sog. Wickelmacher kostet, wöchentlich 4—5 fl., Kinder 1—2 fl., ein Taglöhner täglich 24—26 kr., eine Taglöhnerin 22—24 kr. Die meisten Arbeiter in diesen Fabriken essen, auch wenn sie verheirathet sind, außer dem Hause zu Mittag. Die Portion Mittagessen kostet 10 kr., Frühstück 4 kr. Eine gewöhnliche Arbeiterwohnung wird mit 26—36 fl. Miethe bezahlt. Hiernach betragen die wöchentlichen Ausgaben einer Arbeiterfamilie:

1) für Wohnung	— fl.	30—42	kr.
2) für Mittagessen der Eltern	2 „	20	„
3) für Frühstück	— „	56	„
4) für Abendessen	— „	56	„
5) für die Kinder	— „	28	„
Zusammen	5 fl.	16	kr.

so daß bei dem niedrigsten Lohnsatze von $6\frac{1}{2}$ fl. (für Mann und Frau) für Kleidung und alle sonstigen Lebensbedürfnisse wöchentlich nur 1 fl. 14 kr. übrig bleiben.

Für das Großherzogthum Hessen, insbesondere die Provinz Rheinhessen, wird in einer größeren, in das kleinste Detail der wirthschaftlichen Verhältnisse eingehenden Abhandlung von Dael (welche man in v. Redens Zeitschrift, Jahrg. 1847, S. 840—853 nachlesen wolle) nachgewiesen, daß 1) Taglöhner, welche auf dem Lande arbeiten und den früheren gewöhnlichen Taglohn von 24 kr. bezogen, während die Frau an 3 Tagen der Woche täglich 18 kr. verdient habe; 2) Taglöhner, welche auf dem Lande leben, wo sie für sich etwas Feld bebauen, aber in der Stadt gegen 40 kr. und später gegen 32 kr. per Tag arbeiten, während die Frau wöchentlich 1 fl. verdient; 3) Taglöhner, welche in der Stadt wohnen und gegen einen Taglohn von 36 kr. arbeiten, während die Frau 1 fl. 30 kr. wöchentlich verdient; 4) Fabrikarbeiter, welche bei einem Taglohn von 44 kr. in der Stadt wohnen und in einer Fabrik arbeiten, während die Frau per Monat 5 fl. verdient, mit dem Verdienst ihrer Frauen seit einer Reihe von Jahren nicht so viel jährlich eingenommen hätten, um die absolut nöthigen Lebensbedürfnisse ihrer Familien zu bestreiten. Diese traurigen Erscheinungen sollen darin ihren Grund haben, daß jene Arbeitslöhne einer vollständigen Entschädigung des Taglöhners für seine Arbeit nicht entsprächen, weil zwischen ihnen und den Preisen der Lebensbedürfnisse ein Mißverhältniß bestehe.

Aus dem Großherzogthum Baden hat Professor Rau bezüglich zweier wenig bemittelter Arbeiterfamilien, welche keinerlei öffentliche Unterstützung genießen (Handlanger, Holzschneider, Wingertsleute), wovon die eine in Heidelberg, die andere in einem benachbarten Dorfe wohnen soll, Einnahme- und Ausgabe-Budgets mitgetheilt, welche von Ducpetiaux als Anhang seines oben erwähnten Werkes: Budgets économiques des classes ouvrières en Belgique veröffentlicht worden sind. Darnach betrugen die jährlichen Ausgaben

	A in Heidelberg		B in dem benachbarten Dorfe
für Nahrung	241 fl. 36 kr.	. .	207 fl. 28 kr.
für Wohnung, Kleidung u. sonstige Bedürfnisse .	160 fl. 15 kr.	. .	106 fl. 53 kr.
Zusammen	401 fl. 51 kr.	. .	314 fl. 21 kr.

Einnahmen.

A. Bei einem Taglohn des Familienvaters zu 36 kr., eines 16-jährigen Sohnes zu 24 kr., gleich dem der Mutter, beträgt das Jahreseinkommen der Familie (bei einer Arbeitszeit von 300 Tagen für die beiden ersten und von 75—100 Tagen für die letzte) 330—340 fl.

Wenn der Vater Geselle ist, Holzschneider u. dgl., so kann er für sich jährlich 200—220 fl. einnehmen und das Gesammteinkommen der Familie erhöht sich dann auf 380 fl.

B. Auf dem Lande bezieht täglich

der Vater	30 kr.	(in entfernteren Orten des Landes nur 24 kr.)
der Sohn	20 kr.	
die Mutter	20 kr.	

Diese Arbeitslöhne haben seit 30 Jahren keine Aenderung erfahren.

Bei der angegebenen Arbeitszeit kann die Familie an Lohn 275 fl. einnehmen. Dazu durch die Kinder mit Sammeln von Erd-, Himbeeren u. s. w. im Wald 2 fl. 30 kr., stellt sich die Gesammteinnahme auf 277 fl. 30 kr.

In beiden Familien werden hiernach die Einnahmen von den Ausgaben überschritten.

Wir verweisen zum Schluß bezüglich Hohenzollern-Sigmaringens, sowie der Gegenden des mittleren Rhein- und unteren Main- und Neckargebietes auf zwei sehr gut geschriebene Aufsätze in v. Redens Zeitschrift, Jahrgang 1847, S. 359—381 und 634—639, von welchen wir Umgang nehmen, weil sie zu umfangreich sind und die letzte Abhandlung dabei nur wenige Zahlenangaben enthält.

Anlage III.

Ueber die Lebensdauer der Arbeiter.

Eine Reihe von Verhältnissen und Umständen wirkt auf die Kürze oder Länge des Lebens der Menschen. Dahin gehören angeborene Leibesbeschaffenheit, Erziehung, Lebensweise, äußere Einwirkungen auf Körper, Geist und Seele u. s. w. Von ganz besonderer Wichtigkeit sind aber hierbei die materiellen Lebensverhältnisse des Einzelnen, die Fragen, wie er wohnt, lebt, sich nährt, sowie die Art und Weise, wie er sein Leben zubringt. Die größere oder geringere Sterblichkeit der Einzelnen wird wesentlich und vorzugsweise durch ihre materiellen Verhältnisse und ihre Beschäftigung bestimmt. Nach ihnen bemißt sich der Tribut der Jahre, den sie am Ende ihres Lebens dem Tode zahlen. In wie innigem Zusammenhange die Mortalität mit den angegebenen Factoren steht, namentlich bezüglich der sog. arbeitenden Classen der Bevölkerung, darüber nachstehende Belege.

Aufenthalt, Wohnung und Beschäftigung auf dem Lande ist weit gesünder, als in der Stadt, daher dort auch längeres Leben. Nach dem Registrar-General sterben in England jährlich von 1 Million Menschen auf dem Lande 19,300 oder Einer von 52, in den Städten 27,073 oder Einer von 37; in diesen sterben daher 7773 mehr als auf dem Lande. (Mittheilungen des Centralvereins für das Wohl der arbeitenden Classen. Neue Folge. Band 2. S. 238. Berlin 1856.) In Manchester wird für 1843 die Sterblichkeit zu 1 auf 32,72, in Liverpool zu 1 auf 31,90 Menschen angegeben, während der Durchschnitt ganz oder halb ländlicher Districte von Cheshire, Lancashire und Yorkshire eine Sterblichkeit von 1 : 39,80 ergibt. (Engels Lage der arbeitenden Classe in England. Leipzig 1845. S. 133.) Nach dem höchst interessanten Rapporte über die Wohnungen der Arbeiterclassen, welcher der Londoner Gesellschaft für Verbesserung der Lage derselben s. Z. erstattet worden ist (von v. Kleinschrod in der 2. Fortsetzung seines Pauperism in England, Augsburg 1853, als Anhang mitgetheilt), betrug im Durchschnitt der 11 Jahre von 1840—1850 die Sterblichkeit in den ländlichen Kirchspielen und kleinen Landstädten Englands 1,8 und in den 117 Districten, in welchen die großen Städte befindlich, 2½ Procent der Bevölkerung. In den ländlichen Grafschaften Gloucester, Essex, Hereford, Norfolk, Suffolk, Sussex und Westmoreland war das Sterblichkeitsverhältniß = 1 : 48, in den Grafschaften Cornwall, Devon, Dorset, Somerset und Wilts = 1 : 52, auf der Insel Wight = 1 : 58, auf Anglesea = 1 : 62, dagegen in den Städten Ashton, Bristol, Bath und Birmingham = 1 : 38, in London = 1 : 36, in Manchester = 1 : 30, in Liverpool = 1 : 29.

In London kam Ein Todesfall jährlich auf 36,5 männliche und 43,3 weibliche Personen, in den benachbarten ländlichen Districten Godstone, Reigate und Dorking aber auf 65,1 männliche und 61,9 weibliche Personen. Die mittlere Lebensdauer der Bewohner der großen Städte Englands betrug 32, die der Landbewohner 45 Jahre. Ebenso starben von 10,000 Personen in der Grafschaft Rutland, deren Bewohner ausschließlich Ackerbau treiben, 2865 Kinder unter 5 Jahren, in der Fabrikstadt Leeds dagegen fast das Doppelte, nämlich 5,286 (Engels a. a. O. S. 137).

Gleiche Belege hat Belgien geliefert, wo 1832 die Sterblichkeit in den Städten 35,606 Seelen auf 990,268 = 1 : 25 war, während auf dem Lande nur 79,304 von 3,077,478 = 1 : 38 (*de Gerando* de la bienfaisance publique. Bruxelles 1839. S. 118. Note 1.)

Aber auch in den Städten ist die Mortalität je nach den materiellen Lebensverhältnissen: Wohnung, Nahrung u. s. w., sowie nach der Beschäftigungsweise des Einzelnen, namentlich unter den handarbeitenden Classen der Bevölkerung, außerordentlich verschieden.

Man lese die Schilderungen, welche Engels in dem angezogenen Werke über die Verhältnisse macht, in welchen die Arbeiter in den größeren und kleineren Städten Englands leben, bezüglich Londons in den sog. schlechten Vierteln, in St. Gilles und Umgebung, Whitechapel und Bethnal-Green (S. 40 u. ff.), bezüglich Dublins (S. 48), Edinburghs (S. 49 u. ff.), Liverpools (S. 52 u. ff.), bezüglich der eigentlichen Fabrikstädte Nottingham, Leicester, Derby, Sheffield (S. 52 ff.), Birmingham, Glasgow, Leeds, Bradford, Bolton, Stockport, Stalybridge (S. 52—62), sowie besonders Manchester und Umgegend (S. 62—88), Schilderungen, welche wahrhaft Schauder und Grausen erregend — wenn auch hin und wieder durch Parteigeist übertrieben — im Allgemeinen in den bändereichen Berichten der factories inquiry commission, in *Chadwick's* report on an inquiry into the sanitary condition of the labouring population of Great Britain vom Juli 1842, 3 Bände, in Dr. *Kay's* The moral and physical condition of the working classes etc., in *Buret's* misère des classes laborieuses en Angleterre et en France, 2 Bände, Paris 1841, in *Fauchers* ausgezeichneten Etudes sur l'Angleterre, 2 Bände, Paris 1845 (auch in's Deutsche übersetzt von Seybt) und in vielen anderen Werken ihre Bestätigung finden; man lese ähnliche, wenn auch lange nicht so grasse Schilderungen obiger Verhältnisse in Frankreich (in Paris, Lyon, Mülhausen, Lille und anderen Städten) in dem angeführten Werke von Buret, in *Villermé's* tableau de l'état physique et moral des ouvriers employés dans les manufactures, Paris 1840, 2 Bände, in *de Gerando's* bienfaisance publique, 2. partie, liv. 3. chap. 3. art. 2 u. s. w.; man vergleiche bezüglich Belgiens die Angaben von Ducpetiaux in seinem rapport sur l'état des habitations de la classe ouvrière à Bruxelles, Brux. 1838, sowie in seinem Mémoire sur la mortalité dans la ville de Bruxelles, comparée à celle des principales villes de l'Europe (im 2. Band des bulletin de la commission centrale de statistique) und das Mémoire des Gesundheitsrathes von Brüssel sur la condition des classes ouvrières en Belgique, enquête de 1844 et 1845. Brux. 1846 — man wird keinen Augenblick zweifeln an dem Einflusse, den die oben erwähnten Verhältnisse auf Gesundheit und Sterblichkeit äußern. Engels hat ihn in seinen traurigen Wirkungen für die arbeitenden Classen (S. 122 ff. seines Werkes) trefflich auseinandergesetzt. Daraus erklärt sich denn auch, warum 1840 in Liverpool die durchschnittliche Lebensdauer der höheren Classen 35, der gewöhnlichen Geschäftsleute und besser gestellten Handwerker 22, der dienenden Classe, Arbeiter und Taglöhner nur 15 Jahre war, in Manchester 38, beziehungsweise 20 und 17, in Leeds gar 44, 27, 19 und im Bezirk Bethnal-Green in London 45, 26, 16 (Chadwick im angegebenen report und Engels a. a. O. S. 135) und warum der 8., 9. und 12. Bezirk von Paris, wo vorzugsweise Fabriken sind und Arbeiter wohnen, eine viel größere Sterblichkeit aufzuweisen haben, als der 1., 2. und 3. Bezirk, in welchen die wohlhabenderen Classen leben. Es starben nämlich

	1817—1821:	1821—1826	1852:
im 9. Bezirk	1:44	1:50	1:35
„ 8. „	1:43	1:46	1:42
„ 12. „	1:43	1:44	1:43
„ 1. „	1:58	1:66	1:64
„ 3. „	1:60	1:67	1:60
„ 2. „	1:62	1:71	1:71

(*Villermé* rapport sur les recherches statistiques sur la ville de Paris, in den archives générales de médecine und *Trébuchet* recherches sur la mortalité dans la ville de Paris, in den annales d'hygiène publique, 2. Serie, B. 7.)

Daß aber auch die Art und Weise der Beschäftigung vielfachen, großen Einfluß auf Gesundheit und damit zusammenhängende Lebensdauer der Menschen hat, kann nicht bezweifelt werden. Wir besitzen über diesen Einfluß des Betriebes der verschiedenartigsten Industrie- und Erwerbszweige in den einzelnen Ländern eine Reihe höchst interessanter Mittheilungen. So bezüglich Englands von Thackrah (the effects of arts, trades and professions etc. of living, on health and longevity. London 1832), von Chadwick (in dessen bereits angeführtem report), von Engels (in vielen Partieen seiner mehrerwähnten Schrift) und von Dr. Knight (in einem Aufsatze über die Schleifer-Schwindsucht in dem Med. and Surgeon Journal vom August und November 1830), bezüglich Frankreichs von *Benoiston de Châteauneuf* (De l'influence de certaines professions sur le développement de la phthisie pulmonaire, im 6. Bande der bereits erwähnten annales d'hygiène publique), von Villermé (in dem schon oben gedachten tableau de l'état des ouvriers), bezüglich Genf's von Dr. Lombard (De l'influence des professions sur la durée de la vie, in den eben erwähnten annales d'hygiène, B. 11 u. 14), bezüglich Sachsens von Dr. Meyer (Versuch einer medicinischen Topographie und Statistik von Dresden), bezüglich der Stadt Frankfurt von Dr. *de Neufville* (Lebensdauer und Todesursachen 22 verschiedener Stände und Gewerbe 2c. Frankfurt 1855). Auch die nouveaux éléments d'hygiène von Ch. Londe gehören hierher, sowie die Untersuchungen von Dr. Fuchs über den Einfluß der verschiedenen Gewerbe auf den Gesundheitszustand und die Mortalität im 2. Bande von Hecker's neuen wissenschaftlichen Annalen.

Nach diesen und ähnlichen Arbeiten gehören zu den Erwerbszweigen, deren Betrieb besonders nachtheilig auf Gesundheit und Leben einwirkt, das Gewerbe der Uhrmacher, Juwelen-, Gold- und Silberarbeiter, Graveure, Schneider, Strumpfwirker, aller bei der Spitzenfabrikation Beschäftigten, der Putzmacherinnen, Näherinnen, Stickerinnen u. s. w., welche ihr Nahrungszweig nur zu sehr und zu schnell der Abnahme der Sehkraft, der Schwäche und dem Verlust der Augen, sowie Brustkrankheiten, Schwindsucht und Lungensucht aussetzt und deßhalb auch meist früh in's Grab bringt. Besonders traurig wird das Loos der Putzmacherinnen und Näherinnen in London von Engels a. a. O. S. 253—256 geschildert. Gleich nachtheilig und gefährlich für das Leben ist das Gewerbe der Gerber, der Stahlarbeiter, der Feilenhauer, Schmiede und Schlosser, der Buchdrucker, der Arbeiter in Eisen-, Kupfer-, Zinn-, Zink-, Blei- und Steinkohlenbergwerken, in Destillerien und Bierbrauereien, in Spinnereien und Webereien. Die meisten von den in einer oder der andern dieser Art Beschäftigten werden vor der Zeit schwächlich, kränklich, siech und sterben nur zu bald. Die Arbeiter in Nadelfabriken, welche die Spitzen der Nadeln machen, erreichen selten das 40. oder 50. Jahr, Manche, wie Feilenhauer, Arbeiter in Blei- oder Zinkgruben, kommen nicht einmal so weit.

Zu den schädlichsten, das Leben am meisten verkürzenden Geschäften gehört aber das der Stahlschleifer. Die Tischmesserschleifer in Sheffield, welche auf nassen Steinen schleifen, sterben zwischen 40 und 50, die Rasiermesserschleifer, welche sowohl naß als trocken schleifen, sterben zwischen 40 und 45, die Gabelschleifer, welche nur auf trockenen Steinen schleifen, zwischen 28 und 32 Jahren. (Engels a. a. O. S. 246.) Nach Dr. Lombard (in seiner angegebenen Abhandlung) betrug das Leben in Genf im Durchschnitt bei Magistratspersonen 69,1, bei Rentnern 65,8, dagegen bei Schuhmachern und Schneidern 54,2, bei Taglöhnern und Handarbeitern 52,4, bei Cattundruckern 52,1, bei Schreinern und Ebenisten 49,7, bei Schlossern 47,2 und bei Tünchern und Lackirern 44,3 Jahre. Nach Dr. Meyer (man sehe oben) waren in Dresden in der Zeit von 1828—1837 von 100 gestorbenen

	weniger als 50 Jahre	mehr als 50 Jahre alt
höheren Angestellten	17	83
niederen "	28	72
Taglöhnern	38	62
Schneidern und Schuhmachern	47	53
Kutschern	50	50
Buchbindern, Webern, Druckern, Uhrmachern	55	45
Zimmerleuten	58	42
Schreinern und Glasern	66	34
Steinmetzen	88	12

Dr. de Neufville gibt in der oben verzeichneten Brochüre als Ergebniß der Jahre 1820—1852 die durchschnittliche Lebensdauer in Frankfurt an:

von Geistlichen	auf	65	Jahre	11	Monate.
„ Lehrern	„	56	„	10	„
„ Kaufleuten	„	56	„	9	„
„ Zimmerleuten	„	49	„	2	„
„ Maurern	„	48	„	8	„
„ Weißbindern	„	47	„	6	„
„ Schuhmachern	„	47	„	3	„
„ Schreinern	„	46	„	4	„
„ Schmieden und Schlossern	„	46	„	3	„
„ Schneidern	„	45	„	4	„
„ Steinmetzen	„	43	„	10	„
„ Schriftsetzern, Schrift- u. Zinngießern	„	41	„	9	„
„ Lithographen und Kupferstechern	„	40	„	10	„

Villermé gibt am Ende des 2. Bandes seines tableau de l'état des ouvriers aus der Zeit von 1823—1834 an, wie viele von 100 Individuen einzelner Stände nach Ablauf gewisser Jahre gestorben gewesen seien. Darnach waren mit Tod abgegangen

	Fabrikherren, Directoren, Kaufl. oder deren Kinder.	Weber od. deren	Spinner Kinder
mit Ablauf des 1. Jahres	24	46	48
„ „ „ 2. „	31	56	56
„ „ „ 5. „	36	66	67
„ „ „ 30. „	52	81	90
„ „ „ 40. „	59	87	95
„ „ „ 50. „	68	92	97
„ „ „ 60. „	77	95	100
„ „ „ 70. „	87	98	—
„ „ „ 80. „	94	99	—

Es starb also etwa die Hälfte der Kinder von Spinnern, bevor sie noch das 1. Jahr zurückgelegt hatten, während die Hälfte der Kinder von Fabrikherren ꝛc. 30 Jahre alt wurden. Aehnliches führt der report der factories inquiry commission von Manchester an, wo über 57 Procent der Arbeiterkinder vor dem 5. Jahre starben, aber nur 20 Procent der Kinder der höheren Classen.